一切的芬芳彩色

现代新诗读解

方铭 编著

时代出版传媒股份有限公司
安徽教育出版社

图书在版编目（CIP）数据

一切的芬芳彩色:现代新诗读解 / 方铭编著. ——合肥:安徽教育出版社,2024.6
ISBN 978-7-5748-0186-8

Ⅰ.①一… Ⅱ.①方… Ⅲ.①新诗—诗歌研究—中国—现代 Ⅳ.①I207.25

中国国家版本馆CIP数据核字（2024）第032145号

一切的芬芳彩色:现代新诗读解
YIQIE DE FENFANG CAISE:XIANDAI XINSHI DUJIE

出 版 人:费世平
责任编辑:邰　旻
装帧设计:裴霖霖
责任印制:陈善军

出版发行:安徽教育出版社
地　　址:合肥市经开区繁华大道西路398号　邮编:230601
网　　址:http://www.ahep.com.cn
营销电话:(0551)63683012,63683013
排　　版:安徽时代华印出版服务有限责任公司
印　　刷:安徽新华印刷股份有限公司

开　本:650 mm×960 mm　1/16
印　张:22.25
字　数:303千字
版　次:2024年6月第1版
印　次:2024年6月第1次印刷
定　价:68.00元

（如发现印装质量问题,影响阅读,请与本社营销部联系调换）

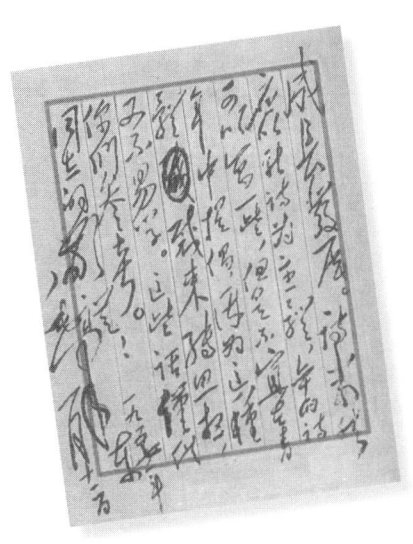
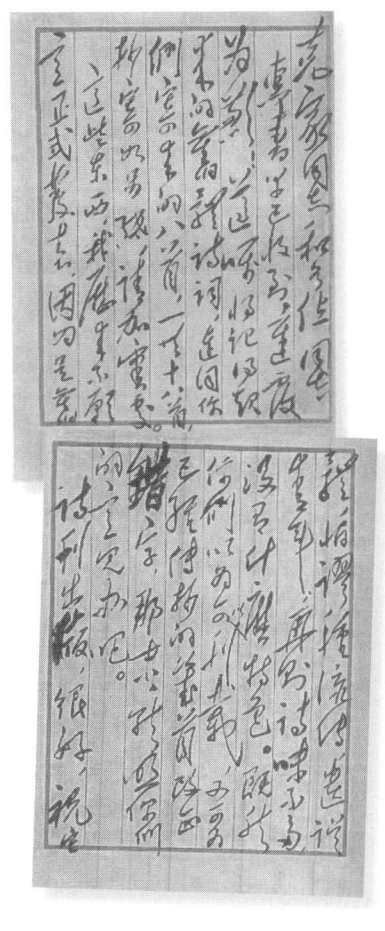

毛泽东致臧克家信，提出"诗当然应以新诗为主体"。

克家同志和各位同志：

　　惠书早已收到，迟复为歉！遵嘱将记得起来的旧体诗词，连同你们寄来的八首，一共十八首，抄寄如另纸，请加审处。

　　这些东西，我历来不愿意正式发表，因为是旧体，怕谬种流传，贻误青年；再则诗味不多，没有什么特色。既然你们以为可以刊载，又可为已经传抄的几首改正错字，那末，就照你们的意见办吧。

　　《诗刊》出版，很好，祝它成长发展。诗当然应以新诗为主体，旧诗可以写一些，但是不宜在青年中提倡，因为这种体裁束缚思想，又不易学。这些话仅供你们参考。

　　同志的敬礼！

毛泽东
一九五七年一月十二日

臧克家致方铭信,提出"《诗选》拟选目录甚好"。

方铭同志:

大函收到了,蒙你关心我的病况,很感谢。

我系血压高、"房颤",时好时坏,住院已两个多月,还得住下去。

《诗选》拟选目录甚好。

现在许多选本选我诗的,多选《有的人》;我个人偏爱《歇午工》。

茅公明年100周年,将出版纪念集,我无力执笔,只将旧作《往事忆来多》修删一下充数,此文原发表于《十月》杂志,约八千言。

握手!

克家

一九九五年十月二十二日

地球,我的母亲!
我感觉着一切的芬芳彩色,
我知道那是你给我的玩品,
特为安慰我的灵魂。

——郭沫若《地球,我的母亲!》

目　录

前　言 / 001

新诗的流变与成就概说 / 001

胡　适
　　蝴　蝶 / 001
　　一　念 / 002
　　鸽　子 / 004
　　威　权 / 005

刘半农
　　相隔一层纸 / 007
　　教我如何不想她 / 008
　　一个小农家的暮 / 010

沈尹默
　　月　夜 / 012
　　三　弦 / 013

鲁　迅
　　爱之神 / 015

李大钊
　　山中即景 / 017

俞平伯

孤山听雨 / 019

凄　然 / 022

周作人

小　河 / 025

康白情

草　儿 / 029

朱自清

细　雨 / 031

睡罢，小小的人 / 032

毁　灭 / 034

刘大白

田主来 / 045

卖布谣 / 047

邮　吻 / 050

秋晚的江上 / 051

郭沫若

凤凰涅槃 / 053

天　狗 / 066

炉中煤——眷念祖国的情绪 / 068

地球，我的母亲！ / 071

立在地球边上放号 / 076

太阳礼赞 / 078

霁　月 / 079

天上的市街 / 081

春莺曲 / 083
叶绍钧
　　悲　语 / 086
陆志韦
　　小　溪 / 088
　　绿 / 089
徐玉诺
　　故　乡 / 092
刘延陵
　　水　手 / 096
王统照
　　长城之巅 / 098
　　爆　竹 / 100
　　伙伴，你应该闻到这一阵腥风 / 102
冰　心
　　繁　星 / 106
　　春　水 / 107
应修人
　　妹妹你是水 / 110
汪静之
　　伊底眼 / 113
冯雪峰
　　山里的小诗 / 115
　　米色的鹿 / 116

宗白华

夜 / 119

我　们 / 120

蒋光慈

哀中国 / 122

废　名

街　头 / 126

十二月十九夜 / 127

闻一多

太阳吟 / 130

忆　菊 / 133

心　跳 / 137

死　水 / 139

发　现 / 142

一句话 / 143

荒　村 / 145

洗衣歌 / 149

梁宗岱

太　空 / 152

冯　至

我是一条小河 / 154

蚕　马 / 156

蛇 / 163

南方的夜 / 164

朱　湘
　　采莲曲 / 167
　　热　情 / 170
　　梦 / 173
　　春　歌 / 175

李金发
　　有　感 / 177

徐志摩
　　雪花的快乐 / 180
　　沙扬娜拉一首——赠日本女郎 / 183
　　为要寻一个明星 / 184
　　沪杭车中 / 186
　　残　诗 / 187
　　再别康桥 / 189
　　黄　鹂 / 191
　　"我不知道风是在哪一个方向吹" / 193

穆木天
　　落　花 / 196
　　心　响 / 198

孙大雨
　　爱 / 201
　　诀　绝 / 203

戴望舒
　　雨　巷 / 205
　　我的记忆 / 208

印　象 / 211

寻梦者 / 213

我用残损的手掌 / 215

示长女 / 217

殷　夫

血　字 / 220

林徽因

别丢掉 / 223

笑 / 225

陈梦家

一朵野花 / 227

再看见你 / 228

登　山 / 232

何其芳

预　言 / 235

生活是多么广阔 / 238

卞之琳

断　章 / 241

无　题（一）/ 243

臧克家

难　民 / 245

生　活 / 248

老　马 / 250

壮士心 / 251

三　代 / 253

春　鸟 / 254

艾　青
　　透明的夜 / 258
　　大堰河——我的保姆 / 262
　　窗 / 268
　　太　阳 / 270
　　雪落在中国的土地上 / 272
　　我爱这土地 / 277
　　吹号者 / 278
　　黎明的通知 / 286

田　间
　　给战斗者 / 292
　　假使我们不去打仗 / 305

钟鼎文
　　水　手 / 307

辛　笛
　　航 / 310
　　再见，蓝马店 / 312

穆　旦
　　诗八首 / 315
　　春 / 320

陈敬容
　　雨　后 / 322
　　飞　鸟 / 323

郑　敏

　　金黄的稻束 / 326

　　荷　花（一幅国画）/ 328

青　勃

　　苦难的中国有明天 / 330

后　记 / 333

前　言

孔子曰："不学《诗》，无以言。"自古以来，这是中国对诗的重视。美国人把惠特曼的《草叶集》看成圣书，和《独立宣言》《权利法案》供奉在一起。

中国自五四新文学革命以来，确立了白话新诗的主体地位。这本书原是我的讲稿，是我在安徽大学、合肥联合大学、安徽新华学院给中文系、新闻系学生讲授"中国现代文学史"和"中国现代作家作品选"课的一部分，后来曾由安徽文艺出版社和合肥工业大学出版社分别收入"中国现代文学精品丛书"和"中国现代文学经典评析"系列中。

现在之所以将新诗部分单独出版，是因为：一、我自认为这是我所有著作中用力最多、分析最切中肯綮的一本著作，可归结为一句话——诗眼文心，审美感知；二、从当前中央广播电视总台普及古典诗词的热潮中想到，更应该将现代新诗向大众普及传播。

毛泽东致臧克家信中提出："诗当然应以新诗为主体。"臧克家致我的信，肯定我的选诗目录甚好。故而，我将这本讲诗的著作奉献给大众，以期新诗的一切的芬芳彩色，传遍中国大地，滋润中国青年的心灵！

方铭

2023 年 5 月 4 日于安徽大学

新诗的流变与成就概说

在中国现代文学的天宇里,新诗像熠耀的繁星,闪亮在浩溟长空,点燃人们的心火,诉说灵魂的秘密,引领读者进入一个神奇而美丽的新世界。

从中国诗歌流变史上看,新诗的诞生,不仅宣告了那曾经一度辉煌而后来走向衰微的古典诗歌的终结,而且以"截然异质的突起的飞跃"(胡风语),走进了世界文学的行列,成为永开不败的奇葩。

新诗的发展是一个历史过程。五四新文化运动催生了文学革命,白话诗是文学革命的突破口。"诗体大解放",与束缚思想感情的传统诗词的格律作了彻底的决裂;白话诗的问世,不单是诗的形体的变革,更关乎诗的观念与内容的革新与创新。以胡适为代表的初期白话诗的倡导者,如刘半农、沈尹默、李大钊、周氏兄弟等,都在理论建设和创作实践上,斩关夺隘,开辟新路,作出很大贡献。

初期白话诗,除了打破旧体诗词格律、构建自由体的诗形外,还自觉输入与移植外国诗的形式。当时朱自清就肯定,"这是欧化,但不如说是现代化";"现代化是新路,比旧路短得多;要'迎头赶上'人家,非走这条新路不可"(《新诗杂话·真诗》)。正由于世界上不同历史阶段、不同国家、不同艺术倾向、不同形式的诗歌流派传入中国,为不同政治倾向、美学要求和个性的诗人所接受,从而形成中国新诗流派竞相发展的局面。

早期白话诗在破旧立新方面作出很大贡献，但在内容和形式解放方面并不彻底，显然不能充分反映五四时代精神。

时代呼唤着巨人而且产生了巨人。郭沫若就是使中国新诗走向辉煌的第一人。他的《女神》的问世，无异于给新诗坛震起了霹雳。《女神》在新诗发展史上的主要贡献是，在中国新诗中第一次出现了自我抒情诗的主人公形象，诗的抒情本质及诗的个性化得到充分的发展，奇特大胆的想象使诗的翅膀真正伸展开来，诗的形式得到进一步解放。在郭沫若的《女神》中，时代精神与诗的艺术同步提高，《女神》成了中国新诗的奠基作。

五四唤起了一代文学新人，与郭沫若的浪漫主义诗歌《女神》同时出现的，还有以汪静之、冯雪峰等青年为代表的"湖畔诗派"。他们的首要贡献是爱情诗的创造，表现了青春期单纯、真挚、清新的特色。以冰心、宗白华为代表的诗人，在小诗创作方面作出了成绩。小诗一般以三五行为一首，表现诗人刹那间的感兴，寄寓一种人生哲理或美的情思，它对丰富新诗的表现力作了贡献。稍后于湖畔诗派出现于诗坛上的重要抒情诗人冯至，以幽婉的风格，深沉、含蓄的诗情，构建了奇美的意象世界，并且写出了《蚕马》等"堪称独步"的叙事诗。

20世纪20年代中期，以蒋光慈作品为代表的无产阶级诗歌和以李金发作品为代表的象征派诗歌同时出现。前者的出现是因为黑暗的反动统治的加强，激发了新的政治革命的热情与反抗；后者则是一部分彷徨中的知识青年迷惘感伤，转向内心世界，发而为歌，表现人的感觉与感情的幽微精妙的去处。蒋光慈的诗发展了郭沫若诗的人民性、时代性的传统，直接从外部世界——无产阶级领导的人民革命斗争中吸取诗情。诗人感应着时代的要求，以"社会的情绪"的"鼓动"为主要目标，曾引起向往和追求革命的广大青年读者群强烈的共鸣。但由于感情直露，想象平实，艺术形式上粗糙，蒋光慈的诗缺乏恒久的艺术生命力。李金发的初期象征诗，表现人的内心感觉，发挥诗的暗示作用，诗的具象具有多义性，这对提高对诗歌的艺术规律的自觉认识、促进诗艺的发展，有很大的益处。但象征派诗歌最初的创作实践并不成功。李金发的诗，句法过于欧化，又夹杂着文言成分，总体上艰深晦涩，很难为广大读者所接受。

最早出现的自由诗派和继之而起的象征诗派，都对新诗的发展作出了贡献。但前者过分自由散文化，后者过分欧化晦涩，这就使新诗面临新的课题：怎样使内容与形式严密结合，确立新的艺术形式和美学原则，使新诗走上"规范化"的道路。以闻一多、徐志摩为代表的前期新月派，也就是格律诗派，担负了这一历史使命。

前期新月派，主要诗人有闻一多、徐志摩、朱湘等。在新诗建立新格律、提高新诗审美水平等理论建设方面，闻一多的贡献最大，而徐志摩在丰富新诗艺术世界、以其美的艺术珍品提高读者审美力方面，作用尤为特出。"和谐"和"均齐"是新诗最重要的审美特征，为了将诗的感情收纳在严格规范的形式里，要将新诗格律化，必须使新诗有音乐美、绘画美、建筑美。为此，闻一多作了艰苦的艺术实践，而徐志摩在表现这些美学原则的同时，又独抒了他潇洒飘逸的性灵。

朱自清曾把新文学头十年的新诗概括为三派：自由诗派、象征诗派和格律诗派。这样的划分比较明晰。实际上三派互为影响，各有起伏消长，共同推动了中国新诗向前发展。

自由诗派以现实主义为主流，其中也包容了浪漫主义甚至其他派别的诗人，到了20世纪30年代，其诗的构架和建行也趋向整齐，向凝练深刻处开掘，其中以从新月派蜕化而向现实深处挺进的臧克家为杰出代表。他的诗"以精雕细刻劳动人民（从农民到工人）的生活负荷而突出了诗的现实主义倾向，并为克服自由诗派的欧化与散文化的倾向，作出了贡献"（吴奔星语）。

象征诗派和格律诗派，一是因过分欧化与晦涩难懂失去读者，一是因被讥为"方块诗"和"豆腐干块"而趋向衰微，但经过戴望舒的整合，得到演变和发展。

戴望舒最早受新月诗派"三美"的影响，创作了《雨巷》这首脍炙人口的诗，但他不满足于新诗的音乐性，而爱上了法国象征派的诗歌。因为他的诗作多在施蛰存主编的《现代》杂志上发表，还因为他把自由诗派的形式与象征手法的运用融为一体，又吸收了新月派诗美的意象原则，所以他被称为现代派。他的诗形式不太欧化，内容也不太晦涩，又有散文的美，着重情绪与形象的表现，而且努力追求西方象征主义诗歌技巧与中国古典诗歌技巧的统一，这样，戴望舒就创作了适合中国读者的、具有民族特色的现代象征派诗。

受戴望舒影响，醉心于新诗的精致艺术并同时交汇着东西方诗歌影响的还有何其芳、卞之琳等。作为一种为艺术而艺术，纯自我表现的艺术流派，在严峻的、苦难的中国现实面前，不可能走得很远，后来戴望舒和何其芳等在抗日战争中都转向现实主义，这种转变在现代中国是具有历史的必然性的。

五四时期产生了中国现代新诗，经过20世纪20年代各种流派的竞相发展，直到伟大的抗日战争和解放战争时期，才真正找到了"自己"：在民族历史与现实的土壤中深深扎根，在多样化的诗歌艺术的综合中找到了现代中国诗歌的正确道路。艾青在中国新诗发展史上所完成的正是历史的综合的任务。

中国现代诗歌进入"艾青时代"。艾青是把时代精神与诗美艺术结合得最好的大诗人。我们完全同意《中国现代文学三十年》这部文学史所指出的："一方面，坚持并发展革命现实主义流派'忠实于现实的、战斗的'传统，另一方面又克服、扬弃其'幼稚的叫喊'的弱点，批判地吸收浪漫主义与象征主义诗歌流派对新诗艺术探讨中取得的某些成果，进一步丰富与发展新诗艺术。曾经受过现代派诗歌影响的艾青正是反映了新诗发展中现实主义与现代主义互相吸收、融合，而以现实主义为主体的历史趋势及特点，成为新诗第三个十年的主要代表诗人。"

此后，中国新诗出现的，不论是"七月"诗派，还是"九叶"诗人，或者是更为壮大的解放区人民的新诗潮，无不在艾青等诗风的影响下继续前进、发展。

以上只是粗线条地给中国现代新诗发展历史画一个轮廓，这是对现代新诗的宏观考察。但"具体的文艺鉴赏和评判"（钱锺书语），还需要对每个作家的每篇作品作细致的分析，所谓"诗眼文心""擘肌分理""疑义相析""洞幽探微"，这是要花费功夫和力气的。我们应该努力去做。

方铭

1995年8月31日于安徽大学

2023年5月4日改定于安徽大学

胡适

> 胡适(1891—1962),原名胡洪骍,字适之。安徽绩溪人。1904年到上海读书,接受新学。1910年起留学美国康奈尔大学、哥伦比亚大学。1917年初在《新青年》发表《文学改良刍议》,最早提倡文学革命。1917年7月回国任北京大学教授。1923年与徐志摩等组织新月社。1924年创办《现代评论》周刊。1928年后任中国公学校长、北京大学文学院院长、北京大学校长等职。著有诗集《尝试集》《尝试后集》。

蝴　蝶

两个黄蝴蝶,双双飞上天。
　不知为什么,一个忽飞还。
剩下那一个,孤单怪可怜;
　也无心上天,天上太孤单。

一九一六年八月二十三日

选这首诗的意义在于胡适是提倡新诗的第一人,这首诗也是他尝试白话新诗的首篇成功之作。

这首诗好在哪里呢?第一,它是真情实感的抒发。胡适当时酝酿文学革命,首先痛感旧体诗无病呻吟,形式又束缚了思想感情的自由表达。除了理论提倡外,胡适决心率先尝试从事白话新诗的创作。《蝴蝶》

是因景起兴、有感而发的，所以它有活泼的生命——诗的最可贵的本真的诗质。第二，这首诗尽管留有旧诗的痕迹，但总体上已实现了胡适的不用典、不用平仄、不用对仗的"诗须废律""作诗如作文"的主张，读来明白如话，新鲜活泼。所以在诗的语言和形式上，这首诗有重大的革命意义。

为了帮助读者历史地理解此诗的开创意义，下面介绍胡适关于这首诗创作的自述。

> 有一天，我坐在窗口吃我自做的午餐，窗下就是一大片长林乱草，远望着赫贞江。我忽然看见一对黄蝴蝶从树梢飞上来；一会儿，一只蝴蝶飞下去了；还有一只蝴蝶独自飞了一会，也慢慢的飞下去，去寻他的同伴去了。我心里颇有点感触，感触到一种寂寞的难受，所以我写了一首白话小诗，题目就叫做《朋友》（后来才改作《蝴蝶》）……这种孤单的情绪，并不含有怨望我的朋友的意思。我回想起来，若没有那一班朋友和我讨论，若没有那一日一邮片，三日一长函的朋友切磋的乐趣，我自己的文学主张决不会经过那几层大变化，决不会渐渐结晶成一个有系统的方案，决不会慢慢的寻出一条光明的大路来。
>
> 胡适《四十自述·逼上梁山——文学革命的开始》

一　念

今年在北京，住在竹竿巷。有一天，忽然由竹竿巷想到竹竿尖。竹竿尖乃是吾家村后的一座最高山的名字。因此便做了这首诗。

我笑你绕太阳的地球，一日夜只打得一个回旋；
我笑你绕地球的月亮，总不会永远团圆；

我笑你千千万万大大小小的星球,总跳不出自己的轨道线;

我笑你一秒钟行五十万里的无线电,总比不上我区区的心头一念!

我这心头一念:

才从竹竿巷,忽到竹竿尖,

忽在赫贞江上,忽在凯约湖边;

我若真个害刻骨的相思,便一分钟绕遍地球三千万转!

原载《新青年》一九一八年第四卷第一号

因为是"尝试"性质,胡适的初期白话诗作,难免脱不掉旧诗的成分和气息,这一点他自己后来也有自我认识。但我们绝不能因此而低估他创新的勇气和努力。从现在举的这首《一念》即可看出,无论是内容还是形式,都完全是一首崭新的白话诗,即使远距当时创作百余年的今天来读,也是一首具有现代意识的新诗。

关于这首诗的主题,作者在诗序里已说清楚。北京的居住地竹竿巷与家乡的竹竿尖山,地名的偶然巧合,使诗人忽发联想,于是迸发出诗的火花,表达了作者对人脑思维功能的伟大的赞叹。

与诗的内容相适应,这首诗在形式上也把大跨度、极神速的思维联想活动用四个排比句表现无遗,而且四句都用"我笑你"引领,有一气贯注、飞速旋转的节奏。接下来的四句话,先说从北京到家乡,诗到此一顿,又闪到留学美国时的赫贞江和凯约湖。这四句排句极收束又极放开,转而一延伸,补上了一笔:"我若真个害刻骨的相思,便一分钟绕遍地球三千万转!"形容思维能量与转速之快、摄取意象之开阔与广袤,把全诗的意境扩展到极致,是与诗的主题完全结合的。难怪日本青木正儿在《以胡适为漩涡中心的文学革命》中说:"胡适只要作诗,便会闪现西学的新知识,而且具有新鲜气息。"

鸽　子

　　云淡天高，好一片晚秋天气！
　　有一群鸽子，在空中游戏。
　　看他们，三三两两，
　　　　　回环来往，
　　　　　夷犹如意，——
　　忽地里，翻身映日，白羽衬青天，鲜明无比！

原载《新青年》一九一八年第四卷第一号

　　《鸽子》这首诗写于1917年，诗人刚从美国留学归来，执教于北京大学。此时，主客观两面都呈现一派新气象。蔡元培任北京大学校长，请陈独秀任文科学长，陈推荐26岁的胡适为北京大学教授，同时李大钊也在北大任图书馆主任，真是群贤毕至，意气风发，新文化运动蓬蓬勃勃的局面开始形成。胡适这首诗正反映了这种飞扬向上、团结奋发的精神和气象。

　　《鸽子》一诗典型地体现了胡适新诗革命的主张。

　　关于诗的革命，胡适首先提出"诗体大解放"的口号，这就要求打破旧诗的格律束缚。新诗靠的是"语气的自然节奏"，平仄并不重要；用韵也完全自由，"有韵固然好，没有韵也不妨"。《鸽子》正是这样，全诗每句字数不等，音节参差不齐，用韵也随便，读起来全是清楚明白的口语。

　　胡适新诗革命的主张，不只是"破"，还在于"立"。特别是就怎样写好新诗，他提出了"具体的做法"，即"凡是好诗，都是具体的；越偏向具体的，越有诗意诗味。凡是好诗，都能使我们脑子里发生一种——或许多种——明显逼人的影像"（胡适《谈新诗》）。《鸽子》一首正是如此。此诗所要表达的情绪、所要寄寓的思想前面已作说明。但作者对这种自由、齐心、向上、乐观等，都没有作抽象陈述，而是具体显现，集中凸现鸽子的形象，以及鸽子在蓝天中的动作和"翻身映日"的绚丽画面。这就能调动读者直感的、想象的诗的翅膀和作者所描绘的鸽子一道翱翔神游，诗的情与景、意与象，就是这样融成一片，意义和兴味也是这样丰富和隽永。

威　权

威权坐在山顶上，
指挥一班铁索锁着的奴隶替他开矿。
他说："你们谁敢倔强？
我要把你们怎么样就怎么样！"

奴隶们做了一万年的工，
头颈上的铁索渐渐的磨断了。
他们说："等到铁索断时，
我们要造反了！"

奴隶们同心合力，
一锄一锄的掘到山脚底。
山脚底挖空了，
威权倒撞下来，活活的跌死！

八年六月十一夜。是夜陈独秀在北京被捕；半夜后，某报馆电话来，说日本东京有大罢工举动。

五四时期，陈独秀主编《新青年》，用言论和行动推动了民主革命运动的发展，遭到当时的反动统治者的嫉恨。北洋政府于1919年6月

11日悍然将他逮捕。胡适闻讯，挥笔写下了《威权》这首政治诗。

诗中把"威权"拟人化，描写他坐在山顶高处，指挥铁索锁着的奴隶们开矿，看他何等的神气和趾高气扬，但奴隶们发出"我们要造反"的怒吼，齐心挖山，结果"威权倒撞下来，活活的跌死！"

诗的主旨非常清楚，是对好友陈独秀的声援和对反动统治者的抗议。而且胡适把陈被捕和日本东京大罢工事件联系起来，具有世界眼光地认识到反动者必败，全诗洋溢着乐观主义的战斗精神。

从艺术构思看，这首诗既是象征的，又是写实的，也是"胡适之体"的白话诗作的体现。胡适自己曾说明"胡适之体"的原则：第一，说话要明白清楚；第二，用材料要剪裁；第三，意境要平实。用这三条来看，《威权》几乎都体现了。它还体现了胡适作诗方法的诀窍，即要"具体"。你看，画面和情景是具体的，"威权"也被拟人化了。而这首诗的革命的、政治的蕴意又通过这具体的、象征的画面表现得异常充分。

刘半农

> 刘半农（1891—1934），原名刘寿彭，改名刘复，字半农，号曲庵。江苏江阴人。1907年入常州府中学堂。1913年起在中华书局任职。1917年应蔡元培聘，任北京大学预科国文教授。曾一度参加《新青年》编辑工作。1920年旅欧留学，入英国伦敦大学。1921年转入法国巴黎大学，获法国国家文学博士学位。1925年回国任北京大学教授，后历任中法大学国文系主任、辅仁大学教务长、北平大学女子文理学院院长等职。著有诗集《扬鞭集》《瓦釜集》，并编有《初期白话诗稿》。

相隔一层纸

屋子里拢着炉火，
老爷吩咐开窗买水果，
说"天气不冷火太热，
别任它烤坏了我"。

屋子外躺着一个叫化子，
咬紧了牙齿对着北风喊"要死"！
可怜屋外与屋里，
相隔只有一层薄纸！

一九一七年十月，北京

在初期白话诗创作中，刘半农是最早将现实主义精神入诗的人。他认为，诗作要"真"，"只须将思想中最真的一点，用自然音响节奏写将出来便算了事，便算极好"。他要"为野老征夫游女怨妇写照"，善于在"社会现象中见到真处"。这一首诗正揭示了社会中贫富悬殊、阶级对立的真实情景，写得触目鲜明，对比尖锐。

诗分两节。第一节突出阔老爷生活高贵豪奢的形象。主体是老爷，但从说话的声口语气看，隐藏了"佣仆"这一角色，从画面的简洁见出剪裁的功夫。第二节写穷人的形象，而联系上一画面，都放在同一个天气背景中，一个热得要吃水果，一个"咬紧了牙齿对着北风喊'要死'！"绘声绘影，两两对比，和杜甫的"朱门酒肉臭，路有冻死骨"的名句一样，具有强烈的批判性。而且作者不停留在纯客观的对照比较上，最终直抒胸臆，发出了自己的愤懑："可怜屋外与屋里，/相隔只有一层薄纸！"

教我如何不想她

天上飘着些微云，
地上吹着些微风。
啊！
微风吹动了我头发，
教我如何不想她？

月亮恋爱着海洋，
海洋恋爱着月光。
啊！
这般蜜也似的银夜，
教我如何不想她？

水面落花慢慢流,
水底鱼儿慢慢游。
啊!
燕子你说些什么话?
教我如何不想她?

枯树在冷风里摇。
野火在暮色中烧。
啊!
西天还有些儿残霞,
教我如何不想她?

一九二〇年九月四日,伦敦

《教我如何不想她》由语言学家赵元任配谱,唱遍中外,绵延至今,从情诗变成名曲,说明了它的艺术成就与历史价值之高。

1920年,刘半农赴欧洲留学。这首诗写于他在伦敦大学求学期间,原题是《情歌》,后来谱成歌曲时,标题改为《教我如何不想她》。1981年,赵元任从美返国探亲,曾谈到刘半农这首诗,他说:"近年来,每有聚会,总爱高歌一曲《教我如何不想她》。"他解释说:"'她'可以是男的,女的,代表着一切心爱的他、她、它。歌词是刘半农当年在英国写的,有思念祖国和念旧之意。"(转引自黄延复《一代学人赵元任》,《人物》1982年第2期)因此,对这首诗应作放大的理解:诗人写的是眷念祖国的情怀,不单是思念情人的相思之词。

全诗共四节,每节开头都用比兴手法,先是描写景物,再由景物引起游子思念的动机。这是诗中的正意,渲染烘托"教我如何不想她"的内涵。整首诗,写白天与月夜,表示一天;写暮春与深秋,表示四季。他乡游子,无时无刻不在怀念祖国,而且贯注了苦恋、失落、希望之情变化起伏的全过程。这表现了思之缠绵，思之深至。

这首诗，不仅注意视觉形象的要求，写具体的景物画境，而且照顾听觉感受，语言通俗流畅，节奏鲜明整齐，很适宜谱曲传唱。这是新诗体式探索的一大成就。

一个小农家的暮

她在灶下煮饭，
新砍的山柴，
毕毕剥剥的响。
灶门里嫣红的火光，
闪着她嫣红的脸，
闪红了她青布的衣裳。

他衔着个十年的烟斗，
慢慢的从田里回来；
屋角里挂去了锄头，
便坐在稻床上，
调弄着只亲人的狗。

他还踱到栏里去，
看一看他的牛；
回头向她说：
"怎样了——
我们新酿的酒？"

门对面青山的顶上，

松树的尖头,
已露出了半轮的月亮。

孩子们在场上看着月,
还数着天上的星:
"一,二,三,四……"
"五,八,六,两……"

他们数,他们唱:
"地上人多心不平,
天上星多月不亮。"①

一九二一年二月七日,伦敦

全诗用朴素的文字写了暮色苍茫中一个小农家的生活常景。唯其平凡自然,才更能增添亲切孺慕的感情。

多么平常啊,黄昏了,妇人在灶下烧饭;丈夫下田回家了,逗逗狗,看看牛,问一问新酿的酒怎样;月亮从门对面的青山顶上、松树尖头升了上来,孩子们在场上数着星星,唱着歌谣。

真是"眼前景""平常事",诗人几乎是自然主义地作了白描,但唤起的是每个生活在农家的人的亲切回忆与美好眷恋。

---

① 这两句是江苏江阴的民谚。——原注

沈尹默

> 沈尹默（1883—1971），原名沈君默，字秋明。浙江吴兴人。早年留学日本，毕业于京都帝国大学，归国后历任北京大学兼北京女子师范大学教授、北平大学女子文理学院院长等职。编辑《新青年》期间，提倡白话诗，诗作也大多发表在《新青年》上。著有《秋明集》《秋明室杂诗》《秋明室长短句》等。

月　夜

霜风呼呼的吹着，
　　月光明明的照着。
我和一株顶高的树并排立着，
　　却没有靠着。

一九一七年

白话新诗开拓者沈尹默的这首《月夜》当时之所以脍炙人口，乃是因为他写出了五四时代精神，显示了人格独立、个性解放的思想。

诗的画面很简洁，展现的是霜风呼叫，明月高照，一棵高高的树和一个与树并排而立的人。这里没有一句概念的叙述，没有一句抽象的说教，意象的排列组合清楚地体现了强烈的自我意识和独立不倚的人格。全诗完全打破了旧体格律，建立了口语化的新诗风格。难怪当时另一诗人康白情说:"第一首散文诗而具备新诗的美德的是沈尹默的《月夜》。"

有趣的是,历史绵延发展,六十年后,有一位年轻的女诗人叫舒婷,她写过一首《致橡树》,诗如下:

> 我如果爱你——/绝不像攀援的凌霄花,/借你的高枝炫耀自己;/我如果爱你——/绝不学痴情的鸟儿,/为绿荫重复单纯的歌曲;/……我必须是你近旁的一株木棉,/作为树的形象和你站在一起。/根,紧握在地下;/叶,相融在云里……

这里意象更加繁复,情思更加曲折,但中心意思也是追求独立不倚、完全平等的人格与信念。这说明,五四新诗与新时期的文学是相通的,它们有着继承与发展的关系。时代在前进,新诗在发展,我们没有理由怀疑新诗的方向与前途。

三　弦

中午时候,火一样的太阳,没法去遮拦,让他直晒着长街上。静悄悄少人行路;只有悠悠风来,吹动路旁杨树。

谁家破大门里,半院子绿茸茸细草,都浮着闪闪的金光。旁边有一段低低的土墙,挡住了个弹三弦的人,却不能隔断那三弦鼓荡的声浪。

门外坐着一个穿破衣裳的老年人,双手抱着头,他不声不响。

一九一八年八月十五日

当新诗初起时,复古保守派反对攻击的理由是白话诗破坏了古体格律,缺乏音乐性,不成为诗。待沈尹默这首《三弦》一出,以它的最具声韵之美,使反对者万喙俱歇,宣告了现代新诗的伟大胜利。

全诗分三节,每一节都是一幅画,但整体又创造了一种氛围:夏日正午，在灼热沉静中，唯有三弦的声浪在断墙颓垣边鼓荡，只有一个穿破衣的老人抱头静听。这里将中国古老城镇的孤寂、颓败景象描画得极为传神，而那火一样的太阳，绿茸茸的细草浮着闪闪的金光，还有那不能隔断的三弦鼓荡的声浪又似乎传奏着希望与理想，那悠长的人道主义的感叹也在低回摇曳……诗境呈现多重意蕴，让人们体寻、追索。

  这首诗在音乐性上有着成功的实践与贡献。胡适曾专门以它为例，作了分析，说："这首诗从见解意境上和音节上看来，都可算是新诗中一首最完全的诗。看他第二段'旁边'以下一长句中，'旁边'是双声；'有一'是双声；段，低，低，的，土，挡，弹，的，断，荡，的，十一个都是双声。这十一个字都是'端透定'（D，T）的字，模写三弦的声响，又把'挡''弹''断''荡'四个阳声的字和七个阴声的双声字（段，低，低，的，土，的，的）参错夹用，更显出三弦的抑扬顿挫。"（胡适《谈新诗》）

鲁迅

鲁迅（1881—1936），原名周樟寿，后改名周树人，字豫才。浙江绍兴人。1902年赴日留学，先在东京弘文学院补习日语，后入仙台医学专门学校学习。1909年回国，先后在杭州、绍兴、北京等学校执教。1912年任职于北洋政府教育部。1918年5月，发表《狂人日记》时始用"鲁迅"笔名。1926年8月到厦门大学执教，1927年至中山大学任教。1927年10月在上海定居。他早年曾写作新诗，此后主要从事小说和杂文的写作。著作有《鲁迅全集》。

爱之神

一个小娃子，展开翅子在空中，
一手搭箭，一手张弓，
不知怎么一下，一箭射着前胸。
　　"小娃子先生，谢你胡乱栽培！
　　但得告诉我：我应该爱谁？"
娃子着慌，摇头说，"唉！
你是还有心胸的人，竟也说这宗话。
　　你应该爱谁，我怎么知道。
　　总之我的箭是放过了！
　　你要是爱谁，便没命的去爱他；

你要是谁也不爱,也可以没命的去自己死掉。"

一九一八年

　　五四时期,恋爱自由,婚姻自主,成为个性解放的中心内容。鲁迅非常关心这一问题。他曾经在《热风·随感录·四十》里迫切希望:"人之子醒了;他知道了人类间应有爱情……于是起了苦闷,张口发出这叫声。"

　　这首诗深蕴其意,构思了这样一幅画面:希腊神话中的爱神厄洛斯(罗马神话里叫丘比特)长着双翅,手持弓箭,他的金箭头射到男女双方的心里,双方就会相爱。现在爱神"一箭射着前胸",使"人之子醒了",他问:"我应该爱谁?"爱神没有具体回答他的问题,只是要这位"有心胸"的人自己去思考,去决定,要是"爱谁",就"没命的去爱他",自己做主,自己下决心。这里有冲破封建罗网,争取自己幸福的意思。要是"谁也不爱"呢?那"就没命的去自己死掉"。这也是《热风·随感录·四十》的又一说法:"但在女性一方面,本来也没有罪,现在是做了旧习惯的牺牲。我们既然自觉着人类的道德,良心上不肯犯他们少的老的的罪,又不能责备异性,也只好陪着做一世的牺牲,完结了四千年的旧账。"

　　这首诗巧妙地使用了外国神话的典故,并且赋有新意,全诗都用白话写作,由浅入深,难怪新诗的创始人胡适称赞周氏兄弟,才真正是"新诗人"。

李大钊

李大钊（1889—1927），字守常。河北乐亭人。1913年于北洋法政专门学校毕业后，去日本早稻田大学学习。1916年回国。历任北京《晨钟报》总编辑、《新青年》编委、北京大学图书馆主任兼经济学教授。1918年与人发起"少年中国学会"，创办《每周评论》。中国共产党主要创始人之一。1927年4月被反动军阀杀害。诗作主要刊于《新青年》和《少年中国》杂志，有的手稿编入刘半农编辑的《初期白话诗稿》。

山中即景

是自然的美，
是美的自然；
绝无人迹处，
空山响流泉。

云在青山外，
人在白云内；
云飞人自还，
尚有青山在！

一九一八年七月十五日

李大钊的《山中即景》写于1918年7月，最初发表于《新青年》1918年第5卷第3号。刘半农在编《初期白话诗稿》时把原稿保存下来了。

诗分两节。第一节讴歌大自然，既有"自然的美"，又成就了"美的自然"。山川景色，虽然是"无我之境"，但它并不荒芜空寂，在空山深谷，流响着淙淙的泉声。这空旷、阒静的环境中有一串泉声，一点动态，生命的活力充满在视觉和听觉里，使得山川有了动感，反映了当时的时代精神。

第二节是对第一节的深化，表明"空山"不空，既有飞动的白云，又有登高的游人。然而青山是主体，待到白云飞去，游人回去，它依然挺立，岿然不动。"云飞人自还，/尚有青山在"两句，正好与上一节"绝无人迹处，/空山响流泉"相呼应。作者是唯物主义者，他认为美是客观存在的，然而大自然的美需要人发现。这首诗清楚地投入作者的情思，那跃动着的声响与动态，不正是诗人捕捉到而呈现在纸上的吗？

这首诗虽然是五言体式，但完全是口语化的，同时采用回环的散文句式，不论平仄，仍符合"诗体大解放"的要求，具有初期白话诗的特色。

俞平伯

俞平伯（1900—1990），原名俞铭衡，字平伯。浙江德清人。1919年毕业于北京大学，先后加入新潮社、文学研究会、语丝社。曾先后在上海大学、燕京大学、北京大学、清华大学任教。中华人民共和国成立后，先在北京大学任教授，后到中国科学院文学研究所任研究员。著有新诗集《冬夜》《西还》《忆》《雪朝》（合集）等。

孤山听雨

游不必有诗，但快游亦不可无诗。记八月一日之游。

云依依的在我们头上。
小划儿却早懒懒散散地傍着岸了。
小青哟，和靖哟，
且不要萦住游客们底凭吊；
上那放鹤亭边，
看葛岭底晨妆去罢。

苍苍可滴的姿容，
少一个初阳些微晕她。
让我们都去默着，
幽甜到不可说了呢。

晓色更沉沉了；
看云生远山，
听雨来远天，
飒飒的三两点雨，
先打上了荷叶，
一切都从静默中叫醒来。

皱面的湖纹，
半魇着眉尖样的，
偶然间添了——
花喇喇银珠儿那番迸跳。
是繁弦？是急鼓？
比碎玉声多几分清悄？

凉随着雨生了，
闷因着雷破了，
翠叠的屏风烟雾似的朦胧了。
有湿风到我们底衣襟上，
点点滴滴的哨呀！

来时的划子横在渡头。
好个风风雨雨，
清冷冷的湖面。
看他一领蓑衣，
把没篷子的打鱼船，
闲闲的划到藕花外去。

雷声殷殷的送着，
　　雨丝断了，近山绿了；
　　只留恋的莽苍云气，
　　正盘旋在西泠以外，
极目的几点螺黛里。

一九二一年八月五日，杭州

朱自清在为俞平伯《冬夜》作序时，曾极力赞这首《孤山听雨》，"有活泼、美妙的风格"。

俞平伯这首诗是依时间的先后和地点的远近逐步进入诗境的。孤山在杭州西湖里，诗人游时，正值清晨，此时"云依依的在我们头上"，小船也停在岸边，当年岸上有冯小青与林和靖的墓。诗人却纵目葛岭，葛岭高处有初阳台，可是此刻却变成"苍苍可滴的姿容"，欲雨未雨，有着"幽甜到不可说"的韵味。接着雨来了，"一切都从静默中叫醒来"。雨落在湖上，先是"比碎玉声多几分清悄"，但越下越大，"翠叠的屏风烟雾似的朦胧了"。船横湖面，清清冷冷。披蓑衣的舟子，"把没篷子的打鱼船，/闲闲的划到藕花外去"。雨渐渐停了，近山绿了，苍莽的云气盘旋在西泠之外，在远处似几点螺黛的青山上。

诗人写西湖雨景，确实用笔活泼。他写雨将来时，"看云生远山，/听雨来远天"，既写视觉，又写听觉。那"飒飒的三两点雨"变成"花喇喇银珠儿那番迸跳"，同时，"凉随着雨生了，/闷因着雷破了"，各种感觉交错，声色俱作，信笔挥洒了一幅变幻多姿的西湖雨景图。

这首诗美妙之处还在于有自然的音乐美。它打破旧诗音律的严格限制，但又不失诸散漫。正如朱自清所说的"用韵底自然，也是平伯底一绝。他诗里用韵底处所，多能因其天然，不露痕迹"。像此诗，第一节第二、四句"了""吊"押韵；第二节全不用韵；第三节第二、三句"山""天"押韵；第四节第四、六两句"跳""悄"协韵；第五节第一、二、三句同以"了"字作韵；第六节第二、四、六句押韵；最后一节，第二句中间点断，各以"了"字作尾，第三、五句"气""里"押韵。可见，用韵与否，以及韵的疏密，全以自己感情的抒发需要而定，任其自然，不为所拘。这首诗体现了朱自清在同一序里说的"于韵以外求得全部词句底顺调"。

再有，诗人用白话写诗，也像古典诗词那样，讲求字句的推敲锤炼。这可从这首诗中拈出许多例子说明。这也是这首诗在整体上构成诗美的不可或缺的原因。

凄 然

今年九月十四日我同长环到苏州，买舟去游寒山寺。虽时值秋半，而因江南阴雨兼旬，故秋意已颇深矣。且是日雨意未消，游者阒然；瞻眺之余，顿感寥廓！人在废殿颓垣间，得闻清钟，尤动凄怆怀恋之思，低回不能自已。夫寒山一荒寺耳，而摇荡性灵至于如此，岂非情缘境生，而境随情感耶？此诗之成，殆由文人结习使之然。

哪里有寒山！
哪里有拾得！
哪里去追寻诗人们底魂魄！
只凭着七七八八，廓廓落落，
将倒未倒的破屋，
粘住失意的游踪，
三两番的低回踯躅。

明艳的凤仙花，
喜欢开到荒凉的野寺；
那带路的姑娘，

又想染红她底指甲，
向花丛去掐了一握。
他俩只随随便便的，
似乎就此可以过去了；
但这如何能，在不可聊赖的情怀？

有剥落披离的粉墙，
欹斜宛转的游廊，
蹭蹬的陂陀路，
有风尘色的游人一双。
萧萧条条的树梢头，
迎那西风碎响。
他们可也有悲摇落的心肠？

镗然起了，
嗡然远了，
渐殷然散了；
枫桥镇上底人，
寒山寺里底僧，
九月秋风下痴着的我们，
都跟了沉凝的声音依依荡颤。
是寒山寺底钟么？
是旧时寒山寺底钟声么？

一九二一年九月三十日，杭州

  闻一多在评俞平伯《冬夜》集时曾指出这首《凄然》："有神妙的'兴趣'，是不可言诠的。"

  "不可言诠"或许指整个诗的底蕴不可以言道尽，但不等于我们不能跟随诗人的描述,把握诗所呈现的意境。

诗序和诗开头提到苏州寒山寺。唐初的高僧寒山与他的朋友拾得藏匿寺中当烧火僧人。有地方官闻讯来访,他们"即走出寺,归寒岩。寒山子入穴而去,其穴自合",寒山寺因此而得名。寒山寺还因唐张继的《枫桥夜泊》一诗而闻名遐迩。我想,每个游客到此寺中,都会情不自禁吟起"月落乌啼霜满天,江枫渔火对愁眠。姑苏城外寒山寺,夜半钟声到客船"的诗来。俞平伯偕新婚的妻子在"秋意已颇深"而"雨意未消"之时,同睹游人疏落、废殿颓垣的景象,"得闻清钟,尤动凄怆怀恋之思,低回不能自已"。

这种情绪涂抹在文字上,就构成了全诗的基调。诗共分四节。第一节一开头就带着悲怆呼喊:"哪里有寒山!/哪里有拾得!"古人不见而名寺荒废,面对如此凄凉的景况,诗人怎能没有失落之感!第二节虽添了一些亮色和生气,但"不可聊赖的情怀"终难消除。第三节继续写荒废的环境和凄然的情怀,是加一倍的写法。第四节落点到写寒山寺的钟声,"铓然起了,/嗡然远了,/渐殷然散了";这钟声消融、荡颤了"枫桥镇上底人,/寒山寺里底僧,/九月秋风下痴着的我们"。接下来,诗人思接千载,钟声里传出久远的历史声响,使人想起古代诗人的魂魄,所以最后写道:"是寒山寺底钟么?/是旧时寒山寺底钟声么?"悠悠钟声,渺渺情怀,真让人说不尽,写不完……

诗人写这首诗,说是"情缘境生,而境随情感",这凝定的诗美世界,什么时候读它,都会唤起我们心的感应和美的战栗。

周作人

周作人(1885—1967),原名周櫆寿,后改名周槐寿,笔名遐寿,字起孟、启明,号知堂。浙江绍兴人。1906年赴日本留学。1917年任北京大学教授,发起组织文学研究会。1937年全民族抗日战争爆发后,滞留北平。中华人民共和国成立后,居家从事翻译与写作。著有诗集《过去的生命》。

小 河

  一条小河,稳稳的向前流动。
经过的地方,两面全是乌黑的土,
生满了红的花,碧绿的叶,黄的果实。
  一个农夫背了锄来,在小河中间筑起一道堰。
下流干了,上流的水被堰拦着,下来不得,不得前进,又不能退回,水只在堰前乱转。
水要保他的生命,总须流动,便只在堰前乱转。
堰下的土,逐渐淘去,成了深潭。
水也不怨这堰,——便只是想流动,
想同从前一般,稳稳的向前流动。
  一日农夫又来,土堰外筑起一道石堰。
土堰坍了,水冲着坚固的石堰,还只是乱转。
  堰外田里的稻,听着水声,皱眉说道,——

"我是一株稻,是一株可怜的小草,
我喜欢水来润泽我,
却怕他在我身上流过。
小河的水是我的好朋友,
他曾经稳稳的流过我面前,
我对他点头,他向我微笑。
我愿他能够放出了石堰,
仍然稳稳的流着,
向我们微笑;
曲曲折折的尽量向前流着,
经过的两面地方,都变成一片锦绣。
他本是我的好朋友,
只怕他如今不认识我了,
他在地底里呻吟,
听去虽然微细,却又如何可怕!
这不像我朋友平日的声音,
被轻风挽着走上沙滩来时,
快活的声音。
我只怕他这回出来的时候,
不认识从前的朋友了,——
便在我身上大踏步过去。
我所以正在这里忧虑。"

　　田边的桑树,也摇头说,——
"我生的高,能望见那小河,——
他是我的好朋友,
他送清水给我喝,
使我能生肥绿的叶,紫红的桑葚。
他从前清澈的颜色,

现在变了青黑,

又是终年挣扎,脸上添出许多痉挛的皱纹。

他只向下钻,早没有工夫对了我点头微笑。

堰下的潭,深过了我的根了。

我生在小河旁边,

夏天晒不枯我的枝条,

冬天冻不坏我的根。

如今只怕我的好朋友,

将我带倒在沙滩上,

拌着他卷来的水草。

我可怜我的好朋友,

但实在也为我自己着急。"

　　田里的草和虾蟆,听了两个的话,

也都叹气,各有他们自己的心事。

水只在堰前乱转,

坚固的石堰,还是一毫不摇动。

筑堰的人,不知到哪里去了。

一九一九年一月二十四日

　　周作人的《小河》是新诗开创时期最有名的诗篇,胡适说它是"新诗中的第一首杰作"(胡适《谈新诗》),甚至到1935年,郑振铎还说它"却终于不易超越"。

　　这首诗何以有这样大的声名?我们历史地理解,其原因如下。

　　第一,新诗最重要的是要有象征性。周作人在《〈扬鞭集〉序》中就认为新诗的手法"则觉得所谓'兴'最有意思,用新名词来讲或可以说是象征"。他在《小河·序》里也谈到这首诗与法国象征派诗人波德莱尔的散文诗有相似之处。这首诗着意渲染小河有自然奔流的天性,农夫拦腰筑堰,诗里连用三个"乱转",就是形容小河要发展自己的天性,它是那个时代反对封建束缚、要求个性解放的象征。这里充分表现了西方思潮的现代意识。但是，诗的主题与题材甚至表现手法并不抽象玄虚，周作人只是从普通的平凡人生与生活景象中发现诗。关于这一点，废名曾论及周作人写"种种平凡的真实印象"的诗的影响是"一时做新诗的人大家都觉得有新的诗可写了"（冯文炳《谈新诗》）。

第二，在诗作的形式上真正体现白话诗的"新"的特色。胡适与朱自清都曾看出周氏兄弟真正打破了旧诗词的镣铐，他们代表了早期白话诗作中"欧化"的一路。这首《小河》在形式上，彻底抛弃了旧诗词旧格律体，而追求自然的节奏，"简直不大用韵"，而且是散文化的长诗，运用明白达意的口语、描摹和象征结合的手法，没有说教，始终围绕具体的意象，展开对小河流动受阻的各种景象和感情的细腻、复杂的描写，表现五四新诗与世界思潮同步的现代意识与开阔境界。这是旧体诗词陈腐僵化的语言与形式无法做到的。

康白情

> 康白情（1896—1959），字洪章。四川安岳人。早年在北京大学学习，1918年加入少年中国学会。同年与罗家伦、傅斯年等组织新潮社，开始诗歌创作。1920年大学毕业后赴美入加利福尼亚大学。著有诗集《草儿》《草儿在前》《河上集》。

草　儿

草儿在前，
鞭儿在后。
那喘吁吁的耕牛，
正担着犁鸢，
眙着白眼，
带水拖泥，
在那里"一东二冬"地走着。

"呼——呼……"
"牛吔，你不要叹气，
快犁快犁，
我把草儿给你。"

"呼——呼……"

"牛咃，快犁快犁。
你还要叹气，
我把鞭儿抽你。"

牛呵！
人呵！
草儿在前，
鞭儿在后。

一九一九年二月一日，北京

　　康白情把他的第一个诗集以此诗题命名，可见他对这首诗的重视。
　　康白情是五四时期"新潮社"诗群的代表人物。文学史称他的重要贡献是在大自然中发现了新诗的材料。他的写景诗与记游诗，以及相应的色彩的描绘、声音的摹写，都被认为是对新诗表现领域和表现手法的新开拓。
　　《草儿》白描了牛食草耕地的情景。"草儿在前，/鞭儿在后"，中间夹着牛的辛苦耕耘，这就写出牛的生存的悲壮境地，他只能"眙着白眼，/带水拖泥，/在那里'一东二冬'地走着"。牛在走着，人在叱咤着，这就写出牛与人的关系。牛吃的是草，得到的却是鞭子的抽打。在诗的末节"牛呵"的后面，又接着出现"人呵"一句，这就把牛的境遇和命运与人的境遇和命运联系起来，旧社会中国农民的形象不也和牛一样吗？他们也是生活在"草儿在前，/鞭儿在后"的境地中啊！
　　这首诗在直观的形象描写中隐寓象征意义，诗人把他的同情放在农民一边，控诉了不合理的社会制度。诗里"一东二冬"原是诗韵，这里选作象声词以表示牛耕田的沉重脚迹所传达的节奏感，与诗的整个意境与情绪配合，收到沉郁隽永的艺术效果。

朱自清

朱自清（1898—1948），原名朱自华，字佩弦。浙江绍兴人，自称扬州人。1916年毕业于江苏省立第八中学，并考入北京大学哲学系，1920年毕业。在大学求学期间开始新诗创作，并参加新潮社、文学研究会。1922年与叶圣陶等组织中国新诗社，并创办《诗》月刊。1925年任清华学校国文系教授。1931年赴欧洲游历。1932年回国，任清华大学中国文学系主任。全民族抗日战争开始后，任西南联合大学中国文学系主任。1946年随清华大学返回北平。著有《踪迹》《新诗杂话》《朱自清全集》等。

细　雨

东风里
掠过我脸边，
星呀星的细雨，
是春天的绒毛呢。

一九二三年三月八日

《细雨》是一首小诗，它写了东风化雨轻柔纤细的感觉，捕捉了风和雨的鲜明形象。

小诗只有四句，要想以简短的诗形写特定的景象，就要求选字造句十分精粹。一个"掠"字既写了春天轻柔的风，又写了雨的纤细、飘忽;"雨"用"星"形容,是极写春雨的零落散碎,而且"是春天的绒毛呢",把客观的雨和主观的感受都形容到了,比喻十分精确和熨帖。

诗既写了特定的情景,又使用了形象的语言,而且把一刹那的感兴也表达出来了。全诗结构紧密,音调又是那样明朗流利,实在是一首精心创制的佳品。

睡罢,小小的人

同住的查君从伊文思书馆寄来的书目里,得着一小幅西妇抚儿图,下面题道:Sleep Little one. 这幅画很为可爱。

"睡罢,小小的人。"
明明的月照着,
微微的风吹着——一阵阵花香,
睡魔和我们靠着。

"睡罢,小小的人。"
你满头的金发蓬蓬地覆着,
你碧绿的双瞳微微地露着,
你呼吸着生命的呼吸。
呀,你浸在月光里了,
光明的孩子,——爱之神!

"睡罢,小小的人。"
夜的光,
花的香,
母的爱,

稳稳地笼罩着你。
你静静地躺在自然的摇篮里，
什么恶魔敢来扰你！

"睡罢，小小的人。"
我们睡罢，
睡在上帝的怀里：
他张开慈爱的双臂，
搂着我们；
他光明的唇，
吻着我们；
我们安心睡罢，
睡在他的怀里。

"睡罢，小小的人。"
明明的月照着，
微微的风吹着——一阵阵花香，
睡魔和我们靠着。

一九一九年二月二十九日，北京

这首诗的创作背景在诗前小记里已经说明，它是由那幅西妇抚儿图激起的创作灵感，是对母爱和亲情的歌颂。有人还介绍，1919年寒假，诗人由北京回扬州家中度假，"看到才四个月大的儿子迈先，于是写了这首儿歌式的新诗"（舒燕《五四时代的新诗作家和作品》，台湾成文出版社1980年版）。

整首诗写母爱的抚慰，婴儿的恬静；明月，微风，花香，氤氲交融成一片安详温馨的意境。

全诗以"睡罢，小小的人"一句为主旋律，通过五幅画面，一再咏唱，造成回环复沓、不绝如缕的情韵和意境，构成诗化的画图、诗化的音乐，像催眠曲似的引人进入沉醉、静谧的氛围与境界。

毁 灭

六月间在杭州。因湖上三夜的畅游，教我觉得飘飘然如轻烟，如浮云，丝毫立不定脚跟。当时颇以诱惑的纠缠为苦，而亟亟求毁灭。情思既涌，心想留些痕迹。但人事忙忙，总难下笔。暑假回家，却写了一节；但时日迁移，兴致已不及从前好了。九月间到此，续写成初稿；相隔更久，意态又差。直到今日，才算写定，自然是没劲儿的！所幸心境还不曾大变，当日情怀，还能竭力追摹，不至很有出入；姑存此稿，以备自己的印证。

一九二二年十二月九日晚记

　　踯躅在半路里，
垂头丧气的，
是我，是我！
五光吧，
十色吧，
罗罗在咫尺之间：
这好看的呀！
那好听的呀！
闻着的是浓浓的香，
尝着的是腻腻的味；
况手所触的，
身所依的，
都是滑泽的，

都是松软的！
靡靡然！
怎奈何这靡靡然？——
被推着，
被挽着，
长只在俯俯仰仰间，
何曾做得一分半分儿主？
在了梦里，
在了病里；
只差清醒白醒的时候！
白云中有我，
天风的飘飘，
深渊里有我，
伏流的滔滔：
只在青青的，青青的土泥上，
不曾印着浅浅的，隐隐约约的，我的足迹！
我流离转徙，
我流离转徙；
脚尖儿踏呀，
却踏不上自己的国土！
在风尘里老了，
在风尘里衰了，
仅存的一个懒恹恹的身子，
几堆黑簇簇的影子！
幻灭的开场，
我尽思尽想：
"亲亲的，虽渺渺的，
我的故乡——我的故乡！

回去！回去！"

  虽有茫茫的淡月，
笼着静悄悄的湖面，
雾露蒙蒙的，
雾露蒙蒙的；
仿仿佛佛的群山，
正安排着睡了。
萤火虫在雾里找不着路，
只一闪一闪地乱飞。
谁却放荷花灯哩？
"哈哈哈哈……"
"吓吓吓……"
夹着一缕低低的箫声，
近处的青蛙也便响起来了。
是被摇荡着，
是被牵惹着，
说已睡在"月姊姊的臂膊"里了；
真的，谁能不飘飘然而去呢？
但月儿其实是寂寂的，
萤火虫也不曾和我亲近，
欢笑更显然是他们的了。
只有箫声，
曾引起几番的惆怅；
但也是全不相干的，
箫声只是箫声罢了。
摇荡是你的，
牵惹是你的，

他们各走各的道儿，
谁理睬你来？
横竖做不成朋友，
缠缠绵绵有些什么！
孤零零的，
冷清清的，
没味儿，没味儿！
还是掉转头，
走你自家的路。
回去！回去！

　　虽有雪样的衣裙，
现已翩翩地散了，
仿佛清明日子烧剩的白的纸钱灰。
那活活像小河般流着的双眼，
含蓄过多少意思，蕴藏过多少话句的，
也干涸了，
干到像烈日下的沙漠。
漆黑的发，
成了蓬蓬的秋草；
吹弹得破的面孔，
也只剩一张褐色的蜡型。
况花一般的笑是不见一痕儿！
珠子一般的歌喉是不透一丝儿！
眼前是光光的了，
总只有光光的了。
撇开吧，
还撇些什么！

回去！回去！

　　虽有如云的朋友，
互相夸耀着，
互相安慰着，
高谈大笑里，
送了多少的时日；
而饮啖的豪迈，
游踪的密切，
岂不像繁茂的花枝，
赤热的火焰哩！
这样被说在许多口里，
被知在许多心里的，
谁还能相忘呢？
但一丢开手，
事情便不同了：
翻来是云，
覆去是雨，
别过脸，
掉转身，
认不得当年的你！——
原只是一时遣着兴罢了，
谁当真将你放在心头呢？
于是剩了些淡淡的名字——
莽莽苍苍里，
便留下你独个，
四围都是空气罢了，
四围都是空气罢了！

还是摸索着回去吧；
那里倒许有自己的弟兄姊妹
切切地盼望着你。
回去！回去！

　　虽有巧妙的玄言，
像天花的纷坠；
在我双眼的前头，
展示渺渺如轻纱的憧憬——
引着我飘呀，飘呀，
直到三十三天之上。
我拥在五色云里，
灰色的世间在我的脚下——
小了，更小了，
远了，几乎想也想不到了。
但是下界的罡风
总归呼呼地倒旋着，
吹入我丝丝的肌里！
摇摇荡荡的我
倘是跌下去呵，
将像泄着气的轻气球，
被人践踏着玩儿，
只余嗤嗤的声响！
况倒卷的罡风，
也将像三尖两刃刀，
劈分我的肌里呢？——
我将被肢解在五色云里，
甚至化一阵烟，

袅袅地散了。
我战栗着,
"念天地之悠悠"……
回去！回去！

　　虽有饿着的肚子,
拘挛着的手,
乱蓬蓬秋草般长着的头发,
凹进的双眼,
和软软的脚,
尤其灵弱的心；
都引着我下去,
直向底里去,
教我抽烟,
教我喝酒,
教我看女人。
但我在迷迷恋恋里,
虽然混过了多少时刻,
只不让步的是我的现在,
他不容你不理他！
况我也终于不能支持那迷恋人的,
只觉肢体的衰颓,
心神的飘忽,
便在迷恋的中间,
也潜滋暗长着哩！
真不成人样的我
就这般轻轻地速朽了么？
不！不！

趁你未成残废的时候,
还可用你仅有的力量!
回去!回去!

　　虽有死仿佛像白衣的小姑娘,
提着灯笼在前面等我,
又仿佛像黑衣的力士,
擎着铁锤在后面逼我——
在我烦忧着就将降临的败家的凶惨,
和一年来骨肉间的仇视,
(互以血眼相看着)的时候;
在我为两肩上的人生的担子
压到不能喘气,
又眼见我的收获
渺渺如远处的云烟的时候;
在我对着黑绒绒又白漠漠的将来,
不知取怎样的道路,
却尽徘徊于迷悟之纠纷的时候:
那时候她和他便隐隐显现了,
像有些什么,
又像没有——
凭这样的不可捉摸的神气,
真尽够教我向往了。
去,去,
去到她的,他的怀里吧。
好了,她望我招手了,
他也望我点头了。……
但是,但是,

她和他正都是生客,
教我有些放心不下;
他们的手飘浮在空气里,
也太渺茫了,
太难把握了,
教我怎好和他们相接呢?
况死之国又是异乡,
知道它什么土宜哟!
只有在生之原上,
我是熟悉的;
我的故乡在记忆里的,
虽然有些模糊了,
但它的轮廓我还是透熟的,——
哎呀!故乡它不正张着两臂迎我吗?
瓜果是熟的有味,
地方和朋友也是熟的有味,
小姑娘呀,
黑衣的力士呀,
我宁愿回我的故乡,
我宁愿回我的故乡;
回去!回去!

　　归来的我挣扎挣扎,
拨烟尘而见自己的国土!
什么影像都泯没了,
什么光芒都收敛了;
摆脱掉纠缠,
还原了一个平平常常的我!

从此我不再仰眼看青天，
不再低头看白水，
只谨慎着我双双的脚步；
我要一步步踏在土泥上，
打上深深的脚印！
虽然这些印迹是极微细的，
且必将磨灭的，
虽然这迟迟的行步
不称那迢迢无尽的程途，
但现在平常而渺小的我，
只看到一个个分明的脚步，
便有十分的欣悦——
那些远远远远的
是再不能，也不想理会的了。
别耽搁吧，
走！走！走！

《毁灭》是一首长诗。许多文学史家都称赞它是超越当时诗作水平的力作。

写作这首诗的缘由，作者在此诗的前记里说得很清楚。

全诗共分八节。中间六节罗列各种诱惑的纠缠而一层一层地加以打破。到第八节说："摆脱掉纠缠，/还原了一个平平常常的我！/从此我不再仰眼看青天，/不再低头看白水，/只谨慎着我双双的脚步；/我要一步步踏在土泥上，/打上深深的脚印！"从这里可以看出诗的主旨，诗人在长诗里写了自己的思路，从《毁灭》开场到终结的感情铺展里，是要脚踏实地，回到"生之原上"，继续前进。对人生的执着和肯定，是这首诗的基调和主旋律。

朱自清曾说："长诗底意境或情调必是复杂而错综，结构必是曼衍，描写必是委曲周至。"（朱自清《短诗和长诗》）在《毁灭》里，作者将汹涌的情思蕴含在无数生动的形象里，复杂而错综，体现在曼衍的结构中，作委曲周至的描写。全诗八节，第一节写毁灭的开场，突出抒情主体"我"的"空虚"感。接下去六节六个层次，写毁灭的展开，纠缠的排脱，更把郁结在心头的复杂思绪通过形象表现。这些意象象征了人生、社会和家庭的种种诱惑与压力。诗人表示要坚决"撇开""丢开""掉转头，/走你自家的路"。最后一个层次，也就是第八节，宣告以分明的脚步和十分的欣悦——

> 那些远远远远的
> 是再不能，也不想理会的了。
> 别耽搁吧，
> 走！走！走！

在《毁灭》里，有许多复沓的句式，如第一节里"我流离转徙，/我流离转徙"，"在风尘里老了，/在风尘里衰了"；第四节，"四围都是空气罢了，/四围都是空气罢了！"；第七节"我宁愿回我的故乡，/我宁愿回我的故乡"，"回去！/回去！"；等等。这些不但反复加强了抒情气氛，增强了诗歌的节奏感，而且反映了诗人盘旋回荡的内在心思，深化和加强了主题，使长诗获得永远的艺术生命力。

刘大白

　　刘大白(1880—1932),原名金庆棪,字伯桢;后改姓刘,名靖裔,字清斋。浙江绍兴人。清贡生,后留学日本,并加入同盟会。1924年任复旦大学教授。1927年以后,历任浙江大学秘书长、国民党政府教育部常任次长等职。著有新诗集《卖布谣》《丁宁》《再造》《秋之泪》《邮吻》,旧体诗集《白屋遗诗》等。

田主来

一声田主来,
爸爸眉头皱不开。
一声田主到,
妈妈心头毕剥跳。
爸爸忙扫地,
妈妈忙上灶:
　"米在桶,酒在坛,
　鱼在盆,肉在篮;
　照例要租鸡,
　没有怎么办?——
　本来预备两只鸡:
　一只被贼偷,一只遭狗咬;

另买又没钱,真真不得了!——
　　阿二来!
　　和你商量好不好?
　　外婆给你那只老婆鸡,
　　养到三年也太老,
　　不如借给我,
　　明年还你一只雄鸡能报晓!"
妈妈泪一揩,
阿二唇一翘:
　　"譬如贼偷和狗咬,
　　凭他楦得大肚饱。
　　别说什么借和还,
　　雄鸡雌鸡都不要。
　　勤的饿,惰的饱,
　　世间哪里有公道!
　　辛苦种了一年田,
　　田主偏来当债讨。
　　大斗重秤十足一,
　　额外浮收还说少。
　　更添阿二一只鸡,
　　也不值得再计较!
　　贼是暗地偷,狗是背地咬,
　　都是乘人不见到。
　　怎像田主凶得很,
　　明吞面抢真强盗!"
妈妈手乱摇:
　　"阿二别懊恼!
　　小心田主听见了,

明年田脚①都难保!"

一九二一年二月二十八日在杭州

早期白话诗在艺术上的特点,首先是重实感,不重想象,表现出写实重义的倾向。白话诗人中,刘半农、刘大白都注重向民间歌谣学习,刘半农写有江阴民歌的仿作《瓦釜集》,刘大白的《旧梦》里收有不少歌谣体的白话诗,如《田主来》《卖布谣》,即是其中的名篇。他们将下层人民的形象和命运引入新诗,表现了社会主义的思想倾向,具有了"新质"因素。

《田主来》写地主剥削农民,除了地租,还有其他许多花样的盘剥,诗中写的"租鸡"就是其中的一种。这首诗就是围绕这一情节,通过妈妈和阿二的两段对话,把地主的贪婪卑鄙和穷人的愤懑憎恨表现出来。首段在"一声田主来""一声田主到"的紧张气氛中,把穷苦人的愁忙写得呼之欲出;而在"借鸡"的对话中,通过阿二的口,将田主与偷鸡贼和狗相比较,认为田主比贼更恶,比狗更凶,表达了诗人与穷人同心相应的思想感情。一首小叙事诗有情节、有人物、有声态,极尽冷嘲热讽、嬉笑怒骂之能事,充满了机智和风趣。

卖布谣

一

嫂嫂织布,
哥哥卖布。
卖布买米,

---

① 绍兴佃户除向田主赁田播种外,另有所谓"田脚",由佃户自相买卖,但田主也有权硬行收买"田脚",不准他再种这田,叫作"起田脚"。

有饭落肚。

嫂嫂织布,
哥哥卖布。
弟弟裤破,
没布补裤。

嫂嫂织布,
哥哥卖布。
是谁买布,
前村财主。

土布粗,
洋布细。
洋布便宜,
财主欢喜。
土布没人要,
饿倒哥哥嫂嫂!

二

布机轧轧,
雄鸡哑哑。
布长夜短,
心乱如麻。

四更落机,
五更赶路;

空肚出门,
上城卖布。

上城卖布,
城门难过;
放过洋货,
捺住土货。

没钱完捐,
夺布充公。
夺布犹可,
押人太凶!
"饶我饶我!"
"拘留所里坐坐!"

一九二〇年五月三十一日在杭州

《卖布谣》表现了农村小手工生产者的产品在资本主义商品倾销的压力下,濒临绝境的惨状,同时揭露了反动政府的苛捐杂税更使人民无法生活的社会状况。

五四时期,描写劳动人民苦难生活的作品不少,如胡适的《人力车夫》、康白情的《草儿》、刘半农的《相隔一层纸》等等,但诗人往往以人道主义的同情,表达对社会人生的观察与思索。而刘大白这首诗从政治经济关系切入,显示了一定的思想深度。

《卖布谣》继承了童谣体的口语节奏和谐谑风格,更强化了现实性和荒诞感,使诗的张力与弹性得到更大发挥,在新诗史上留下了永久的篇章。

邮 吻

我不是不能用指头儿撕，
我不是不能用剪刀儿剖，
只是缓缓地
　　　轻轻地
很仔细地挑开了紫色的信唇；
我知道这信唇里面，
藏着她秘密的一吻。

从她底很郑重的折叠里，
我把那粉红色的信笺，
很郑重地展开了。
我把她郑重地写的，
一字字一行行，
一行行一字字地，
很郑重地读了。

我不是爱那一角模糊的邮印，
我不是爱那满幅精致的花纹，
只是缓缓地
　　　轻轻地
很仔细地揭起那绿色的邮花；
我知道这邮花背后，
藏着她秘密的一吻。

一九二三年五月二日在绍兴

《邮吻》写于1923年5月。它在五四以后描写爱情的作品中显示的第一个特色是新颖。通常这类题材不外月下花前、湖光山色的环境描写，或者热烈追逐、相思苦恋的心理渲染。这首诗却别出心裁，通过一封信笺，写了特定环境中人物的动作和心绪，把至美至诚的爱情作了深刻的描绘。而且它没有直接介绍信里的内容，以及见信勾起的感应情怀，却采用侧写的方法，隐去信的内容，通过拆信、展信、读信的细节动作，展现了主体的情感世界，即对爱情的郑重、珍惜、虔敬的态度。这种不落窠臼的写法，见出诗人构思的创造才能。

这首诗的第二个艺术特色是细致婉曲。全诗只有三节，却细密深致地展示了抒情主人公情感变化的层次和线索：从接信后轻轻挑出紫色的信唇，到郑重地展开粉红色信笺阅读，直到细细端详"模糊的邮印""满幅精致的花纹"，很仔细地"揭起那绿色的邮花"。呈现主体心态的是一连串动作，而展读信笺的动作体现的是对爱情的郑重与忠贞。诗人还利用章句安排与节奏处理，配合情感发展的线索，细微婉曲地揭示人物美好的内心世界。如用"缓缓地""轻轻地"，在音节上构成一种轻柔舒缓的听觉效果；连用两个"不是不能"，渲染出"我"的细微的情思；"郑重地"和"一字字一行行"，则又表现了男女青年真挚深厚的感情。

秋晚的江上

归巢的鸟儿，
尽管是倦了，
还驮着斜阳回去。

双翅一翻，
把斜阳掉在江上；
头白的芦苇，

也妆成一瞬的红颜了。

一九二三年十月三十日

新诗在初创时期，重点是要求用白话表现。当时流行的"胡适之体"，主要创作原则是清楚明白，但还来不及或没有注意到提高新诗的美质。而刘大白于1923年10月写的这首《秋晚的江上》，恐怕是最早纠正新诗粗浅毛病的自觉创作。

这首诗分两节，只有七行，也即是七句，却很圆满地构造了情景交融、诗画结合的美丽意境。

秋晚的江上，飞鸟与斜阳相距何等遥远，诗人却将其纳入江天一色、飞鸟寻巢的大平面里，构成明丽洁净的一幅画。而且用一个"倦"字、一个"驮"字连接起来，景物都灵动了；鸟何以倦，怎"驮"得动？这不过将诗人的感情移入，抒发了诗人的生活体验和即景情怀罢了。第二节，写落日被鸟翅翻掉江里，是一种极富夸张而又合乎情理的描写，见出诗人的想象力。不仅鸟如此，连头白的芦苇也妆成红颜，这又是拟人化的感情移入。

上一节呈静态，下一节显动感。人与景物的情感契合，构成了一个辉煌的有生命的境界。

郭沫若

郭沫若（1892—1978），原名郭开贞。四川乐山人。1914年赴日本学医。1918年开始创作新诗。1921年与郁达夫、郑伯奇等组织创造社，并出版第一部诗集《女神》。1924年倡导革命文学。1926年参加北伐战争。1927年参加南昌起义。1928年流亡日本。1937年全民族抗日战争爆发后，回国从事抗日救亡运动。中华人民共和国成立后，担任中国科学院院长、中国文联主席等职。著有《女神》《瓶》《前茅》《恢复》《战声》等诗集。

凤凰涅槃

天方国①古有神鸟名"菲尼克司"（Phoenix），满五百岁后，集香木自焚，复从死灰中更生，鲜美异常，不再死。

按此鸟殆即中国所谓凤凰：雄为凤，雌为凰。《孔演图》云："凤凰火精，生丹穴。"②《广雅》云："凤凰……雄鸣曰即即，雌鸣曰足足。"③

---

① 我国古代称阿拉伯半岛一带伊斯兰教发源地为天方或天房。
② 《孔演图》应为《演孔图》，汉代纬书名。原书已佚，后来有辑本。据清代马国翰《玉函山房辑佚书》所辑《春秋纬·演孔图》："凤，火之精也，生丹穴。"《山海经·南次三经》："丹穴之山，其上多金玉。……有鸟焉，其状如鸡，五采而文，名曰凤凰。"
③ 《广雅》，三国时魏人张揖著。这里所引见《广雅·释鸟》。

序　曲

除夕将近的空中，
飞来飞去的一对凤凰，
唱着哀哀的歌声飞去，
衔着枝枝的香木飞来，
飞来在丹穴山上。

山右有枯槁了的梧桐，
山左有消歇了的醴泉，
山前有浩茫茫的大海，
山后有阴莽莽的平原，
山上是寒风凛冽的冰天。

天色昏黄了，
香木集高了，
凤已飞倦了，
凰已飞倦了，
他们的死期将近了。

凤啄香木，
一星星的火点迸飞。
凰扇火星，
一缕缕的香烟上腾。

凤又啄，
凰又扇，
山上的香烟弥散，

山上的火光弥满。

夜色已深了,
香木已燃了,
凤已啄倦了,
凰已扇倦了,
他们的死期已近了!

啊啊!
哀哀的凤凰!
凤起舞,低昂!
凰唱歌,悲壮!
凤又舞,
凰又唱,
一群的凡鸟,
自天外飞来观葬。

凤　歌

即即!即即!即即!
即即!即即!即即!
茫茫的宇宙,冷酷如铁!
茫茫的宇宙,黑暗如漆!
茫茫的宇宙,腥秽如血!

宇宙呀,宇宙,
你为什么存在?
你自从哪儿来?

你坐在哪儿在？
你是个有限大的空球？
你是个无限大的整块？
你若是有限大的空球，
那拥抱着你的空间
他从哪儿来？
你的外边还有些什么存在？
你若是无限大的整块，
这被你拥抱着的空间
他从哪儿来？
你的当中为什么又有生命存在？
你到底还是个有生命的交流？
你到底还是个无生命的机械？

昂头我问天，
天徒矜高，莫有点儿知识。
低头我问地，
地已死了，莫有点儿呼吸。
伸头我问海，
海正扬声而呜唈。

啊啊！
生在这样个阴秽的世界当中，
便是把金刚石的宝刀也会生锈！
宇宙呀，宇宙，
我要努力地把你诅咒：
你脓血污秽着的屠场呀！
你悲哀充塞着的囚牢呀！

你群鬼叫号着的坟墓呀！
你群魔跳梁着的地狱呀！
你到底为什么存在？

我们飞向西方，
西方同是一座屠场。
我们飞向东方，
东方同是一座囚牢。
我们飞向南方，
南方同是一座坟墓。
我们飞向北方，
北方同是一座地狱。
我们生在这样个世界当中，
只好学着海洋哀哭。

凰　歌

足足！足足！足足！
足足！足足！足足！
五百年来的眼泪倾泻如瀑。
五百年来的眼泪淋漓如烛。
流不尽的眼泪，
洗不净的污浊，
烧不熄的情炎，
荡不去的羞辱，
我们这缥缈的浮生
到底要向哪儿安宿？

啊啊！
我们这缥缈的浮生
好像那大海里的孤舟。
左也是瀇漾，
右也是瀇漾，
前不见灯台，
后不见海岸，
帆已破，
樯已断，
楫已飘流，
柁已腐烂，
倦了的舟子只是在舟中呻唤，
怒了的海涛还是在海中泛滥。

啊啊！
我们这缥缈的浮生
好像这黑夜里的酣梦。
前也是睡眠，
后也是睡眠，
来得如飘风，
去得如轻烟，
来如风，
去如烟，
眠在后，
睡在前，
我们只是这睡眠当中的
一刹那的风烟。

啊啊!

有什么意思?

有什么意思?

痴!痴!痴!

只剩些悲哀,烦恼,寂寥,衰败,

环绕着我们活动着的死尸。

贯串着我们活动着的死尸。

啊啊!

我们年青时候的新鲜哪儿去了?

我们年青时候的甘美哪儿去了?

我们年青时候的光华哪儿去了?

我们年青时候的欢爱哪儿去了?

去了!去了!去了!

一切都已去了,

一切都要去了。

我们也要去了,

你们也要去了,

悲哀呀!烦恼呀!寂寥呀!衰败呀!

凤凰同歌

啊啊!

火光熊熊了。

香气蓬蓬了。

时期已到了。

死期已到了。

身外的一切!

身内的一切！
一切的一切！
请了！请了！

群鸟歌

岩　鹰

哈哈，凤凰！凤凰！
你们枉为这禽中的灵长！
你们死了吗？你们死了吗？
从今后该我为空界的霸王！

孔　雀

哈哈，凤凰！凤凰！
你们枉为这禽中的灵长！
你们死了吗？你们死了吗？
从今后请看我花翎上的威光！

鸱　枭

哈哈，凤凰！凤凰！
你们枉为这禽中的灵长！
你们死了吗？你们死了吗？
哦！是哪儿来的鼠肉的馨香？①

---

① 《庄子·秋水》记载，有一种叫鹓鶵的鸟，"非梧桐不止，非练实不食，非醴泉不饮"。有鸱鸟得一腐鼠，看到鹓鶵飞过，以为要来抢腐鼠，就仰头对鹓鶵"吓"了一声。这里引用《庄子》这则寓言，以喻鸱枭看到凤凰死时的得意神情。

家　鸽

哈哈，凤凰！凤凰！
你们枉为这禽中的灵长！
你们死了吗？你们死了吗？
从今后请看我们驯良百姓的安康！

鹦　鹉

哈哈，凤凰！凤凰！
你们枉为这禽中的灵长！
你们死了吗？你们死了吗？
从今后请听我们雄辩家的主张！

白　鹤

哈哈，凤凰！凤凰！
你们枉为这禽中的灵长！
你们死了吗？你们死了吗？
从今后请看我们高蹈派①的徜徉！

凤凰更生歌

鸡　鸣

昕潮涨了，

---

① 高蹈派，19世纪中期法国资产阶级诗歌的一个流派，宣扬"为艺术而艺术"。

昕潮涨了,
死了的光明更生了。

春潮涨了,
春潮涨了,
死了的宇宙更生了。

生潮涨了,
生潮涨了,
死了的凤凰更生了。

凤凰和鸣

我们更生了。
我们更生了。
一切的一,更生了。
一的一切,更生了。
我们便是他,他们便是我。
我中也有你,你中也有我。
我便是你。
你便是我。
火便是凰。
凤便是火。
翱翔!翱翔!
欢唱!欢唱!

我们新鲜,我们净朗,
我们华美,我们芬芳,

一切的一，芬芳。
一的一切，芬芳。
芬芳便是你，芬芳便是我。
芬芳便是他，芬芳便是火。
火便是你。
火便是我。
火便是他。
火便是火。
翱翔！翱翔！
欢唱！欢唱！

我们热诚，我们挚爱。
我们欢乐，我们和谐。
一切的一，和谐。
一的一切，和谐。
和谐便是你，和谐便是我。
和谐便是他，和谐便是火。
火便是你。
火便是我。
火便是他。
火便是火。
翱翔！翱翔！
欢唱！欢唱！

我们生动，我们自由，
我们雄浑，我们悠久。
一切的一，悠久。
一的一切，悠久。

悠久便是你，悠久便是我。
悠久便是他，悠久便是火。
火便是你。
火便是我。
火便是他。
火便是火。
翱翔！翱翔！
欢唱！欢唱！

我们欢唱，我们翱翔。
我们翱翔，我们欢唱。
一切的一，常在欢唱。
一的一切，常在欢唱。
是你在欢唱？是我在欢唱？
是他在欢唱？是火在欢唱？
欢唱在欢唱！
欢唱在欢唱！
只有欢唱！
只有欢唱！
欢唱！
　欢唱！
　　欢唱！

一九二〇年一月二十日初稿
一九二八年一月三日改削

《凤凰涅槃》载于 1920 年 1 月 30 日、31 日的《时事新报·学灯》，此诗一发表，立刻引起很大轰动：因为它唱出了五四时代的最强音，极大地鼓舞并感染了一代青年；因为它发挥了新诗艺术的最大表现功能，哺育和影响了许多现代文学作家。

《凤凰涅槃》以有关凤凰的传说作素材,借凤凰"集香木自焚,复从死灰中更生"的故事,象征旧中国以及诗人旧我的毁灭、新中国以及诗人新我的诞生。关于诗的主题,诗人自己说过:"'五四'以后的中国,在我的心目中就像一位很葱俊的有进取气象的姑娘,她简直就和我的爱人一样。我的那篇《凤凰涅槃》便是象征着中国的再生。"(郭沫若《创造十年》)

全诗写了凤凰涅槃的全过程。除夕将近的时候,在梧桐已枯、醴泉已竭的丹穴山上,"冰天"下"寒风凛冽",一对凤凰飞来飞去地为自己安排火葬。临死之前,它们回旋低昂地起舞,凤鸟"即即"而鸣,凰鸟"足足"相应。它们诅咒现实,诅咒冷酷、黑暗、腥秽的旧宇宙,把它比作"屠场",比作"囚牢",比作"坟墓",比作"地狱",怀疑并且质问它"为什么存在"。它们从滔滔的泪水中倾诉悲愤,诅咒了五百年来沉睡、衰朽、死尸似的生活。在这段悠长的时间里,有的只是"流不尽的眼泪,/洗不净的污浊,/烧不熄的情炎,/荡不去的羞辱";在这段悠长的时间里,看不到"新鲜"和"甘美",看不到"光华"和"欢爱",年轻时的生命力已经消逝。于是它们痛不欲生,集木自焚,在对现实的谴责里,交融着深深郁积在诗人心头的民族的悲愤和人民的苦难。凤凰的自我牺牲、自我再造形成了一种浓烈的悲壮气氛。当它们同声唱出"时期已到了。/死期已到了"的时候,一场漫天大火终于使旧我连同旧世界的一切黑暗和不义同归于尽。这种把一切投入烈火,与旧世界决裂的英雄气概,这种毁弃旧我,再造新我的痛苦和欢乐,正是五四运动中人民群众彻底革命、自觉革命精神的形象写照。至于凡鸟的浅薄和猥琐,意在鞭挞现实中的丑恶和庸俗的同时,进一步衬托凤凰自焚的沉痛和壮美。最后,凤凰更生了。诗人以汪洋恣肆的笔调和重叠反复的诗句,着意地渲染了大和谐、大欢乐的景象。这是经过斗争冶炼后的真正的创造和新生。它表达了诗人对五四新机运的歌颂,也是祖国和诗人自己开始觉醒的象征,洋溢着炽烈的向往光明、追求理想的热情,也充分体现了诗人在创作上狂飙突进的精神（引自唐弢主编《中国现代文学史》第一册，人民文学出版社1998年版）。

《凤凰涅槃》既体现了新诗自由体的特点，又融合了中华民族传统文化。像神话传说、戏曲诗剧等题材和表现手法的运用，吸取古典诗歌节奏、韵律，在回环往复的变化中又形成整饬和谐的结构艺术，以及抒情性与叙事性的巧妙结合等等，都圆满地从整体上体现了新的抒情长诗的艺术美。

天　狗

我是一条天狗呀！
我把月来吞了，
我把日来吞了。①
我把一切的星球来吞了，
我把全宇宙来吞了。
我便是我了！

我是月底光，
我是日底光，
我是一切星球底光，
我是X光线底光，
我是全宇宙底Energy②底总量！

我飞奔，
我狂叫，

---

① 我国旧时迷信，以为日月食是天狗吞食日月，遇日食或月食时就敲锣打鼓驱赶天狗。
② Energy，物理学所研究的"能"。

我燃烧。
我如烈火一样地燃烧!
我如大海一样地狂叫!
我如电气一样地飞跑!
我飞跑,
我飞跑,
我飞跑,
我剥我的皮,
我食我的肉,
我吸我的血,
我啮我的心肝,
我在我神经上飞跑,
我在我脊髓上飞跑,
我在我脑筋上飞跑。

我便是我呀!
我的我要爆了!

一九二〇年二月初作

  狂飙突进的五四时代需要奔放不羁的浪漫主义来表现,而诗人郭沫若,个人的郁结、民族的郁结,在浪漫主义诗歌上找到了喷火口。《天狗》一诗最足以表现他彻底破坏和大胆创造的精神。

  再没有什么诗能像这样表现超常的强烈感情了!一开始诗人便自称"天狗",而且是这样的天狗,它不仅吞月,而且吞日,乃至吞一切星球,吞全宇宙。"我便是我了!"气吞山河,超越一切,个性的充分张扬到此臻于极点,诗人把五四时代个性解放的精神发挥尽极了。只有冲破压制,个性才能得以张扬,才情才能施展,所以说:"我是全宇宙底Energy 底总量!""我"脱颖而出了,"我"不能停止在那一点上,于是，"我飞奔，/我狂叫，/我燃烧……"这如闪电惊雷的诗句，造成强大的冲击波，要裹挟五四时代所有的青年人和"我"一道前进。而接下来的三个"我飞跑"，像催阵的战鼓，像奔腾的激流，使人感到一个时代的巨子高擎五四的大旗，正冲向前去！五四时代，催生新的，扬弃旧的，所以"我剥我的皮，/我食我的肉，/我吸我的血，/我啮我的心肝"，正像诗人在《女神之再生》中说的"新造的葡萄酒浆，/不能盛在那旧了的皮囊"，这里是在表示"不断的毁坏，/不断的创造"的决心。诗的最后两句更把这种决心与感情表现得淋漓尽致："我便是我呀！我的我要爆了！"

《天狗》一诗，是五四时代个性解放的宣言书，也是破坏旧世界、创造新世界的精神体现。人的自我价值，人的尊严，人的创造力，在中国历史上第一次得到肯定和确认。

青年郭沫若在新诗写作上，主张"绝端的自由，绝端的自主"，《天狗》真正实践了他的主张。全诗共二十九行，句句以"我"领起，造成了一种新颖奇崛的风格；诗句或长或短，诗意急切奔腾，一任感情的宣泄，就像喧嚣的热浪一般，在读者心头呼啸而过。这种粗犷、狂暴、紧张的风格倒也和诗情与内容相适应，显现了狂飙突进的革命浪漫主义精神。

炉中煤
——眷念祖国的情绪

啊，我年青的女郎！
我不辜负你的殷勤，
你也不要辜负了我的思量。
我为我心爱的人儿
燃到了这般模样！

啊，我年青的女郎！
你该知道了我的前身？
你该不嫌我黑奴卤莽？
要我这黑奴的胸中，
才有火一样的心肠。

啊，我年青的女郎！
我想我的前身
原本是有用的栋梁，
我活埋在地底多年，
到今朝总得重见天光。

啊，我年青的女郎！
我自从重见天光，
我常常思念我的故乡，
我为我心爱的人儿
燃到了这般模样！

一九二〇年一二月间作

这首诗作于1920年一二月间，当时诗人虽远在日本，但时时刻刻关注着祖国发生的一切。汹涌澎湃的五四运动浪潮同样冲击着他。他后来说："'五四'以后的中国，在我的心目中……就和我的爱人一样……'眷恋祖国的情绪'的《炉中煤》便是我对于她的恋歌。"（郭沫若《创造十年》）这番话清楚地说明了郭沫若写这首诗的意图。

全诗是在一系列的比喻中寄托自己的深情和热望的，一层深似一层地表现了爱国的衷肠。第一节，开头一句深情呼唤："啊，我年青的女郎！"喊出了蓄积已久的眷念祖国的热烈感情。接着写了祖国与"我"

的关系，"我不辜负你的殷勤"，祖国爱"我"、关照"我"，其情何深，其思难忘！这是诗人对祖国的根本态度。"你也不要辜负了我的思量"，游子思家国，更望家国也体会到他的爱，两者心心相印。为了表示对祖国的期望和热忱，诗人把自己的心比作通红的煤火。"我为我心爱的人儿／燃到了这般模样！"诗借助联想，从而调动读者的想象，使读者好像看到了诗人那颗爱国赤心，真像熊熊燃烧的炉火，只有感情到了沸点的人才会这样。第二节，从煤的外形与内心的比较，进一步诉说自己的衷情。"你该知道了我的前身"，是说质地本来是好的，原来曾有郁郁葱葱的生命，这就进一步把自己和祖国紧密地联系在一起。"我"爱你，祖国；祖国，你也该知道"我"的一切，特别是那"火一样的心肠"。爱之深，爱之切，恨不能掏出心来，这就把感情进一步写足了。第三节，交代煤的来历与出身，指出"原本是有用的栋梁"，"活埋在地底多年，／到今朝总得重见天光"。这的确是煤的形成的历史。这样写，把诗的借喻的喻体本身写得更有真实感。但它主要隐喻了自己长久积蓄心中的爱国之情、报国之志。第四节，进一步说出自己的心愿。"自从重见天光"之后，"我常常思念我的故乡"。这故乡，是晨光朗照的中国，是革命将起的中国，怎能不使诗人心向神往！祖国啊，你寄寓了"我"多大的希望，对你的深切思念，也只有这燃得通红的炉火才能比喻。

这首诗风格豪放、明朗，格调和谐、流畅。全诗每一节都是五句，开头一句成为每一节的领句，第一节最后两句与第四节最后两句都有意重复，这就造成节奏鲜明、回环往复的诗美。形式是整齐的，通篇是押韵的。虽说郭沫若早期是主张"诗体大解放"的自由体诗人，但他也不排斥写格律体或半格律体的诗。他曾经说："诗歌还是应该让它和音乐结合起来；更加上'大众朗诵'的限制，则诗歌应当是表现大众情绪的形象的结晶。要有韵才能诵。要简而短，才能接近大众。"（郭沫若《关于诗的问题》）《炉中煤》体现了诗人的这一追求。

地球,我的母亲!

地球,我的母亲!
天已黎明了,
你把你怀中的儿来摇醒,
我现在正在你背上匍行。

地球,我的母亲!
你背负着我在这乐园中逍遥。
你还在那海洋里面,
奏出些音乐来,安慰我的灵魂。

地球,我的母亲!
我过去,现在,未来,
食的是你,衣的是你,住的是你,
我要怎么样才能够报答你的深恩?

地球,我的母亲!
从今后我不愿常在家中居住,
我要常在这开旷的空气里面,
对于你,表示我的孝心。

地球,我的母亲!
我羡慕你的孝子,田地里的农人,
他们是全人类的保姆,
你是时常地爱抚他们。

地球,我的母亲!

我羡慕你的宠子，炭坑里的工人，
他们是全人类的普罗美修士①，
你是时常地怀抱着他们。②

地球，我的母亲！
我羡慕那一切的草木，我的同胞，你的儿孙，
他们自由地，自主地，随分地，健康地，
享受着他们的赋生。

地球，我的母亲！
我羡慕那一切的动物，尤其是蚯蚓——
我只不羡慕那空中的飞鸟：
他们离了你要在空中飞行。

地球，我的母亲！
我不愿在空中飞行，
我也不愿坐车，乘马，著袜，穿鞋，
我只愿赤裸着我的双脚，永远和你相亲。

地球，我的母亲！
你是我实有性的证人，
我不相信你只是个梦幻泡影，
我不相信我只是个妄执无明③。

---

① 普罗美修士（Prometheus），现通译为普罗米修斯，古希腊神话中的神。他曾以黏土造人，教以各种技艺，并曾把天上的火种偷给人间，因而触怒天帝，被缚在高加索（Caucasus）山上，每天受着鹫鸟啄食肝脏的痛苦。
② 1921年《女神》初版本在这一节下尚有一节，文为："地球，我的母亲！/我想除了农工而外，/一切的人都是不肖的儿孙，/我也是你不肖的儿孙。"
③ 妄执无明，佛家语。妄执，虚妄的意念。无明，心地痴暗。

地球,我的母亲!
我们都是空桑中生出的伊尹①,
我不相信那缥缈的天上,
还有位什么父亲。

地球,我的母亲!
我想这宇宙中的一切都是你的化身:
雷霆是你呼吸的声威,
雪雨是你血液的飞腾。

地球,我的母亲!
我想那缥缈的天球,是你化妆的明镜,
那昼间的太阳,夜间的太阴,
只不过是那明镜中的你自己的虚影。

地球,我的母亲!
我想那天空中一切的星球
只不过是我们生物的眼球的虚影;
我只相信你是实有性的证明。

地球,我的母亲!
已往的我,只是个知识未开的婴孩,
我只知道贪受着你的深恩,
我不知道你的深恩,不知道报答你的深恩。

---

① 伊尹,商代大臣,辅佐成汤建立商王朝,传说他生于空桑。《吕氏春秋·孝行览·本味》:"有侁氏女子采桑,得婴儿于空桑之中,献之其君,令烰人养之,察其所以然。曰:其母居伊水之上,孕,梦有神告之曰,曰出水而东走,毋顾。明日视曰出水,告其邻东走,十里而顾,其邑尽为水,身因化为空桑。"空桑,中空的桑树。

地球，我的母亲！
从今后我知道你的深恩，
我饮一杯水，纵是天降的甘霖，
我知道那是你的乳，我的生命羹。

地球，我的母亲！
我听着一切的声音言笑，
我知道那是你的歌，
特为安慰我的灵魂。

地球，我的母亲！
我眼前一切的浮游生动，
我知道那是你的舞，
特为安慰我的灵魂。

地球，我的母亲！
我感觉着一切的芬芳彩色，
我知道那是你给我的玩品，
特为安慰我的灵魂。

地球，我的母亲！
我的灵魂便是你的灵魂，
我要强健我的灵魂，
用来报答你的深恩。

地球，我的母亲！
从今后我要报答你的深恩，
我知道你爱我还要劳我，

我要学着你劳动，永久不停！①

一九一九年十二月末作

《地球，我的母亲！》是诗人礼赞大自然、歌颂地球，从而肯定人生、瞻望未来，洋溢着乐观主义精神的伟大诗篇。

这首诗体现了郭沫若早期受哲学思想"泛神论"的影响。"诗人的宇宙观，以泛神论为最适宜。"但郭沫若说："泛神，便是无神。一切的自然只是神的表现。"自我也是神的表现。"我即是神，一切自然都是自我的表现。"郭沫若之所以"有些泛神论的倾向"，一方面是因为泛神论思想跟他当时蔑视偶像权威、表现自我、张扬个性的精神大体上合拍，另一方面也是因为泛神论所提供的"物我无间"的境界，正适于诗人驰骋自己丰富的艺术想象力，把宇宙万物拟人化、诗化，视之为有生命的抒情对象。譬如这首诗把地球比作母亲，把自己比作赤诚的孝子；同时也把"一切的草木"比作自己的同胞，说"他们自由地，自主地，随分地，健康地，/享受着他们的赋生"。他们都是自然之子，没有偶像，没有争夺，没有私欲。在这里，不仅心灵得到解放，而且物质丰厚、自由平等的乐园得以建立。

所以，这首诗不仅以泛神论与个性论相结合，而且从自然观进而提出社会理想。尤为可贵的是，这首诗写于五四运动发生的当年，特别强调工人、农民的伟大，把工人比作"全人类的普罗美修士"，把农民比作"全人类的保姆"。特别是这首诗未经删改前，有这样的句子："地球，我的母亲！/我想除了农工而外，/一切的人都是不肖的儿孙，/我也是你不肖的儿孙。"说得稍嫌极端，删去较为适宜。但从原作里不也透露了对某种个性的自我批判色彩吗？这也是那一时期社会主义思想对诗人的影响，标志着诗人思想认识的一次飞跃与提高。

---

① 本篇1920年在《时事新报·学灯》发表时，最后尚有两节，文为："地球，我的母亲！/从今后我要报答你的深恩，/我要把我的血液来/养我自己，养我兄弟姐妹们。//地球，我的母亲！/那天上的太阳——你镜中的影，/正在天空中大放光明，/从今后我也要把我内在的光明来照照四表纵横。"

还有,这首诗的情感是热烈的,想象是飞腾的,充分表现了革命浪漫主义的精神。五四初期,白话诗太实、太小,理智的成分偏多,自从郭沫若诗出,才打破了这种局面,给新诗开出了气象万千、宏阔壮大的新境界。你看,"地球,我的母亲!"一声声亲切的呼唤,自己不仅在她的背上匍行,而且愿赤裸着双脚,永远和她相亲。这里诗人写自我与地球的关系,已不是现实的自然关系,而是母亲和儿子的情感关系。天降的甘霖成了地球育儿的乳汁,地球上的一切声音都是母亲育儿的歌声,一切浮动的生物都是安慰孩子的舞蹈,连地球运动不息的灵魂也是诗人自我的灵魂。这种亲切热烈的情感程度,诗人把它强化到了极点。而这种情感又是由想象来统领的,诗中许多丰富的意象,如太阳和太阴(月亮)成了地球母亲化妆的明镜,雷霆成了她呼吸的声音,雨雪成了她血液的飞腾等等,都凭借想象组在一个层次井然的结构之中。再加之外在形式相对严谨,押韵、诗节、诗行的大体整齐,使本诗成为郭沫若艺术世界里的不朽名篇。

立在地球边上放号

无数的白云正在空中怒涌,
啊啊!好幅壮丽的北冰洋的情景哟!
无限的太平洋提起他全身的力量来要把地球推倒。
啊啊!我眼前来了的滚滚的洪涛哟!
啊啊!不断的毁坏,不断的创造,不断的努力哟!
啊啊!力哟!力哟!
力的绘画,力的舞蹈,力的音乐,力的诗歌,力的律吕[①]哟!

一九一九年九十月间作

---

① 律吕,节奏、音律。最初发表时作 Rhythm。

《立在地球边上放号》全篇洋溢着热烈奔放、气势雄浑的冲击力量，只要你一读它就会感受到。

"无数的白云正在空中怒涌"，第一句就把你推到实景前，"怒涌"二字造成一种气势，那翻卷的、奔腾的白云似乎迎头压过来。"啊啊！"随之而来的惊呼，你被眼前的景象惊呆了，"好幅壮丽的北冰洋的情景哟！"这是感情的自然延伸，也是这第一印象的小结。"无限的太平洋提起他全身的力量来要把地球推倒。"整个画面再掀起高潮。这种全景式描写，既是形容，又是象征，没有什么能比这更雄伟更壮丽的描写了。这是全诗的聚焦点，也是诗人激情挥发的最高峰。

顺此，由实就虚，上升为哲学的诠释，"啊啊！我眼前来了的滚滚的洪涛哟！／啊啊！不断的毁坏，不断的创造，不断的努力哟！"这是诗意的内核，作者以热烈的感情浸润宇宙间的自然景观而令其呈现意蕴，这正是诗人的使命。正如诗人在《致宗白华信》中说的："我想诗人与哲学家底共通点是在同以宇宙全体为对象，以透视万事万物底核心为天职；只是诗人底利器只有纯粹的直观，哲学家底利器更多一种精密的推理。诗人是感情底宠儿，哲学家是理智底干家子。诗人是'美'底化身，哲学家是'真'底具体。"

诗的最后咏叹："啊啊！力哟！力哟！／力的绘画，力的舞蹈，力的音乐，力的诗歌，力的律吕哟！""此力即是创生万汇的本源，即是宇宙意志，即是物自体。"诗人把自然景象归为力的表现，这是客观与主观的契合，旨在强调革命浪漫主义的客观能动性。郭沫若在这里唱出了人的本真，唱出了人的生命的"伟美之声"。这是五四时代多么彻底的个性主义的战斗呼声！

太阳礼赞

青沉沉的大海,波涛汹涌着,潮向东方。
光芒万丈地,将要出现了哟——新生的太阳!

天海中的云岛都已笑得来火一样地鲜明!
我恨不得,把我眼前的障碍一概划平!

出现了哟!出现了哟!耿晶晶地白灼的圆光!
从我两眸中有无限道的金丝向着太阳飞放。

太阳哟!我背立在大海边头紧觑着你。
太阳哟!你不把我照得个通明,我不回去!

太阳哟!你请永远照在我的面前,不使退转!
太阳哟!我眼光背开了你时,四面都是黑暗!

太阳哟!你请把我全部的生命照成道鲜红的血流!
太阳哟!你请把我全部的诗歌照成些金色的浮沤!

太阳哟!我心海中的云岛也已笑得来火一样地鲜明了!
太阳哟!你请永远倾听着,倾听着,我心海中的怒涛!

上海《时事新报·学灯》一九二一年二月一日

早在《女神之再生》里,诗人曾经写黑暗中女神复出,合唱欢迎新造的太阳:"太阳虽还在远方,/太阳虽还在远方,/海水中早听着晨钟在响:/丁当,丁当,丁当。"这"太阳"的形象便是光明与理想的象征。对于理想的执着追求,从屈原以来就成为中华民族的优良传统;但对于处在五四高潮时期的民族自我，理想并非可望而不可即，民主、科学两面大旗正在指引我们民族向着胜利前进。这首《太阳礼赞》，正是对理想与光明的讴歌与向往。

全诗七节，每节各两行。诗的形式整齐，除第四节外，都是两行一韵，第一、三节同韵，其他各节换韵。诗一开头，以自然景色象征时代"潮向东方"。诗句是口语化的，又带有欧化成分，写太阳的出现，在节奏分明的口气里透出庄重神圣。第二节第一句真是诗的语言，省略了叙述的赘词累句，形象鲜明而又铸词精美地用"天海中的云岛都已笑得来火一样地鲜明！"把太阳上升时的灿烂景象在特定的环境里渲染得既准确又生动。从第二节，尽管每节精约得只有两行，但太阳和我，也就是太阳与人作为对应物相对地出现在诗行里。这样写太阳不是孤立地超人间地存在，而是和人有着亲和关系，生命与光和热沟通了。此外，浪漫主义诗歌总有抒情的自我，这种自我的个性正是五四伟大时代的特征。这里，时代精神、民族性格、诗人个性、宇宙意识，"大我"与"小我"都获得和谐的统一，从外部世界照彻精神世界，从鲜红的血流到金色的浮沤。"我心海中的怒涛"和朝向东方的波涛相应和，诗中绘呈的意象都相对应地组织在一个有机的结构之中。诗人礼赞太阳，太阳倾心诗人，这个理想高扬、热情向上的时代是可以感受到的，它给了青年人多大的鼓舞呀！

霁　月

淡淡地，幽光
浸洗着海上的森林。
森林中寥寂深深，
还滴着黄昏时分的新雨。

云母面就了般的白杨行道
坦坦地在我面前导引,
引我向沉默的海边徐行。
一阵阵的暗香和我亲吻。

我身上觉着轻寒,
你偏那样地云衣重裹,
你团圞无缺的明月哟,
请借件缟素的衣裳给我。

我眼中莫有睡眠,
你偏那样地雾帷深锁。
你渊默无声的银海哟,
请提起幽渺的波音和我。

     上海《时事新报·学灯》一九二〇年九月七日

  郭沫若的《女神》集里,既有雄奇壮伟的诗篇,也有恬淡明丽的作品。这首《霁月》就显示了幽光清淡、云衣缟素的特色,是诗人心境另一方面的写照。

  这首诗的诗境由一系列意象构成:幽光浸洗的森林,滴着黄昏的新雨;白杨行道,海边,明月,银海。这一切,组成一个意象系统,这个意象符号系统是动态的,是特定的,又具有诗人的感情生命。

  这意境是动态的。幽光浸洗的森林,是说黄昏时分的新雨已停而残留着点滴,月光照着,于是闪着幽光;白杨行道坦坦地导引着人前行;一阵阵的暗香在和"我"亲吻。

  这意境是特定的。这样一个森林寂寥、暗香浮动、月光闪烁、波音幽渺的大自然,只是无意遇到,亲自感受,它是不可重复的。诗人捕捉到,又有序化地组合成一个过程,构成一个美的形式,具有了独创的审美意义，帮助抒情意向完满表达。

　　这意境又具有诗人的感情生命。这首诗共分四节，前两节写诗人向情景的投入，后两节写诗人和情景的契合。自然景象和"我"一样，拟人化了，而且希望生命气息俩俩沟通，"我"不仅和明月交谈，和银海唱和，还要让它们给"我"温暖，打破睡眠。内在的生命之流与外在的万有生命成为一体，这种浑然一体的化境，不仅使诗人投了进去，也把读者引领进去。让我们共同仰望这诗的辉煌天宇，生活于诗歌艺术的全新时空。

天上的市街

　　远远的街灯明了，
　　好像闪着无数的明星。
　　天上的明星现了，
　　好像点着无数的街灯。

　　我想那缥缈的空中，
　　定然有美丽的街市。
　　街市上陈列的一些物品，
　　定然是世上没有的珍奇。

　　你看，那浅浅的天河，
　　定然是不甚宽广。
　　那隔河的牛郎织女，
　　定能够骑着牛儿来往。

　　我想他们此刻，

定然在天街闲游。

不信,请看那朵流星,

那怕是他们提着灯笼在走。

一九二一年十月二十四日

  这首诗首先表现了诗人视觉的新奇性。在第一节里他看到地上的街灯明了,像星星;而天上的明星现了,他想象是点着的街灯。这样天上人间打成一片,意象的组合成为飞扬激荡的情感空间,也成为具有充沛活力的艺术空间,好让作者的想象与诗思驰骋。

  第二节把读者引入"那缥缈的空中",从而这首诗呈现了第二个特点,即想象力的丰富。从天上的明星而想象为天上的街市,不仅陈列世上没有的珍奇,而且看到牛郎织女提着灯笼在天街闲游,那天宇划过的流星,是他们提着灯笼在走呢。康德曾说:"审美意象是指想象力所形成的某种形象呈现。"广漠的天空有无数的星星,这静谧的景象被诗人描写为喧闹繁荣的街市形象,凭借想象,诗人成了一个五彩缤纷的艺术世界的创造者。

  郭沫若曾经认为艺术单是自由创造还不够,必须体现个性,注入自己的生命。因此,从这首诗看,还有一个重要特点就是诗人的情感倾向性。你看,诗人从人间的"远远的街灯",联想到"天上的明星",用想象建构了"天上的市街",那热闹的星空夜景,反衬他对现实人间的不满与蔑弃;他还将传说中的牛郎织女每年只有一次的鹊桥相会,改为能骑着牛儿自由来往,共度无拘无束的自由幸福的生活。诗中还反复用肯定词语"定然",表示对理想生活的执着追求。天上的幻景被作为生活的实景来描写,不正表现了作者的强烈情感倾向,在他的诗境构造中作"指意"的呈现吗?

春莺曲

姑娘呀,啊,姑娘,
你真是慧心的姑娘!
你赠我的这枝梅花
这样的晕红呀,清香!

这清香怕不是梅花所有?
这清香怕吐自你的心头?
这清香敌赛过百壶春酒。
这清香战颤了我的诗喉。

啊,姑娘呀,你便是这花中魁首,
这朵朵的花上我看出你的灵眸。
我深深地吮吸着你的芳心,
我想吞下呀,但又不忍动口。

啊,姑娘呀,我是死也甘休,
我假如是要死的时候,
啊,我假如是要死的时候,
我要把这枝花吞进心头!

在那时,啊,姑娘呀,
请把我运到你西湖边上,
或者是葬在灵峰,
或者是放鹤亭旁。

在那时梅花在我的尸中

会结成五个梅子，
梅子再进成梅林，
啊，我真是永远不死！

在那时，啊，姑娘呀，
你请提着琴来，
我要应着你清缭的琴音，
尽量地把梅花乱开！

在那时，有识趣的春风，
把梅花吹集成一座花冢，
你便和你的提琴
永远弹弄在我的花中。

在那时，遍宇都是幽香，
遍宇都是清响，
我们俩藏在暗中，
黄莺儿飞来欣赏。

黄莺儿唱着欢歌，
歌声是赞扬你我，
我便在花中暗笑，
你便在琴上相和。

　　《春莺曲》是郭沫若诗集《瓶》中的第十六首。《瓶》这部诗集原为纪念诗人的一次爱情邂逅而作。
　　《春莺曲》写"慧心的姑娘"赠给诗人一枝梅花，由此使诗人产生爱的幻想：诗人嗅着花香，想把这枝花吞进心头，死后让梅花结成梅子,又成长为一片梅林,待姑娘在梅林弹琴时,梅花乱开,忽起狂风,不见了姑娘,孤坟成为花冢,琴却在冢中弹弄。

《春莺曲》虽有写实性,但作者又通过幻想,把故事构造为充溢着缠绵热烈情感的诗境,故而十分动人。有人以为这首诗"以自传方式倾诉性地表现了一个浪漫的爱情故事",并且"感到孤独伤感"。但就《春莺曲》作为完整独立的诗章来看,并不是这样。我们知道,人的情感表现大致可分为两类,一类为情感的自然表现,一类为情感的艺术表现。自然表现是一种直接的、明确的发泄与表露,或者说带有自我倾诉性质;情感的艺术表现是情感表现的高级形式,它往往通过情感的"形式化"或"意象化"来表现。卡西尔曾称这种表现为"构型化"。具体说,它首先进入想象境界,将情景化为意象——一幅画面、一种情景、一桩事件,等等。

《春莺曲》完全靠诗人的幻想,是诗人为了传达自己热烈深挚的感情并得以长久保留,才通过"构型化"境界加以表现。这里爱情以最完美、最充分的形式得以表现,它走入读者的心灵,读者感应的也是一片纯真、深挚、美好、充实,并非孤独和感伤……

叶绍钧

叶绍钧(1894—1988),字圣陶。江苏苏州人。1912年中学毕业后,即当小学教师并从事文学创作。五四运动前,参加新潮社。1921年,与沈雁冰等发起成立文学研究会。1922年与刘延陵、朱自清等创办了中国第一个诗刊《诗》。后曾主编《小说月报》,在开明书店任编辑等。他的诗歌最早收入诗集《雪朝》中。

悲 语

一个朋友的妻死了,
他敛抑着悲痛
对我说:
"现在换衣服常常要找寻了!"
我的亲戚
死了个六岁的孩子,
来信说:
"完了,只剩他的相片了!"

一九二〇年九月二十六日

《悲语》作于1920年9月。这是现代新诗中最早的关于生命意识的思考。乌纳穆诺说:"他诞生、受苦,并且死亡——最主要的就是他会死。"诗若能反映人类的"悲剧的挣扎",就会深刻。《悲语》只有短短八行,却写了两件事:一是朋友的丧妻之痛,一是亲戚失子的悲哀,两者绾合在一起,刻画的是死亡这一主题。

这里没有宣泄式、倾泻式的倾诉,而是写平平淡淡的生活场景。夫妻一世,人天永隔,有多少回忆与思念,又有多少遗憾和悲哀,但只凝缩为一句话:"现在换衣服常常要找寻了!"情感的最大容纳处,不在于已说出的部分,而在于未说出的部分。只是从找衣服的空落中,内蕴着许许多多夫妻共同生活时相互关心、彼此照应的情感体验,这里提供了一个广阔的空间接纳读者对情感的想象、填充,真是做到"敢云少少许,胜人多多许"。

同样的,"我的亲戚/死了个六岁的孩子"一句简单的叙述后,没有写父母过去怎样抚养、疼爱、关心儿子的情景,也没有渲染失去儿子后的眼泪与哭泣,只是写了来信的一句话:"完了,只剩他的相片了!"人亡物在,而且不是普通的物,是凝定着孩子笑貌的相片,寄寓了父母多么深切的悲痛,这不是我们大家都能感应到的吗?

古人说:"深衷浅貌,短语长情。"这首《悲语》正是这样表现的。

陆志韦

陆志韦(1894—1970),浙江吴兴人。曾留学美国。曾任南京高等师范学校、东南大学教授,燕京大学心理学系主任、校长。著有诗集《渡河》《渡河续集》《申酉小唱》。

小 溪

不见星光的晚上
你从石竹的根里呼啸而来。
黎明,
有零落的野蔷薇
旋转又旋转,一拥一泻而去。
每年寒食
回来招你的魂。
我的朋友呵,
落花再流过几回,
我的眼珠儿暗了。
还是要回来
听你亲切的声音
直到我聋聩无知之日,
石竹的呼啸,蔷薇的流泻,

又是我享用不尽的心像了。

一九二二年圣诞

  《小溪》这首诗一开头就用动态的形象的语言将一流溪水形容得极有气势。它不仅"呼啸而来",而且带着"零落的野蔷薇","旋转又旋转,一拥一泻而去"。正因为小溪象征着自由活泼的精神,所以诗人才寄托着深沉的感情。每年寒食祭祀,诗人想起的是要为小溪招魂;甚至眼睛昏暗了,还要回来听小溪歌唱;直到聋聩无知,还要将小溪保留,作为"享用不尽的心像"。

  宗白华说:"艺术意境不是一个单层的平面的自然的再现,而是一个境界层深的创构。"(宗白华《中国艺术意境之诞生》)这首诗基本上写两个层面:一是小溪的意象,二是写诗人对小溪的感情。但每个层面都不是平面的呈现。写小溪,诗里显示了外观的丰富性与多样性,它从石竹的根里呼啸而来,见出它冲击的力量;它带着零落的野蔷薇,旋转又旋转,一拥一泻而去。这是含蓄地写有着青春的爱情和幸福。从时间上说,从"不见星光的晚上"到"黎明",无论是空间的移动或是时间的变迁,都不能使小溪停止,"逝者如斯夫,不舍昼夜"。这不正象征着五四时代的青春、幸福、希望、理想,像生命之流永远前进吗?第二个层面写情感的深挚,正是体现了第一个层面意象的"内在生命的真正显现"。两个层面都有由浅入深的递进过程,而两者的组合更是跨越浅层,步入深层,使意义得到扩大、增强的效果。《小溪》篇幅虽小,给人的情感震撼与审美感应并不小。

绿

  小麦临去,把所有春光
   传给河边的苗圃。

轻轻的对他们说："这是我的命,
　　我的辛苦,我的工夫。
我从白雪的手腕里夺来的,
　　你要加意为我保护,
你要努力为我传布。"
自从受了生命以后,
　　南风来同圃里的嫩苗跳舞。
嫩苗说："我渺小的身子,
　　受不了这许多,
　　我还是分一份给石榴树,
　　分一份给夏节的菖蒲;
还有剩下来的,
　　留给我的死生朋友蛙哥哥。"
今天我从丹阳来,
　　足足看了二十多里路,
觉得能赏识这生命的,
　　只有槐树下庙墙上的红土。

一九二一年六月八日

这首诗很奇特,题目是"绿",但全诗不见一个"绿"字,它用春光代替了"绿",作了尽情渲染;诗人不是平面地写春天的自然景色,而是用拟人化的手法把春光写得有生命、有动感。

这首诗有超乎寻常的表现力,来自诗人对于意象的独具匠心的处置。诗人先写小麦把春光从白雪手腕里夺过来,传给河边的苗圃;苗圃不忘小麦的叮嘱,加倍地将春光小心保护,并广为传布;春光是可珍爱的,又是慷慨无私的,南风同嫩苗跳舞,嫩苗愿意把春光分给石榴树和菖蒲,还留一份给生死之交的蛙哥哥。客观景物的表现性经过诗人的发现与确认,而被营造为有着声、光、色的丰美的生命境界。山水草木

"莫不有性情",这样一个生机勃勃的境界,真像英国田园诗人华兹华斯所说的:"人们的热情是与自然的美而永久的形式合而为一的。"

诗的最后出现了诗人这一主体形象。他说他从丹阳来,"足足看了二十多里路",可见春光的浓郁。为什么说"只有槐树下庙墙上的红土"能赏识这生命呢?"万绿丛中一点红",不仅是增添了春的生趣,恐怕更能起衬托作用,把绿色的春天的美感更加显现吧。

陆志韦是五四初期著名的诗人,他曾说:"我的做诗,不是职业,乃是极自由的工作。非但古人不能压制我,时人也不能威吓我。"(陆志韦《渡河·自序》)正因为是自由的创造,才有这样自由灵动的诗篇。

徐玉诺

徐玉诺（1894—1958），又名徐言信，笔名红蠖。河南鲁山人。1920年毕业于河南省立第一师范学校。1921年加入文学研究会。1925年后，在福州英华学院任教，曾任厦门大学校报编辑部主任。中华人民共和国成立后，任河南省文史馆馆员。著有诗集《将来之花园》、《雪朝》（合集）、《徐玉诺诗选》等。

故　乡

淅淅漓漓的雨滴，穿破呜咽的哀音，滴滴滴到故乡的相片上；
思念的道路从此湿了，滑了，并且那一片一片的遗像上都发出一种凄楚的悲酸的味道来。
故乡也永远不可思念了。
我的，不可思念的故乡呵！

一

满眼是白马奔腾的大海，
一瞬千变的天云，
苍苍的遮盖了故乡的图画；
截断了故乡的情丝。
太阳一抖一抖的落下去了！

异乡的孩子，性急而且无聊；
太阳坠着他的心了。

二

那里是鲁山的山谷？……
两匹母牛，三头牛犊，依傍着，
沉静静的在一个小平原上吃草；
小犊也不叫，什么声音也没有；
我同小弟弟不言不语摆弄着小石……
呵，我们且摆弄摆弄小石！
——我，小孩子的乡土在，在那里了！

三

那里是鲁山的田园？……
被小河缠绕成一方一方的，
遍地是秘密深浓的高粱
父亲不歇的耘田，
我刚从小河中爬了上来，
我正要割草了。

四

海风一阵阵的冲开了窗口，
异乡的小孩子失掉了一切；
故乡的影片一片一片的
都飞散在不可知的海上

渐渐的被海水湿了。

一九二二年四月十五日

把意念转化为形象，并用象征的手法来表现它，是徐玉诺诗作的特点。作为文学研究会的重要诗人之一，徐玉诺坚持诗"为人生"的原则，故乡、穷人的苦难往往是他笔下常出现的题材。

这首《故乡》构思新颖，在诗分节之前，有一段诗好像诗的序一样，总领了全诗的情绪。故乡本是具体的概念，进入诗人的笔下，往往抒发的是思念故乡之情，把这种情感化为具象，构造一个意境，这就要靠诗人的艺术匠心。这里写自然景象，造成了一种氛围，"淅淅漓漓"，不说是雨滴的声响，而说是"穿破呜咽的哀音"，先前置了一种凄苦景况，再说"滴到故乡的相片上"。过去十之八九的分析，都坐实有张"相片"，我则认为这只是一种"心像"，是诗人对故乡思念之情，从想象上升腾起来结为意象——相片。形象之语，是诗的根本语言，同样的，诗人由此连类而及，说："思念的道路从此湿了，滑了，并且那一片一片的遗像上都发出一种凄楚的悲酸的味道来。"这里运用了通感的修辞手法，见出诗思的巧妙。下面说"故乡也永远不可思念了"，这是曲笔，实有"此情此景，将何以堪"的意思。

第一节是总体印象。有人分析是写看"相片"时满眼含着泪水。我以为是写思念故乡时的眼前之景，大海、天云，眼前景不仅遮盖了过去的情，而且"截断了故乡的情丝"。太阳落下，拟人化了，"一抖一抖的"；"异乡的孩子"，即指思乡之人；"性急"，是思乡时的激情；"无聊"，是说现在的寂寞情怀。"太阳坠着他的心了。"思乡之情难断，而一天又一天过去，"思乡日已远"，"天暮更怀人"，怎能不触景而"坠心"呢！

第二、三两节，分别用一句问询起头，把诗人带回到故乡去，那记忆中的故乡有美丽的田园风光，有欢乐的童年生活，还有父和子的辛勤劳动。特别是第二节最后插上一句感叹："——我，小孩子的乡土在，在那里了!"是将过去和现在交织,点明了这只是记忆中的故乡。顺便说一下,这两节回忆,交叠着许多生动的画面和生命的喧响,岂止是"相片"能够容纳的。诗一坐实或误解,则损害大矣!

  第四节写回到当前的现实。海风更大,使"异乡的小孩子失掉了一切",故乡的忆念好像影片一样飞散了,被海水打湿了。即使被当作否定的事物(实际是情感),也还是出现了。否定的存在也是一种"存在",它完成了诗的"情境"(意境)。

  一首思乡曲,诗人用巧妙的构思使情感得到再生和扩大,把微妙曲折的意念用有声有色的物象作了独特的呈现。

刘延陵

刘延陵（1894—1988），字苏观。江苏泰兴人。1916年毕业于复旦大学。曾在南通师范学校、如皋师范学校任教，1921年在中国公学中学部任教，同年参加文学研究会。曾与朱自清等组织中国新诗社并创办《诗》月刊。20世纪30年代曾在暨南大学任教，后定居新加坡。诗作多发表在《小说月报》《文学旬刊》《诗》上，有合著诗集《雪朝》。

水　手

一

月在天上，
船在海上，
他两只手捧住面孔，
躲在摆舵的黑暗地方。

二

他怕见月儿眨眼，
　　海儿掀浪，
引他看水天接处的故乡。

但他却想到了
石榴花开得鲜明的井旁,
那人儿正架竹子,
晒她的青布衣裳。

原载《雪朝》,上海商务印书馆一九二二年六月版

  刘延陵的《水手》发表后得到很多人的激赏。诗论家梁宗岱在给徐志摩的信中特别推崇这首诗,说第二节"竟写得那么单纯,那么鲜气扑人"(梁宗岱《诗与真》)。不久,语文课本也将这首诗选入。

  这首诗写水手在远离故乡的船上对爱人的思念。

  诗很短,只有两节。一节写水手孤独地蜷缩在船上;一节写水手进入沉思,想起在榴花似火的井旁,他爱的人儿正在架起竹竿晒她的青布衣裳。全诗建构了单纯明朗的意境,从朴素中贯注了深沉热烈的感情。

  全诗也充满了张力。所谓张力,是指在一定范围内的情感、意念、显意象与潜意象等发生矛盾、相互激荡而产生的一种"场效应"。这首诗正是这样,出海遥远,而思亲之情越强;怕见故乡,又想见故乡;外形孤独而内心炽热;船上呈现的是实有的形象,单纯、寂寞,是静景;相思的是假想形象,丰盈、喧闹,是动景。因为有了情感的指向和承载,对应的两幅场景因节奏的变化而成为流动、回荡、共感、辐射的心灵世界,最后,从终极意义上给人以情感震撼与审美效应。

王统照

> 王统照（1897—1957），字剑三。山东诸城人。1918年就读于中国大学。1921年与沈雁冰、周作人等发起成立文学研究会，主编《文学旬刊》。1922年毕业后留校任教。1934年赴欧洲各国考察，并在英国剑桥大学研究文学。1935年回国，任《文学》主编，后在暨南大学、山东大学任教授。著有诗集《童心》《这时代》《放歌集》《夜行集》《横吹集》《江南曲》等。

长城之巅

丛合回抱中辉凝，雾集，
绛褐色交织下群峰逶迤。
要掩却这古垒残基圮倾谷底，
可掷不破混沌宇宙中的残粒。

是战士的血迹殷斑？是"英雄"的伟心陶铸？
天风猎猎，吹起了你的裳衣、我的裳衣。
倾一杯金色的酒汁向苍茫奠意，
看，阴云腾飞；听，壑中回响，——在空堡上独立。

哭声裂破了娇喉，砖石压折了铁臂；
露骨万千人，建石几千里，——山麓上的羊鸣三只两只。

这难破的"英雄"梦谜;这不尽的生力的触击;
这无从解答的天地伟奇。天风猎猎,吹醒了我们的怅思!

迷茫的浩荡的世界奇迹——飞影,幻画,在眼前呈露。
是谁说人生未有穷期?是我在墙阴下望飞云散聚。
天风猎猎,吹起了我的裳衣、你的裳衣。
天空中的羊鸣三只,两只,知欲归何处?

一九二五年三月

诗人站在长城之巅,独立苍茫,写下了这无限感慨的诗篇。

诗一开始从色彩和造型勾勒长城景观的特点,但不是平面描写,每一句里都寄托了古今变化、人事代谢的无尽情思。第一节从总体上观照长城逶迤起伏的景象。第一、二两句远距离透视,辉凝、雾集的模糊色彩,更把长城意象置于高、大、远的背景中展呈,获得辽阔崇高的视觉效果;第三、四两句,虽掩饰不住景象的衰败,但又显示了悲壮中的雄伟。

第二节用问语起句,既简括又形象且饱含情感地把长城建构的两种基本力量写到。"天风猎猎,吹起了你的裳衣、我的裳衣。"承接得好,前面两句,既实且虚,笔触宏伟又充满激情,如若顺意写下来,必然减弱力量,所以必须截住。接上这一句是一转折,仍然贯注着宏伟的气势,且用客观景物对应诗人主体,非常自然。接下来一句完全是主体抒情的行为,"倾一杯金色的酒汁向苍茫奠意","酒"与"苍茫",一个意象小而具体,还要加上"金色的"形容,一个意象大而混茫,两极之间反弹,更有宏伟深刻的审美印象。最后一句也必须如此写,"阴云腾飞","壑中回响",在视觉和听觉上仍然构造宏大的意境,才撑得住全诗的格局,外境的扩大显得诗人襟怀的扩大。

到了第三节,诗人深化对长城的历史感慨,指出万里长城是用无数劳动人民的血泪和生命建造起来的。而这样一句"露骨万千人,建石几千里,——山麓上的羊鸣三只两只",造语奇特,意象反差如此强烈。一方面写出沧桑变化;一方面谴责穷兵黩武,耗尽巨大的民力。现在只落得"羊鸣三只两只",所以往下作者不禁感叹:"这难破的'英雄'梦谜;这不尽的生力的触击";"天风猎猎,吹醒了我们的怅思!"

在第四节中,诗人把望长城而开拓的情思作一小结。颓废的长城在眼前呈露,在墙阴下望飞云散聚,"是谁说人生未有穷期?"诗人提出的这一问题,历史和现实其实已作了回答。但是"天空中的羊鸣三只,两只,知欲归何处?"这一疑问,又拓展了思路,历史凝固在人为的物化形态——长城之中,历史的脚步跨越了一个又一个时代,真是有尽而又无尽……

卓越的诗人,总是把自我置于宇宙、历史、人生的巨大环流与漩涡中进行深沉体验与博大思考,并以独创的建构发出心灵的回声。这首诗,给予读者的远远不止是字面上的东西,它给读者的思索是无尽的,它把读者带到现实与生命以外,并给读者雄健、苍凉、悲壮的情怀。

爆　竹

谁不是在挣扎中裹住一颗沉重的心?
谁不是喜欢晴空中光与声的耀动?
　　重压下似是茫昧的希求?
　　盼到一天,指尖上有火花飞迸。

谁也是具有热烈欢欣的少年的心情,
谁也是在沉静的生活中希求放纵!
　　一年能有几天,一生能得几次?
　　把人生的"法绳"略略放松。

说到怜悯么？荒村中饿骨强撑，
    兵马在大道上纵横，
    天火燃着了不安定的人心，
霹雳震动蛰虫的觉醒。

也许是孩子与年青人的狂兴？
    爆竹声中挑起激越的心情。
    听！这是古灵的回声还是新生喊叫？
暗夜间火花明映着群星。

一九三三年一月

  王统照的诗作总给人一种深层的凝思与情感震撼。这首《爆竹》也是这样。爆竹，是喜庆的象征，一声炸响，感情得到放纵宣泄，原来如此的情绪，但到了诗人笔下，却起伏回旋，愈转愈深，写成一首意蕴丰盈的抒情诗篇。

  诗一开首就渲染了凝重的情调：三个问句写爆竹的点放是伴随"沉重的心"与"茫昧的希求"而进行的，不完全是通常简单的欢欣与狂兴。

  第二节更作进一步推衍，由上节句式"谁不是"改成肯定的"谁也是"——"谁也是具有热烈欢欣的少年的心情，/谁也是在沉静的生活中希求放纵！"这儿强调了节日放爆竹的应该和必须，然而作者接下去又发抒感慨："一年能有几天，一生能得几次？/把人生的'法绳'略略放松。"中国人的快乐中总渗有忧患意识，这就衬托出强颜欢笑是在什么样的背景下出现的。

  到了第三节，诗人更放大视界，引我们看还有更值得怜悯的——荒村饿民，战乱骚扰。诗人很希望爆竹像天火把不安定的人心点燃，霹雳声使他们觉醒。

  第四节专写放爆竹引起人们的狂兴与激越的心情。最后两句以赞美之情把爆竹比作民族之魂的回声与新生的喊叫,渲染它"暗夜间火花明映着群星"。

诗人以直觉的能力,把爆竹和人们的情绪作了可触可感的形象描绘;诗人也以多思的睿智,要人们珍惜这难得的欢乐与狂兴,并把眼界放开,通过对自我和"外我"的双重命运的顽强领悟,把握一种恒定的东西,一种贯串人类精神的生命的韵律。

伙伴,你应该闻到这一阵腥风

一

伙伴,你应该闻到这一阵腥风!
人的肉,人的筋骨,和人的脏腑?……
从稻田里,苇滩里,北方平原与山谷,
散布开迷人的芬芳,冲过长空。
你瞧,皎白的秋星点红了眼睛。
你听,枪炮疯狂了做渴血的梦!
这深夜再容不得假作朦胧,
多轻,多细,一只蛋也叫出他的冤痛。
不是萧瑟,不是凄清,吹来这阵腥风,
自然,你听到伤兵的惨叫,女人哀泣,
但这不会动摇了勇敢者的壮气,
你要听,要得到,腥风中的言语!

二

吹来,吹来,越过血流的河沟,火窟;

吹来，吹来，我们到处踏平魔鬼的脚迹。
那高峰，夹道，淹没了树叶的高吟，低啸，
火弹，巨响——空中的钢铁相合伴舞。
夜，她在黑暗的翼下裸出身体，
我们把正义的喊声到处传布，
我们也伸出双手，曾被魔鬼的血污。
感谢！那一片黄水的江空，月明，
她的光辉，远远的，亮亮的，送我们飞行。
有我们的使命，也有她的光明见证。
我们，快快去将冤愤，激怒，热情，
播散到城市，乡村，每个人的心中。

三

四千年故国自有她永恒的生命；
弯曲的黄河，肥沃的扬子，多少山河，
多少物产，与过去历史上的英雄。
在土地上，他们先人曾有过鲜明的印迹，
在风雨中，他们曾不停止他们的行程。
由北来，地方的印迹没逃过我们的眼睛，
现在，勇敢的到处喊出大战的怒声！
中国！——这多动人的名字又重新跳跃了，
他们迅速地，鲜明地，冲动人的心胸！
不怕魔鬼的播弄，不管辛苦的飞行，
我们为这两个字——中国——有我们的使命！
你能憎恨么，虽然我们是一阵腥风！

四

伙伴,你该闻到这一阵腥风,
你更该牢记着他分送的言语!
中国——为这两个字,从今以后,
你不会迷失了你的路途;你更不会
不认识腥风的来处,魔鬼的狠毒!
时代的引诱,能让你我在梦里
安度?力光,火影,那一条条的死尸,
为中国,他们不再怕刀火的威逼;
为中国,他们永笑的灵魂心安意足。
他们领受腥风的使命,在生与死的
关口,为中国插下了血红的旗帜,
伙伴,你闻到腥风,也认明旗上的二字!

王统照的这首诗以爱国主义的激情,唱出了全国人民奋起反抗日本帝国主义侵略的心声。诗作于1937年全民族抗日战争爆发不久,当时,正如臧克家在《王统照先生的诗》中说的:"面对着全国人民在共产党号召领导下奋起抗日的伟大历史局面,诗人在以前诗篇中时常流露的那种感伤凄惋的情调一扫而空,代替它的是激昂、奋发和乐观自豪的情感。"

"伙伴,你应该闻到这一阵腥风",诗的标题构成了全诗的中心意象。它以向伙伴或战友诉说的口吻,将自己看见的和想到的,一一表述,以此自励和启发人们共同担起抗击敌人的使命,为祖国而战。"腥风"实际上是"战争"的代名词,但它被赋予了感情色彩,它象征着鲜血与伤残,也体现着抗争与正义。诗人确立的这一意象更新颖、更有含义与情感化,特别重要的,是为全诗构思和形象化的展开,张起了翅膀。

　　全诗共分四节。内容的陈述与情绪的处理，均能做到有序展开。第一节写腥风传来战争的惨象，血肉横飞，尸骨遍地，伤兵惨叫，女人哀泣……这一切不会动摇勇敢者的壮气，但要认识侵略者的残暴。第二节写勇敢者奋起战斗，不仅把正义的喊声到处传布，也把冤愤、激怒、热情散播。诗情由低抑沉痛转向高昂悲壮。第三节是说战斗的信心来自对祖国的爱。以光辉的传统、美丽的河山、英雄的业绩，唤起民族自豪感与使命感。第四节号召人们认清方向，明确使命，为祖国而战，夺取胜利。这是诗情最高的发挥。

　　这首诗在形式中做到整饬中有流动。激越的情思与曲折回环的诗节，和谐地组成一首为祖国人民而战的抗战进行曲。

冰心

冰心(1900—1999),原名谢婉莹。福建长乐人。1918年进协和女子大学(后并入燕京大学)学医,后改学文学。1923年赴美国威尔斯利女子大学学习。1926年回国,在燕京大学、北平大学女子文理学院、清华大学任教。抗战胜利后东渡日本,1951年秋回国。著有诗集《繁星》《春水》《冰心诗集》。

繁　星

一〇

嫩绿的芽儿,
　和青年说:
"发展你自己!"

淡白的花儿,
　和青年说:
"贡献你自己!"

深红的果儿,
　和青年说:
"牺牲你自己!"

五五

成功的花。
　人们只惊慕她现时的明艳!
　　然而当初她的芽儿,
　　浸透了奋斗的泪泉,
　　洒遍了牺牲的血雨。

一三一

大海呵,
　哪一颗星没有光?
　哪一朵花没有香?
　哪一次我的思潮里
　　没有你波涛的清响?

春　水

三三

墙角的花!
你孤芳自赏时,
　天地便小了。

六四

婴儿,
在他颤动的啼声中
　　有无限神秘的言语,
从最初的灵魂里带来
　　要告诉世界。

一七四

青年人,
　　珍重的描写罢,
时间正翻着书页,
　　请你着笔!

五四以后,白话诗发轫时期,曾有一个小诗繁荣的局面。小诗是一种即兴式的短诗,一般以三五行为一首,表现作者刹那间的感兴,寄寓一种人生哲理或美的情思,引起读者的联想。

小诗创作得最早最多的是冰心。她受印度诗人泰戈尔《飞鸟集》的影响,学写小诗,意在通过这种类似"小杂感一类的东西",来收集自己"零碎的思想"。20岁前后,她一口气写了300多段,选辑了164首,用诗的第一句中的"繁星"二字命名出版诗集。这就是1923年商务印书馆出版的《繁星》,接着新潮社又出版了《春水》。这两本诗集正如柔美春水里繁星的倒影,晶莹璀璨,诗情画意,闪耀着思想和智慧的光。

冰心的小诗,善于抓住一刹那的感兴,作出别出心裁的表现。其中形象和指意靠诗人的发现与挖掘,作了心灵糅合的再创造,合成一首隽永的小诗。如选自《繁星》的这三首，第一首是从植物发芽、开花、结果的过程联系青年发展、贡献、牺牲的成长阶段，使读者读后有一种新的憬悟与启示。第二首借花开明艳的光辉反观抽芽生长的不易，以比喻人生奋斗、牺牲达到成功的同一结果，将"理"附丽在物的联想，自然而深刻。第三首把对大海的博大宏伟的礼赞与星光、花香等无比美好的事物联系起来，以此衬托大海对自己的影响，抒发了热烈的感情。

  朱自清曾说小诗"贵凝炼而忌曼衍"，是"重暗示，重弹性的表现"，要有"曲包的余味"（朱自清《短诗与长诗》）。冰心的小诗多数既流利又凝练，既朴素又含蓄。例如这里选的《春水》三首，第一首把花置于墙角，这局促的环境决定了其视野的狭窄，如果"孤芳自赏"，就会如"井底之蛙"一样，看不到广阔的天宇。诗的巧妙在于形写天地之小，喻其见识的短浅，不直说，更有针砭的力量，其蕴含的哲理通过感觉与印象含蓄地表达出来，使诗增强了凝练性和客观性。第二首是以女性诗人的细腻心理，感受婴儿颤动的啼声里"有无限神秘的言语"。这里是说婴儿有天赋的纯洁、天真，赤子之心，没有虚假、做作、矫饰，没有防范、戒备、倾轧。最简单反而最充实，这就是自古以来，哲人和诗家所称赞的"童心"。冰心从这里发现了最美的人性，她的心灵得到审美感应，她要将这些从最初的灵魂里带来的无限神秘的言语告诉世界，就是希望人们都得到心灵净化、精神超越，能够返璞归真，"童心来复梦中身"（龚定庵诗）。这独特的感受、丰盈的联想，把小诗的诗意扩展得多么深厚啊！

应修人

  应修人(1900—1933),原名应麟德,字修士,笔名丁九。浙江慈溪人。1927年入苏联莫斯科中山大学学习。1930年回国,1932年任中共江苏省委宣传部部长,并参加左联。1932年至1933年,领导沪东区英美烟厂罢工斗争。1933年5月,因叛徒出卖,在与国民党特务搏斗时牺牲。有与冯雪峰、汪静之、潘漠华合著之诗集《湖畔》《春的歌集》。

妹妹你是水

妹妹你是水——
你是清溪里的水。
  无愁地镇日流,
  率真地长是笑,
  自然地引我忘了归路了。

妹妹你是水——
你是温泉里的水。
  我底心儿他尽是爱游泳,
  我想捞回来,
  烫得我手心痛。

妹妹你是水——
你是荷塘里的水。
　借荷叶做船儿,
　借荷梗做篙儿,
妹妹我要到荷花深处来!

原载《春的歌集》,湖畔诗社一九二三年版

朱自清曾经指出:"中国缺少情诗,有的只是'忆内''寄内',或曲喻隐指之作;坦率的告白恋爱者绝少,为爱情而歌咏爱情的更是没有。……但真正专心致志做情诗的,是'湖畔'的四个年轻人。"(朱自清《中国新文学大系·诗集·导言》)"四个年轻人"指的是汪静之、应修人、潘漠华和冯雪峰,他们大约于1921年左右开始写诗,1922年4月出版诗集合集《湖畔》,1922年出版汪静之诗集《蕙的风》,1923年底出版诗集合集《春的歌集》。

应修人这首《妹妹你是水》就选自《春的歌集》。

全诗基本采用暗喻,将自己爱恋的情人比作水,而自己陶醉在爱河里,沉浸在幸福中。

第一节将姑娘比作水,形容她的率真快乐。清溪里的水拟人化了,"无愁地镇日流","率真地长是笑",把情感涂抹在自然景物上,古典诗词常用此法,但不若这儿用得清新活泼。"自然地引我忘了归路了",规定情景中的主体形象,写得很自然,不说自己爱上了姑娘,这写法更机智,更含蓄,隽永有味。

第二节更进一层,将姑娘比作温泉里的水,"我底心儿他尽是爱游泳",一颗心放到温泉里,形容爱情到了火热的阶段;"我想捞回来,/烫得我手心痛",唯恐别人不知道情爱的炽烈程度,加一倍形容,心在温泉里的感觉集中为拟情性意象,教读者也获得具体的感官感受。

第三节将姑娘化为荷塘里的水,又进了一层。热烈后进入平淡境界,爱进入深沉收获阶段。不是吗?由荷塘想到莲子,"莲"与"恋"

谐音,"妹妹我要到荷花深处来",这象征着更亲近,情爱找到了栖身之地,似乎是结果,是归宿。

  一首诗写情爱,就像水一样流动活泼,回旋深沉,清新浏亮,显示了五四青春光华的时代特征。

汪静之

汪静之（1902—1996），安徽绩溪人。1920年入浙江省立第一师范学校学习。1921年和潘漠华、冯雪峰等组织晨光文学社，出版《晨光》周刊。1922年，与应修人、潘漠华、冯雪峰成立湖畔诗社，出版了四人的诗合集《湖畔》。1926年在芜湖任中学教员，后参加北伐。1928年至全民族抗日战争爆发前夕，在上海、南京等地任教。1946年任江苏学院、复旦大学教授。后定居杭州。著有诗集《蕙的风》《寂寞的国》《诗二十一首》等。

伊底眼

伊底眼是温暖的太阳；
不然，何以伊一望着我，
我受了冻的心就热了呢？

伊底眼是解结的剪刀；
不然，何以伊一瞧着我，
我被镣铐的灵魂就自由了呢？

伊底眼是快乐的钥匙；
不然，何以伊一瞅着我，
我就住在乐园里了呢？

伊底眼变成忧愁的引火线了；
不然，何以伊一盯着我，
我就沉溺在愁海里了呢？

一九二二年六月四日

"情人眼里出西施"，"怎当她临去秋波那一转"，"水是眼波横，山是眉峰聚"，无论雅俗，专写眼睛，原是诗词常用的表现手法。但汪静之这一首《伊底眼》，虽也写眼睛，但不同一般。他选择了一个最利于表现自我感受的角度，把眼睛作为一个本体，而让喻体转过来成为意象中心，"能指"变为"所指"，领受的感情既深挚又新鲜。

多种景象的并列，多种感官的交融，把爱情的复杂与曲折变化，写得既有密度，又有张力，但其中的比喻，像太阳、剪刀、钥匙、引火线，都是日常生活中常见之物；所用的语言也浅显明白；诗形整饬，节奏轻快，仍然保持清新自然的风格。正如鲁迅 1921 年写信给汪静之，评他的诗的优点："情感自然流露，天真而清新，是天籁，不是硬做出来的。"（汪静之《回忆湖畔诗社》，《诗刊》1979 年第 7 期）

冯雪峰

  冯雪峰（1903—1976），原名冯福春。浙江义乌人。早年就读于浙江省立第七师范学校和浙江省立第一师范学校。1921年在杭州参加晨光社，1922年和汪静之等成立湖畔诗社。1929年参加筹备左联，后任左联党团书记。1933年到中央苏区。1934年参加长征，到达陕北后，在红军大学和党校工作。1936年春到上海，任中共上海办事处副主任。1941年被捕，囚于上饶，1942年出狱。1943年在重庆从事统战和文化工作。中华人民共和国成立后，任人民文学出版社社长、中国作协副主席等职。著有诗集《真实之歌》《灵山歌》《雪峰的诗》等，合著诗集《湖畔》《春的歌集》。

山里的小诗

鸟儿出山去的时候，
我以一片花瓣放在它嘴里，
告诉那住在谷口的女郎，
说山里的花已开了。

  这一首《山里的小诗》只有四句，但风情万种，耐人寻味。
  一对情人，一个在山里，一个在谷口，而且久不见面。诗超越了空间与时间，将爱情以花瓣作为信物，将两颗爱心络系住了。

首先是想象力的丰盈。鸟儿飞翔，想象它可作为信使；不是写信，而是"以一片花瓣放在它嘴里"，这实际上是不可能的事，但作者以浪漫主义的想象构成美丽的诗境，把对女郎的爱表现得何等急切与真挚；并且想象鸟儿真能完成使命，要求鸟儿只告诉谷口的女郎一句话："说山里的花已开了。"这真翻过来将古诗"身无彩凤双飞翼，心有灵犀一点通"，化为实有可能，一时的想象填补了情感的"空筐"。

其次，诗贵含蓄。这首诗里没有一个"情"字，也没有一个"爱"字，但恰恰写了最深挚、最浓烈的情思爱意。为什么叫鸟儿去，因为鸟儿飞得快，又是春的见证；所带的不是情书，因为花瓣能传达春的信息，又给人温馨、芳香的感觉，这就把爱写得更美好、更珍重；山里花开，是否他和她过去有约；一片花瓣，这是否印记着过去和现在的某种情意，是否是共同约定的信物；如此等等。空灵里包含着无穷意蕴，让读者去想象，去填充。

最后，四句诗清浅明白，构思精巧，表现了青年爱情的纯真、朴素、活泼、美丽。这是五四时代青年敞开襟怀，裸露赤子之心，唱出的"天真的人生"的高歌。

米色的鹿

啊，米色的鹿！
黝绿的平野！我多么熟识！
仿佛一个单独的银色的波浪，跳跃在
　　沉郁的湖面，
仿佛一只白鸽翻飞在碧玉似的青天，
仿佛太阳光点点地闪在森林的深处，
仿佛初下的雪飞舞在暗夜的大野的空间。……

啊，波涛起伏的丛山的海！
海似的暗黑的森林！我也多么熟识！
高峰和高峰竞走，相接而又相离，滚滚地
泻着奔飞的河；
  而米色的鹿在那儿游戏。
森林的尽头，连接着陡削的悬岩，
下面是深不可测的沟壑；
  而米色的鹿一跃就跃过！……

但是，看！这也是多么好的一种景色！
太阳已经上升，而大地冻着一片的雪，
可是，多么美丽的荒野的雪地！
  多么年轻的仆倒着的尸体！
他僵硬了的两手，还做着快跑的姿势，
他露出的半边的脸，还浮着不能收住的
  青春的微笑；
而冬日早晨的太阳正在照着，
而终夜被逐的米色的鹿，在颤抖着，
  在不远的前面喘息着。……

原载《真实之歌》，重庆作家书屋一九四三年版

  从湖畔诗人成长为一个革命者，整整二十年，经过多少次血与火的斗争，冯雪峰的诗情不但没有泯灭，反而越唱越勇敢，越唱越深沉。

  这首诗据说是诗人囚于上饶时所作，他以"米色的鹿"作为意象，寄托着他对自由的向往，表达了战斗直至牺牲的决心。

  在囚牢里，诗人仰望蓝天，米色的鹿像想象的云、像自由的风，载着诗人的灵魂，飞向蓝天，飞向绿野，飞向森林，飞向雪地，飞向遥远的地方。

米色的鹿经过的地方，构成诗的三节。第一节写黝绿的平野，象征着美丽和平；第二节写起伏的丛山，象征着黑暗艰险；第三节写荒野雪地，象征着奋斗牺牲。

诗人构建了神奇美丽的景色与环境，以想象塑成的米色的鹿，是对革命者的灵魂与精神作绘画与舞蹈形象的呈现与颂扬。一开始米色的鹿飞奔在"黝绿的平野"上，像"一个单独的银色的波浪，跳跃在/沉郁的湖面"，像"一只白鸽翻飞在碧玉似的青天"，像"太阳光点点地闪在森林的深处"，像"初下的雪飞舞在暗夜的大野的空间"。这种壮丽的景色中闪现鹿的奔腾形象，传达的是快节奏的欢乐情绪。到第二节，景物从客体转换为主体，"波涛起伏的丛山的海""海似的暗黑的森林""高峰和高峰竞走""滚滚地/泻着奔飞的河"，这一切呈现动势的自然景观衬托"游戏"的米色的鹿。接下来还有更艰险的"陡削的悬岩"和"深不可测的沟壑"，"而米色的鹿一跃就跃过！……"

第一节写米色的鹿，第二节写自然景观，第三节刻画的真正的主体是牺牲者。美丽的荒野的雪地上，"多么年轻的仆倒着的尸体！"，"他僵硬了的两手，还做着快跑的姿势"，"他露出的半边的脸，还浮着不能收住的/青春的微笑"，这雕塑式的形象，在冬日早晨的阳光照射下，显得多么肃穆悲壮！这幅画面叠印着奔跑到最后的颤抖着、喘息着的米色的鹿的形象，升华为生命不止、战斗不歇的崇高的精神境界。

整首诗将艰险环境中对自由的渴望情感和勇于牺牲的战斗决心以"米色的鹿"这一幻想形象奔泻而出，而且赋予环境以神奇的美和动感。冯雪峰在创造诗的情境方面所下的功夫，以这首诗最为出色和成功。

宗白华

宗白华(1897—1986),原名宗之櫆。江苏常熟人。1918年毕业于同济医工专门学校,后主编《少年中国》月刊、《时事新报》副刊《学灯》。1920年赴德国留学,回国后任东南大学、南京大学、北京大学等校教授。著有小诗集《流云》。

夜

一时间
觉得我的微躯
是一颗小星,
莹然万星里
随着星流。
一会儿
又觉着我的心
是一张明镜,
宇宙的万星
在里面灿着。

原载《流云》,上海亚东图书馆一九二三年版

宗白华是五四时期最早因开创"小诗"而著称诗坛的人。他信奉泛神论,因而他的不少小诗创作都有"天人合一"的思想。这首《夜》传

达了人的生命与自然的交流和默契的微妙情思,将哲学思考作了诗化表现。

诗中的"我"是中心意象,分为两部分。第一部分写"我"飞腾变化为"一颗小星",成为宇宙星流的一分子;第二部分又幻化自己的心"是一张明镜",而宇宙的万星又纳入"我"的心中灿然照着。一是"万物即我",一是"我即万物",最终达到"天人合一"的最高境界。

一方面是五四时代解放自我、张扬个性的体现,另一方面是审美的追求。宗白华是美学家,他在这首诗里写人以超越的精神向自然飞升,而自然物也向人的精神方向提高。这种双向运动,达到庄子所说的"天地与我并生,而万物与我为一"这一最高的审美境界。人在更为广大的空间与时间中找到自己,人的品格提高了,诗的品格也提高了。

我 们

我们并立天河下。
人间已落沉睡里。
天上的双星
映在我们的两心里。
我们握着手,看着天,不语。
一个神秘的微颤
经过我们两心深处。

原载《时事新报·学灯》一九二二年九月七日

宗白华这首《我们》具有很强的现代意识,他写的虽是刹那的情景,却蕴含永恒的意味。

诗开头两行,写"我们并立天河下",而"人间已落沉睡里"。把"我们"从"人间"分离出来,遗世而独立,从而造成一种孤独感,但这种孤独具有深刻的意义，因为人已与宇宙相对应，人在更为广大的空间与时间中找到自己，精神得到超越。

说"天上的双星/映在我们的两心里"，不说"我们"仰望天宇星河，而说双星下落，映在"我们的两心里"，突出的仍是"我们"，主体性更强，诗的蕴含与张力更大。人的主体精神在其间高举飞扬，至少世界与人具有同等的意义。在提倡个性解放的五四时代，诗人构建的这样的诗境，是和时代合拍的。

"我们握着手，看着天，不语。"这是说两心相应，感情深挚，而且是在和宇宙沟通的情况下结成连理的。是呵，人与人相爱，又和宇宙亲和，还有什么比这更幸福的？还有什么要言说的呢？

"一个神秘的微颤/经过我们两心深处。"诗人只说"神秘的微颤"，也许是指宇宙的伟大、星星的繁多，相比人的渺小与孤独，而发生惊栗之情。也许人"占有了生命"，在壮阔的生命体验中，又觉得连宇宙都限定不住自己，正如黎巴嫩作家纪伯伦所说的，"只有世界在你的眼睛里变得渺小时，你才会大喜或大悲"；也许这种情绪就是神秘而难以具体指陈的，在庄严肃穆的宇宙面前，一切只可意会而不能言传……

蒋光慈

蒋光慈（1901—1931），又名蒋光赤。安徽金寨人。1921年赴苏联留学，回国后曾任教于上海大学。1928年与阿英等组织太阳社，编辑《太阳月刊》《拓荒者》等杂志。1930年筹备并参加左联。著有诗集《新梦》《哀中国》《哭诉》《光慈诗选》《乡情集》等。

哀中国

我的悲哀的中国，
我的悲哀的中国，
你怀拥着无限美丽的天然，
你的形象如何浩大而磅礴！
你身上排列着许多蜿蜒的江河，
你身上耸峙着许多郁秀的山岳。
但是现在啊，
江河只流着很呜咽的悲音，
山岳的颜色更惨淡而寥落！

满国中外邦的旗帜乱飞扬，
满国中外人的气焰好猖狂！
旅顺大连不是中国人的土地么？

可是久已做了外国人的军港；
法国花园不是中国人的土地么？
可是不准穿中服的人们游逛。
哎哟，中国人是奴隶啊！
为什么这般地自甘屈服？
为什么这般地萎靡颓唐？

满国中到处起烽烟，
满国中景象好凄惨！
恶魔的军阀只是互相攻打啊，
可怜的小百姓的身家性命不值钱！
卑贱的政客只是图谋私利啊，
哪管什么葬送了这锦绣的河山？
朋友们，提起来我的心头寒，——
我的悲哀的中国啊，
你几时才跳出这黑暗之深渊？

东望望罢，那里是被压迫的高丽；
南望望罢，那里是受欺凌的印度；
哎哟，亡国之惨不堪重述啊！
我忧中国将沦于万劫而不复。
我愿跑到那昆仑之高巅，
做唤醒同胞迷梦之号呼；
我愿倾泻那东海之洪波，
洗一洗中华民族的懒骨。
我啊，我羞长此沉默以终古！

易水萧萧啊，壮士吞仇敌；

燕山巍巍啊，吓退匈奴夷；
回思往古不少轰烈事，
中华民族原有反抗力。
却不料而今全国无生息，
大家熙熙然甘愿为奴隶！
哎哟！我是中国人，
我为中国命运放悲歌，
我为中华民族三叹息。

寒风凛冽啊，吹我衣；
黄花低头啊，暗无语；
我今枉为一诗人，
不能保国当愧死！
拜伦曾为希腊羞，
我今更为中国泣。
哎哟！我的悲哀的中国啊！
我不相信你永沉沦于浩劫，
我不相信你无重兴之一日。

一九二四年十一月二十一日

  白话诗到了无产阶级作家蒋光慈这里，发展成为政治抒情诗，这是时代进展的折射，也是激烈的阶级斗争的需要。政治抒情诗的优点在于能鼓动人民群众的革命情绪，黄钟大吕，催人上阵；在一个血与火、刀与枪交并闪射的特定时期，再低吟身边的小小悲欢，就觉得不协调。但政治抒情诗也有缺点，它往往满足一时的激情冲动，狂呼叫喊流于口号标语，而且直白式的叙说或抒发，有损诗的深邃意味与美感效应。

  蒋光慈上承《女神》革命浪漫主义诗歌的精神，下启无产阶级诗派（普罗文学）的红色鼓动的诗风，确实起了桥梁中介作用。因此，政治抒情诗的优点与缺点都在他的作品中得到体现。作者为五四以后政治抒情诗人的代表，我们不应抹杀他对现代新诗史的贡献。

蒋光慈主要诗作都收集在他的诗集《新梦》与《哀中国》中。

《哀中国》这首诗是他从莫斯科留学回国后，于1924年11月所作。他从十月革命光照的苏联新天地回来，目击当时中国无边浓重的黑暗，不禁悲从中来，仿英国著名浪漫主义诗人拜伦《哀希腊》而作《哀中国》。

全诗共分六节。第一节，从总体上描画了祖国河山的壮丽与它现在所承载的苦痛与悲哀；第二节，控诉帝国主义的侵略；第三节，写国内军阀的罪恶；第四节，从横的方面，以印度等国的亡国惨状为对比，看当时危亡的迫近；第五节，从纵的方面，追索衰落的原因，悲歌当时国民性的病态；第六节，从哀叹自省中抬起头来寄希望于未来，深信中国有振作重兴之日。

悲愤交织，长歌当哭，这是长篇抒情诗的基调。诗中运用大量叠句、排比、对偶等形式，一节一韵，回环激荡，吞咽吐放，很好地抒发了诗人的真情。

废 名

废名（1901—1967），原名冯文炳，字蕴仲。湖北黄梅人。1922年就读于北京大学预科，后转入本科英国文学系。曾为语丝社成员。1929年大学毕业后任北京大学中国文学系讲师。全民族抗日战争爆发后在故乡任小学教师。1946年返回北京大学任副教授、教授。著有诗集《水边》等。

街 头

行到街头乃有汽车驰过，
乃有邮筒寂寞。
邮筒 PO
乃记不起汽车的号码 X，
乃有阿拉伯数字寂寞，
汽车寂寞，
大街寂寞，
人类寂寞。

现代派的文学是"城市的艺术"。废名写诗，有关于城市的，却不见城市的声色和跃动，有的只是静寂和空灵。这首《街头》，应是即景之作。据说，有一天，他走在报国寺的街上，突然迎面驶来一辆汽车，其势不可挡，他赶紧立住不动。正巧对面竖立一只邮筒，"PO"二字仿佛一双眼睛盯着他，一时的感兴使他回家写了这首诗。

诗写的是一种对应关系。孤单的邮筒，"PO"二字像冷漠的大眼瞧着他，从物上投射出的情绪感染着诗人，是一种孤单和寂寞感。下面写主体情感的投入，汽车匆匆驶过，诗人记不起汽车的号码是什么数字。城市里有多少这样匆忙而过的东西，它们没有给诗人留下印象，也不会勾起诗人今后的回忆，于是诗人觉得连用阿拉伯数字标明的号码也只有寂寞，汽车寂寞，大街寂寞，乃至整个人类都寂寞。"我"和都市对应，这感受有禅意，同是一种现代人的感觉。

诗中的意象是真实的，这种凝练性与客观性增强了情意感受。"PO"二字，的确像眼睛一样，森然直视。它作为诗人情感的异质同构体，呈现了符号的指意。诗形的构成，从具体到抽象，以浅语画情绪，最后连用四个意象写"寂寞"，如此景象，叠用起来，不仅创造了诗境，而且深化了诗境。

十二月十九夜

深夜一枝灯，
若高山流水，
有身外之海。
星之室是鸟林，
是花，是鱼，
是天上的梦，
海是夜的镜子。
思想是一个美人，
是家，
是日，
是月，

是灯，

是炉火，

炉火是墙上的树影，

是冬夜的声音。

一九三六年

20世纪30年代，废名写了许多现代派的自由诗，许多人认为不好懂，"无一首可解"（刘半农语）。但对他的诗，从过去到现在，一直评价不低。朱光潜说："废名先生富敏感而好苦思，有禅家与道人的风味。"

他的诗有一个深玄的背景，难懂的是这背景。"但是懂得之后，你也许要惊叹它真好。"（《编辑后记》，《文学杂志》1937年第2期）台湾诗人痖弦认为："废名的诗即使以今天最'前卫'的眼光来披阅仍是第一流的，仍是最'现代'的。"（痖弦《禅趣诗人废名》，载《中国新诗研究》，洪范书店1981年版）

《十二月十九夜》虽标明了日期，但这个日子并没有多少意义，这首诗可看成普通的无题诗。"深夜一枝灯"，是为中心意象。"若高山流水，/有身外之海"，这是由灯扩展开来，思绪飞腾无极。高山也好，流水也好，及之于身外的海，辽阔的空间任其驰骋，有思接千载、神游万里之势。废名曾说过："我感不到人生如梦的真实，但感到梦的真实与美。"（废名《桥·塔》）他把抽象的思想具象化，"星之室是鸟林"，满天繁星像无数的鸟儿栖于树林，这是美丽的诗境；"是花，是鱼"，花是树上的，鱼是水里的，所以归结为下面两句："是天上的梦，/海是夜的镜子。"天上的梦，身外之海，使诗人感到了"真实与美"。这是说自己已超越现实，进入了美好自由的新天地。一个孤寂的人，一旦彻悟，他就不感到孤寂了。还有，"思想是一个美人"，孤寂的人，心灵更加丰富深刻。他多么珍视自己能够思想，"我思故我在"，这是对自我价值与意义的肯定。"是家，/是日，/是月，/是灯"，海阔天空，转了一个圈子，又回到一灯之室。"是炉火，/炉火是墙上的树影，/是冬夜的声音。"这是亲密、温暖的象征,"星之室是鸟林"转为"炉火是墙上的树影",由虚想落到实地,是一种人生的顿悟;想象的美丽与现实的光照熔于炉火,呈现于灯光,面对深夜一枝灯,令人想起佛的拈花微笑。

至此,理解了这首诗,我们就可以知道朱光潜指的废名诗的"深玄的背景"是什么,"就是禅宗的静观、心象、顿悟、机锋,与李商隐诗温庭筠词的感觉、幻想、色彩、意象的现代化的融合"(冯健男《人静山空见一灯——废名诗探》,《文学评论》1995年第4期)。

闻一多

闻一多(1899—1946),原名闻家骅,字友三。湖北浠水人。1912年考入清华学校。1922年赴美国留学,先后入芝加哥美术学院、科罗拉多大学美术系学习。1925年回国后,与徐志摩等主编《晨报》副刊《诗镌》。曾任北京艺术专科学校教务长,后在清华大学、武汉大学任教。全民族抗日战争时期,任西南联大中文系教授。1946年在云南昆明遭国民党特务杀害。著有《红烛》《死水》《闻一多诗文选集》《闻一多全集》等。

太阳吟

太阳啊,刺得我心痛的太阳!
又逼走了游子底一出还乡梦,
又加他十二个时辰底九曲回肠!

太阳啊,火一样烧着的太阳!
烘干了小草尖头底露水,
可烘得干游子底冷泪盈眶?

太阳啊,六龙骖驾的太阳!
省得我受这一天天底缓刑,
就把五年当一天跑完那又何妨?

太阳啊——神速的金乌——太阳！
让我骑着你每日绕行地球一周，
也便能天天望见一次家乡！

太阳啊，楼角新升的太阳！
不是刚从我们东方来的吗？
我的家乡此刻可都依然无恙？

太阳啊，我家乡来的太阳！
北京城里底官柳裹上一身秋了罢？
唉！我也憔悴的同深秋一样！

太阳啊，奔波不息的太阳！
你也好像无家可归似的呢。
啊！你我的身世一样地不堪设想！

太阳啊，自强不息的太阳！
大宇宙许就是你的家乡罢。
可能指示我我底家乡底方向？

太阳啊，这不像我的山川，太阳！
这里的风云另带一般颜色，
这里鸟儿唱的调子格外凄凉。

太阳啊，生命之火底太阳！
但是谁不知你是球东半底情热，
同时又是球西半底智光？

太阳啊,也是我家乡底太阳!
此刻我回不了我往日的家乡,
便认你为家乡也还得失相偿。

太阳啊,慈光普照的太阳!
往后我看见你时,就当回家一次,
我的家乡不在地下乃在天上!

《太阳吟》是闻一多1922年7月在美留学时的诗作。

具有深厚中华传统文化修养的闻一多,初到美国,看到"金元帝国"的种族歧视和西方文明的目空一切,心中积聚了许多愤慨的情绪。1923年1月,在一封家书中,他写道:"一个有思想之中国青年,留居美国之滋味,非笔墨所能形容。"基于这样的情绪与认识,再加上他对故园家乡的思念之情,他找到了对应的象征物太阳,于是写下这首爱国诗篇。

诗人将太阳作为伙伴与亲人是自有原因的,异国他乡,天天能见到的是太阳;中、美两国分处地球东、西两半球,而太阳给人的感觉是从东到西照射的,在美国所见的太阳不正是从中国东方而来又将回转到自己的家乡吗?情有所托,诗人正是从太阳这里找到了感情的喷火口啊!

在《太阳吟》里,诗人对于故国的思念,是通过反复吟咏而逐层深入的。他对太阳的思想感情是跳跃转折、不断变化的。始则感到怨嫌,继而则对之提出要求,再而又和太阳认同,向他倾诉衷肠,最后把太阳认作家乡。在诗中,太阳时而驾上六龙,化为金乌,再现了远古神话的风采;时而带着憔悴的秋色,有着游子的遭遇和身份;时而又成为"生命之火",带着东半球的情热和西半球的智光。意象的交融和叠映,把诗人对邦国家乡之思的多重情绪充分表达出来了。

此外,诗人逐层变化而又逐层深入的感情,是通过具有整体美感的形式表现的。全诗十二节,每节三句,一韵到底,各节第一行均以"太阳啊"呼语领起,符合诗人建立新格律诗的主张;而且这种形式与内容结合,反复吟唱、抑扬起伏的节奏,适宜表现九曲回肠之情感,凸现内在情绪的需要。

更重要的是,我们要理解这首诗思乡情结的真谛。闻一多曾在给吴景超的信中有过解释:"我想你读完这两首诗(指《太阳吟》和《忆菊》),当不致误会以为我想的是狭义的'家',不是!我所想的是中国的山川,中国的草木,中国的鸟兽,中国的屋宇——中国的人。"作家写诗,触动自己情绪的是实在具体的东西,比如"家",往往是诗歌吟咏抒发情感的起点,闻一多的这首诗也是这样。只是随着思绪的逐渐展开,理性成分的逐渐增强,意象也升华为整个中国,并最后成为他的诗的主体与归宿。其实,从诗序和转折之处,隐藏着理性的逻辑联系,只不过被诗人的热情包裹,这种"异质"因素不容易觉察罢了。这也正是闻一多深谙诗道的高明之处。

忆　菊

　　插在长颈的虾青瓷的瓶里,
　　六方的水晶瓶里的菊花,
　　攒在紫藤仙姑篮里的菊花;
　　守着酒壶的菊花,
　　陪着螯盏的菊花;
　　未放,将放,半放,盛放的菊花。
　　镶着金边的绛色的鸡爪菊;
　　粉红色的碎瓣的绣球菊!
　　懒慵慵的江西腊哟;
　　倒挂着一饼蜂窠似的黄心,
　　仿佛是朵紫的向日葵呢。

长瓣抱心,密瓣平顶的菊花;
柔艳的尖瓣攒蕊的白菊
如同美人底拳着的手爪,
掌心里攫着一撮儿金粟。

檐前,阶下,篱畔,围心底菊花:
霭霭的淡烟笼着的菊花,
丝丝的疏雨洗着的菊花,——
金底黄,玉底白,春酿底绿,秋山底紫,……

剪秋萝似的小红菊花儿;
从鹅绒到古铜色的黄菊;
带紫茎的微绿色的"真菊"
是些小小的玉管儿缀成的,
为的是好让小花神儿
夜里偷去当了笙儿吹着。

大似牡丹的菊王到底奢豪些,
他的枣红色的瓣儿,铠甲似的,
张张都装上银白的里子了;
星星似的小菊花蕾儿
还拥着褐色的萼被睡着觉呢。

啊!自然美底总收成啊!
我们祖国之秋底杰作啊!
啊!东方底花,骚人逸士底花呀!
那东方底诗魂陶元亮
不是你的灵魂底化身罢?

那祖国底登高饮酒的重九
不又是你诞生底吉辰吗?

你不像这里的热欲的蔷薇,
那微贱的紫萝兰更比不上你。
你是有历史,有风俗的花。
啊!四千年的华胄底名花呀!
你有高超的历史,你有逸雅的风俗!

啊!诗人底花呀!我想起你,
我的心也开成顷刻之花,
灿烂的如同你的一样;
我想起你同我的家乡,
我们的庄严灿烂的祖国,
我的希望之花又开得同你一样。

习习的秋风啊!吹着,吹着!
我要赞美我祖国底花!
我要赞美我如花的祖国!
请将我的字吹成一簇鲜花,
金底黄,玉底白,春酿底绿,秋山底紫,……
然后又统统吹散,吹得落英缤纷,
弥漫了高天,铺遍了大地!

秋风啊!习习的秋风啊!
我要赞美我祖国底花!
我要赞美我如花的祖国!

重阳前一日作

《忆菊》一诗写于 1922 年 10 月,农历重阳节的前一天,作者当时身在异邦美国,想念家乡祖国。写诗有它的即时性和具体性。重阳节登高,每逢佳节倍思亲;九月赏菊,这也是中国人的传统习俗。所有这些,都是写诗的契机。

我要赞美我祖国底花!
我要赞美我如花的祖国!

这是《忆菊》点题的名句。

诗一开始,就以浓郁的笔墨描写祖国菊花的千姿万态、缤纷色彩;接着将菊花赋予民族文化和东方人文的美,特别突出骚人逸士的代表陶渊明,歌颂他有菊花式的素心与高洁灵魂。他又拿作为中华民族精神象征的菊花与西方文化符号表征的蔷薇、紫罗兰相比,使得品格高雅的菊花超拔于"热欲"和"微贱"的西方花卉之上。最后,菊花—祖国—我,三者联系起来,浪漫主义情怀得到张扬:"请将我的字吹成一簇鲜花","然后又统统吹散,吹得落英缤纷,/弥漫了高天,铺遍了大地!"诗人的感情真挚热烈地和菊花,也是祖国的象征融为一体,形成了多么光彩照人的诗化境界!

作为芝加哥美术学院的高才生,闻一多很重视色彩,在《秋色》这首诗里,他穿着色彩,喝着色彩,唱着色彩,听着色彩,嗅着色彩……他简直陶醉浸泡在"色彩"中了。闻一多在《忆菊》里把他的深情赋予菊花的方式,就是对菊花作色彩的大量挥洒与描绘。我们读这首诗时,一方面敬佩诗人想象力和情感的丰富,与诗人的爱国思想产生共鸣;另一方面诗歌意象的色彩美,也唤起了我们的审美愉悦。

心　跳

这灯光，这灯光漂白了的四壁；
这贤良的桌椅，朋友似的亲密；
这古书的纸香一阵阵的袭来；
要好的茶杯贞女一般的洁白；
受哺的小儿喑呷在母亲怀里，
鼾声报道我大儿康健的消息……
这神秘的静夜，这浑圆的和平，
我喉咙里颤动着感谢的歌声，
但是歌声马上又变成了诅咒，
静夜！我不能，不能受你的贿赂。
谁希罕你这墙内尺方的和平！
我的世界还有更辽阔的边境。
这四墙既隔不断战争的喧嚣，
你有什么方法禁止我的心跳？
最好是让这口里塞满了沙泥，
如其它只会唱着个人的休戚，
最好是让这头颅给田鼠掘洞，
让这一团血肉也去喂着尸虫，
如果只是为了一杯酒，一本诗，
静夜里钟摆摇来的一片闲适，
就听不见了你们四邻的呻吟，
看不见寡妇孤儿抖颤的身影，
战壕里的痉挛，疯人咬着病榻，
和各种惨剧在生活的磨子下。
幸福！我如今不能受你的私贿，
我的世界不在这尺方的墙内。

听！又是一阵炮声，死神在咆哮。

静夜！你如何能禁止我的心跳？

闻一多的诗从感情内容到外在形式，极深至又极谨严。这首《心跳》（后改为《静夜》）一上来就连用几个排句，从"这灯光，这灯光……"到"我喉咙里颤动着感谢的歌声"，描写了小家庭幸福、温馨的气氛。诗人极尽修辞炼句之能事，几组意象是"感情表象"，而且是通过审美创造的有着光芒和色彩的生命形态。灯光能将四壁"漂白"，这灯光的柔和、明亮可见，一个"漂"字还作了动态的呈现。僵硬干冷的桌椅，也有人性的"善良"，如"朋友似的亲密"。写"古书"有"纸香一阵阵的袭来"，这就有了无穷的韵味。茶杯，用"贞女"形容，如纯真静谧的少女，洁白地站立在桌上，显示出主人对它的"要好的"感情。诗人移情于物，对他的工作环境有一种沉醉的喜爱。第五、六两句转而写人：小儿在母亲怀里咿呷，大儿鼾声正浓。静夜具有如此"神秘"的色彩，是说难以用言语恰切、精微地表达，而和平用"浑圆"形容，又写出诗人对如此生活的满意。他是要感谢命运的着意安排了。然而，诗人的笔锋一转，情绪陡变："但是歌声马上又变成了诅咒，/静夜！我不能，不能受你的贿赂。"为什么呢？原来诗人那跳动的思想投射到外面的世界，他看到了满目疮痍的祖国令人痛心的景象：军阀混战，生灵涂炭，内外交困，民不聊生。诗人认识到，如果只是为了一杯酒、一本诗、一片静夜里的闲适而看不到寡妇孤儿的颤抖、战壕里的痉挛、疯人咬着病榻，自己哪里能够幸福安宁呢？最后，诗人表示要抛弃小家庭的诱惑，投入大世界的怀抱。创作这首诗也可算是闻一多从诗人、学者转为民主斗士的契机与动因，诗人用真诚唱出了心灵之歌。

别林斯基曾说："任何一个诗人也不能由于他自己和靠描写他自己而显得伟大，不论是描写他本身的痛苦，或者是描写他本身的幸福；任何伟大诗人之所以伟大，是因为他的痛苦和幸福的根子生长自社会和历史的深处，因为他是社会、时代、人类的器官和代表。"

这首诗杰出之处在于诗人对所描写对象的诗意处理。诗人用对立、反衬的手法,把小家庭和大千世界并立,两次提到"心跳",正是这种心理转折,使他从这一"小"过渡到这一"大",宕出了一片深意。

死　水

这是一沟绝望的死水,
清风吹不起半点漪沦。
不如多扔些破铜烂铁,
爽性泼你的剩菜残羹。

也许铜的要绿成翡翠,
铁罐上锈出几瓣桃花;
再让油腻织一层罗绮,
霉菌给他蒸出些云霞。

让死水酵成一沟绿酒,
漂满了珍珠似的白沫;
小珠们笑声变成大珠,
又被偷酒的花蚊咬破。

那么一沟绝望的死水,
也就夸得上几分鲜明。
如果青蛙耐不住寂寞,
又算死水叫出了歌声。

这是一沟绝望的死水,

这里断不是美的所在，
不如让给丑恶来开垦，
看他造出个什么世界。

《死水》作于 1926 年。人所公认：这首诗，无论从哪个意义上说，都是闻一多的杰作，也是中国新诗的杰作。

闻一多在这首诗中用"死水"这一形象象征黑暗的现实生活，也就是旧社会的一个缩影。诗的第一节开头一句"这是一沟绝望的死水"，在最后一节又重复出现，这正是全篇的中心所在。第二句"清风吹不起半点漪沦"，是对第一句的补充描绘，极言其毫无生气，叫人绝望。下面接着写"不如多扔些破铜烂铁，/爽性泼你的剩菜残羹"，这是加一倍的写法，意指索性叫死水更臭更脏，是一种无可奈何的愤激之情。

诗的第二、三节，对"死水"作了形象的描绘，用美来形容丑，丑得到形象的表现就更丑了。

第四节的前两句给上两节的描写作了小结。诗人不仅把死水"画"得有色，而且写得有声。"如果青蛙耐不住寂寞，/又算死水叫出了歌声。"这沟绝望的死水，听不到人间的声音，却有单调的蛙鸣。这更加反衬死水的死寂。

诗的第五节的第一句与诗的第一节开头一句重复，这种回应仍然是为了强调诗的中心所在。第二句"这里断不是美的所在"，这个断语就把整个诗的主题再次明确表现了。最后全诗的结尾："不如让给丑恶来开垦，/看他造出个什么世界。"这两句如何理解？朱自清在《闻一多全集·序言》里曾引用了这节诗，并作了如下说明："这不是'恶之花'的赞颂，而是索性让'丑恶'早些'恶贯满盈'，'绝望'里才有希望。"

《死水》艺术水平很高。闻一多是拿他这首呕心沥血、精心结构之作来实践他的新格律诗的理论的。1926 年 5 月，他写了一篇《诗的格律》的论文，提出新的格律诗必须具有"音乐的美（音节）""绘画的美（词藻）""建筑的美（节的匀称和句的均齐）"。这首诗圆满地体现了他的艺术主张。

首先体现了"音乐的美"。诗的每行由四个音节（或称为"音顿""音步"）构成。每行又由一个三个字的音节和三个两个字的音节构成，而且每行字数相等。我们看第一节：

这是｜一沟｜绝望的｜死水，
清风｜吹不起｜半点｜漪沦。
不如｜多扔些｜破铜｜烂铁，
爽性｜泼你的｜剩菜｜残羹。

这样读起来错落有致，音调非常和谐。诗人自己也认为这首诗是他"在音节上最满意的试验"。

其次体现了"绘画的美"。这是就诗中排列美丽而富有鲜明色彩的辞藻，给人以形象的感受而言的。"死水"是黑色的，然而它像"绿酒"，飘着"白沫"，还有铜锈"绿成翡翠"，铁锈如"几瓣桃花"，油腻织"一层罗绮"，霉菌蒸出"云霞"，居然组成一幅色彩斑斓的图画。

最后体现了"建筑的美"。这是指节的匀称，诗的形式的整齐。《死水》每节四行，每行九个字，既注重音组的安排，又做到形式的相称，好像"豆腐干"式的方方正正。有人讥这种诗为"方块诗""豆腐干诗"，批评其故意注重格律，向形式主义发展。但在《死水》里看不出做作的痕迹，而且谨严得恰到好处。从诗是用最精妙的语言来表现最精妙的思想感情这一要求来看，闻一多追求"语不惊人死不休"的艺术效果，还是值得肯定的。

发　现

我来了，我喊一声，迸着血泪，
"这不是我的中华，不对，不对！"
我来了，因为我听见你叫我；
鞭着时间的罡风，擎一把火，
我来了，不知道是一场空喜。
我会见的是噩梦，哪里是你？
那是恐怖，是噩梦挂着悬崖，
那不是你，那不是我的心爱！
我追问青天，逼迫八面的风，
我问，拳头擂着大地的赤胸，
总问不出消息；我哭着叫你，
呕出一颗心来，——在我心里！

《发现》是最能表现闻一多爱国激情的伟大诗篇。一接触诗行，我们就被他劈头直入、陡然而来的叫喊震惊了：

我来了，我喊一声，迸着血泪，
"这不是我的中华，不对，不对！"

原来诗人在留美期间，对祖国故乡的强烈思念之情日益增长。他写过九曲回肠的《太阳吟》，也唱出"我要赞美我祖国底花！/我要赞美我如花的祖国！"这样动人的歌声，他甚至于1925年夏提前回国。然而当他怀着一颗炽热的心回到祖国时，他发现的不是使他欣喜若狂的气象，而是深切悲哀的现实，致使他心理反差到不能自已。这个原因，臧克家在《闻一多的〈发现〉和〈一句话〉》一文里分析得很正确。

"一个热爱自己祖国的诗人，在海外受的侮辱越重，对祖国的怀念和希望也就越深切。……但当希望变成事实的时候,他却坠入一个可怕的深渊。他在美国所想象的美丽祖国的形象,破灭了!他赖以支持自己的一根伟大支柱,倾折了!他所看到的和他所希望看到的恰恰相反。他得到的不是温暖,而是一片黑暗、残破和凄凉。他痛苦,他悲伤,他忿慨,他高歌当哭……

"其实,在美国的时候,他何尝不知道自己亲爱伟大的祖国被军阀们弄得破碎不堪?他对于天灾人祸交加的祖国情况又何尝不清楚?然而彼时彼地的心情使得我们赤诚的诗人把他所热爱的祖国美化了、神圣化了。诗人从自己创造的形象里取得温暖与力量,当现实打破了他的梦想,失望悲痛的情感就化成了感人的诗篇——《发现》。"

这就是诗人在这首诗里感情急切悲愤的原因。

这是一首短诗,只有十二行,但是每一句每一字都喷着火。先前,听到祖国的召唤,诗人鞭时光,驾罡风,擎一把火,恨不能立刻回到祖国,但他发现的祖国却令人失望,成为一场空喜。他用"噩梦",用"恐怖",用超于恐怖之上的"噩梦挂着悬崖"这样一些痛苦色彩很重的词语和比喻,来传达自己失望、痛苦、愤怒的情绪。诗的最后四行,诗人进一步挖掘内心最深刻的疑问,并把这种最深沉的痛苦感情凝聚到富于动感的艺术形象中,最终逼向全诗的一点诗情:"我哭着叫你,/呕出一颗心来,——在我心里!"他哭啊哭啊,把心都呕出来了,终于发现"我的中华"就"在我心里"!这是多么强烈、深厚的爱国感情呵!至此,诗完成了一个辞警意丰的艺术结构,也塑造了一个伟大爱国诗人崇高人格的形象。

一句话

有一句话说出就是祸,
有一句话能点得着火。

别看五千年没有说破，
你猜得透火山的缄默？
说不定是突然着了魔，
突然青天里一个霹雳，
　　爆一声：
　　　"咱们的中国！"

这话叫我今天怎么说？
你不信铁树开花也可，
那么有一句话你听着：
等火山忍不住了缄默，
不要发抖，伸舌头，顿脚，
等到青天里一个霹雳，
　　爆一声：
　　　"咱们的中国！"

　　这首诗写简单的"一句话"，却爆发了雷霆万钧的力量，这是积压已久、盘旋于心的爱国情感的总爆发。
　　"有一句话说出就是祸。"关于第一句的"祸"字，论者有不同理解。这一句话是"咱们的中国"，是"国家兴亡，匹夫有责"之义，是说中国是咱们大家的，是人民的。在《发现》里，诗人宣泄的愤怒，是对当时现状的失望，这要谁负责呢？而这首诗的一句话等于作出回答了。这是在军阀当道时，对民主精神、主体意识的一次张扬，说中国属于人民，属于咱们大家，无论对内还是对外，有如醒狮的吼声，当然使自外于人民的人感到震惊和恐惧了。这句话在全诗结构上还造成戏剧性的效果，先设置一个悬念，讲这句话能带来"祸"，点着"火"，而且说"五千年没有说破"，是"火山的缄默"，则更加深了悬念。一旦说出，就有如"青天里一个霹雳"，给读者的印象，真如打击在灵魂深处，谁也不可能忘记、忽略这句话，这句话就是"咱们的中国！"

诗的蓄势与悬念解决了，下面用"你可以不信，但你必须信"的句式进一步增添力度，使"一句话"成为向世人的警告和宣言，即便是铁树也可以开花，当火山爆发时，你们可不要害怕！

这首诗从形式上讲，结构整齐，讲究格律，十六句分为两节，节与节，行与行，对仗工整；每节的前六句诗行都是九个字一行，两节的最后三句用词也大致相当，有民歌复沓的效果。由于句子短，节奏强烈，尾声押仄声韵，更有湍泻跌宕的情绪律动，显得沉郁有力。

荒　村

……临淮关梁园镇间一百八十里之距离，已完全断绝人烟。汽车道两旁之村庄，所有居民，逃避一空。农民之家具木器，均以绳相连，沉于附近水塘稻田中，以避火焚。门窗俱无，中以棺材或石堵塞。一至夜间，则灯火全无。鸡犬豕等觅食野间，亦无人看守。而间有玫瑰芍药犹墙隅自开。新出稻秧，翠荡宜人。草木无知，其斯之谓欤？

——民国十六年五月十九日《新闻报》

他们都上哪里去了？怎么
虾蟆蹲在甑上，水瓢里开白莲；
桌椅板凳在田里堰里漂着；
蜘蛛的绳桥从东屋往西屋牵？
门框里嵌棺材，窗棂里镶石块！
这景象是多么古怪多么惨！
镰刀让它锈着快锈成了泥，
抛着整个的鱼网在灰堆里烂。
天呀！这样的村庄都留不住他们！

玫瑰开不完,荷叶长成了伞;
秧针这样尖,湖水这样绿,
天这样青,鸟声像露珠样圆。
这秧是怎样绿的,花儿谁叫红的?
这泥里和着谁的血,谁的汗?
去得这样的坚决,这样的脱洒,
可有什么苦衷,许了什么心愿?
如今可有人告诉他们:这里
猪在大路上游,鸭往猪群里钻,
雄鸡踏翻了芍药,牛吃了菜——
告诉他们太阳落了,牛羊不下山,
一个个的黑影在岗上等着,
四合的峦嶂龙蛇虎豹一般,
它们望一望,打了一个寒噤,
大家低下头来,再也不敢看;
(这也得告诉他们)它们想起往常
暮寒深了,白杨在风里颤,
那时只要站在山头嚷一句,
山路太险了,还有主人来挽;
然后笛声送它们踏进栏门里,
那稻草多么香,屋子多么暖!
它们想到这里,滚下了一滴热泪,
大家挤作一堆,脸偎着脸……
去!去告诉它们主人,告诉他们,
什么都告诉他们,什么也不要瞒!
叫他们回来!叫他们回来!
问他们怎么自己的牲口都不管?
他们不知道牲口是和小儿一样吗?

可怜的畜生它们多么没有胆！
喂！你报信的人也上哪里去了？
快去告诉他们——告诉王家老三。
告诉周大和他们兄弟八个，
告诉临淮关一带的庄稼汉，
还告诉那红脸的铁匠老李，
告诉独眼龙，告诉徐半仙，
告诉黄大娘和满村庄的妇女——
告诉他们这许多的事，一件一件。
叫他们回来，叫他们回来！
这景象是多么古怪多么惨！
天呀！这样的村庄留不住他们；
这样一个桃源，瞧不见人烟！

《荒村》以诗意的笔触描写人间的苦难，把深深的同情给予了逃亡的农民，直接抒写了诗人对社会对世事的不平和愤懑。

"他们都上哪里去了？"诗人善于用简洁直截的问句把我们立即带入诗境，如同《死水》的手法一样，对于荒村破败反常的景象，诗人是用绘画艺术作形象表现的："虾蟆蹲在甑上，水瓢里开白莲；/桌椅板凳在田里堰里漂着；/蜘蛛的绳桥从东屋往西屋牵？"门框里嵌着棺材，窗棂里镶着石块，镰刀快锈成了泥……从生活用具、生产工具到农民的住房，破败如此，令人惨不忍睹。接着，长诗又一次呼喊："天呀！这样的村庄都留不住他们！"笔锋转折，出现了自然的美景："玫瑰开不完，荷叶长成了伞；/秧针这样尖，湖水这样绿，/天这样青，鸟声像露珠样圆。"如此幽美而生机盎然的田园风光，却留不住世代居住的主人，美的境界与荒凉凄惨的景象形成鲜明的对比，这和杜甫的"国破山河在，城春草木深"是同一写法。诗人还通过想象，使景物拟人化，写猪、牛、鸡、鸭游走散离，回忆主人的关心，想到过去"那稻草多么香，屋子多么暖！"，不禁"滚下了一滴热泪"，它们晓得"大家挤作一堆，脸偎着脸……"至此，诗人顺理依情地呼唤，要它们告诉主人："叫他们回来！叫他们回来！"诗里分层次地写荒村"多么古怪多么惨"的景象，又反复焦灼地呼唤主人回来，最后再次叹息："天呀！／这样的村庄留不住他们；／这样一个桃源，瞧不见人烟！"这里有含泪的幽默，更有对战乱造成的生灵涂炭表示深深的诅咒！

这首诗开头引了1927年5月19日《新闻报》的报道。这首诗完全根据上面的记述铺写成诗。读这首诗，除了被诗境诗情感动震撼之外，我们还会有几点想法。第一，闻一多从写《红烛》时奉行唯美主义而到写《荒村》时，从"纯形的境界"走了出来，自觉地"要生活磨出来的力"，使我们看到诗人突破旧我，在思想和美学上有了大的跨步。

第二，一段新闻记事和诗并列，正好使我们认识闻一多对中国新诗史的贡献，他主张新诗要有格律，新诗要有建筑美、绘画美、音乐美，认为想象力和情感是诗生命的内在要素。他在诗创作的道路上是不断探索和认真实践这些主张的。《荒村》是他把生活升华、提纯为诗的最好证明。

第三，中国向来缺乏叙事诗的传统，五四新诗运动以来虽经提倡，但仍未能将"故事"与"诗"之间的媒介与化合做好。闻一多早在1922年写的《〈冬夜〉评论》里探讨过中国缺少叙事诗的原因；他早期在《红烛》中收有长诗《李白之死》《剑匣》，尝试过叙事诗的创作；20世纪40年代，他提出过"诗的小说化"的主张。《荒村》注意到叙事与意象营造、暗示力的结合、张力的包孕与强化等等，他以这首诗的创作为叙事诗的发展提供了有益的经验和启示。闻一多是有心做好叙事诗的创造者与探索者的。

洗衣歌

　　洗衣是美国华侨最普通的职业。因此留学生常常被人问道:"你的爸爸是洗衣裳的吗?"许多人忍受不了这侮辱,然而洗衣的职业确乎含着一点神秘的意义,至少我曾经这样的想过,作洗衣歌。

(一件,两件,三件,)
　洗衣要洗干净!
(四件,五件,六件,)
　熨衣要熨得平!

我洗得净悲哀的湿手帕,
我洗得白罪恶的黑汗衣,
贪心的油腻和欲火的灰……
你们家里一切的脏东西,
　交给我洗,交给我洗。

铜是那样臭,血是那样腥,
脏了的东西你不能不洗,
洗过了的东西还是得脏,
你忍耐的人们理它不理?
　替他们洗!替他们洗!

你说洗衣的买卖太下贱,
肯下贱的只有唐人不成?
你们的牧师他告诉我说:
耶稣的爸爸做木匠出身,
　你信不信?你信不信?

胰子白水耍不出花头来，
洗衣裳原比不上造兵舰。
我也说这有什么大出息——
流一身血汗洗别人的汗？
　你们肯干？你们肯干？

年去年来一滴思乡的泪，
半夜三更一盏洗衣的灯……
下贱不下贱你们不要管，
看哪里不干净哪里不平，
　问支那人，问支那人。

我洗得净悲哀的湿手帕，
我洗得白罪恶的黑汗衣，
贪心的油腻和欲火的灰，
你们家里一切的脏东西，
　交给我——洗，交给我——洗，

（一件，两件，三件，）
　洗衣要洗干净！
（四件，五件，六件，）
　熨衣要熨得平！

　　这首诗描述的中心情景是洗衣，显然多数华侨初去美国都从事这一职业。令人赞叹的是这一被外人视为低贱的工作，一经诗人吟咏，便充满了浩然正气，全诗放射着刚健雄浑的光辉，提升了民族的尊严与自豪感，激荡着爱国反帝的思想感情。

诗人赴美留学期间，将目击的和身受的种种民族压迫和种族歧视的情况，在给家人的书信中作了倾诉："我乃有国之民，我有五千年之历史与文化。我有何不若彼美人者？将谓吾国人不能制杀人之枪炮遂不若彼之光明磊落乎？"（闻一多《致父母亲》）这一腔积愤，诗人通过《洗衣歌》得到了宣泄。

全诗以一个华侨洗衣者的口吻来写。诗里有自叙，有诘问，有反驳，有对比，写出了愤慨、凄婉、嘲讽、自信等多重思想感情。尽管诗里所描写的具体事件早已过去了，但那种情绪体验、思想力度，什么时候读它，都在冲撞激盈我们的心灵。无论是在国内还是在国外，闻一多的《洗衣歌》，以精魂的形态将永远翱翔在诗的天宇。

对这首诗的成功，许多文章都介绍了诗人不断修改、精益求精的过程，闻一多写诗一向以谨严推敲著称，这自是一个重要的因素。但从整体形式来看，可以说是"有意义的内容找到了最适合的形式"。从诗的旋律看，诗人采取了民族传统诗歌回环往复的写法，也吸收了西方民谣体迭唱句式，而咏叹的情调贯串全诗，既能表现洗衣工作的辛苦和劳动的节奏，也便于尽情倾诉心曲，以鸣不平。诗的第七节对应第二节，第八节对应第一节，两两重复；诗的末尾与诗的开头重合，在复沓中前后呼应，都表明了诗人在这首诗里实践他关于新格律诗的主张。而第六节的"年去年来一滴思乡的泪，/半夜三更一盏洗衣的灯"，这样对仗工稳的诗句，尽管诗人不满意它太文，于全诗语句不协调，但多数读者都以为精炼含蓄，写景抒情，见出修辞炼句的功夫。还有第七节"交给我——洗，交给我——洗"加了两个破折号，在语气上有所延宕，突出了"洗"字，其精神要我们于朗读时体会，从中也更能看出诗人"吟安一个字"所费的推想与敲定的艺术苦心。

梁宗岱

梁宗岱（1903—1983），字菩根，笔名岳泰。广东新会人。1921年加入文学研究会。1923年入岭南大学。后赴法国巴黎大学，再到德国、意大利进修。1931年回国，在北京大学任法文系主任兼教授。1935年任南开大学英文系教授，并主编《大公报》文艺副刊。1938年任复旦大学教授兼外文系主任。后任中山大学、广州外国语学院教授。著有诗集《晚祷》，译诗集《水仙辞》，诗论集《诗与真》（一、二）。

太 空

五

像老尼一般黄昏
又从苍古的修道院
暗淡地迟迟地行近了。
艳装的夕照
依然闪着他最后的金光；
锦衾的晚霞
也一样的泛着他临睡的醉容。
听——听！
熙和的百鸟

又奏起雄浑的凯旋曲来了：
"我们从渊默的黑暗里
唱着胜利之歌醒来的，
又唱着胜利之歌
到渊默的黑暗里安息去了。"

一九二三年六月二十一日

梁宗岱是我国较早出现的象征派诗人之一。他认为象征有两个特性："（一）是融洽或无间；（二）是含蓄或无限。"用这个标准来观照他的《太空》（五），确是达到了这一境界。

这首诗写的是傍晚的太空，诗人把他的情思融入景色描写之中。一开始"像老尼一般黄昏"，这个意象比喻的境界，给人们阴冷的感觉，至少透露了诗人不乐意的情怀。但黄昏总要来临，大自然泰然地等待它，万有的生物同样以高昂的姿态接收它。诗人以超越的态度贯通了时光流迁的规律，并转变为另一种乐观的情绪。诗人曾说："在一首诗中吟咏数事，或一句诗而暗示数意，正是象征诗底特别色彩。"（梁宗岱《诗与真》）这里正是这样。因为是象征诗，诗人的情意感觉，是完全濡染和溶解在形体里面的，它"诉诸我们底感觉和想象之堂奥"。

另外，这首诗正如诗人论到外国象征派诗人梵乐希时说的，"深沉的意义，便随这声、色、歌、舞而俱来"。这诗里写夕照的最后金光，晚霞临睡的醉容，百鸟熙和的歌唱，从对黄昏的低沉情绪转为对太空的辉煌礼赞，它启示人们对生与死、光明与黑暗、希望与绝望、实在与虚无……都要辩证地作形而上的思考与理解。诗里的哲理并没有特别说出，而是由意象的转换和外景的呈现含蓄在诗里，不尽之意在言外，好的诗总是以有限开拓无限的。

冯至

冯至（1905—1993），原名冯承植。河北涿州人。1923年参加浅草社。1925年参与组织沉钟社。1927年毕业于北京大学德文系。1930年去德国攻读文学和哲学。1935年回国。1939年任教于西南联大。1946年7月任北京大学西语系教授。中华人民共和国成立后，任中国科学院外国文学研究所所长、中国作协副主席等职。著有诗集《昨日之歌》《北游及其他》《十四行集》《西郊集》《十年诗抄》《冯至诗选》等。

我是一条小河

我是一条小河，
我无心由你的身边绕过——
你无心把你彩霞般的影儿
投入了我软软的柔波。

我流过一座森林，
柔波便荡荡地
把那些碧翠的叶影儿
裁剪成你的裙裳。

我流过一座花丛，

柔波便粼粼地
把那些凄艳的花影儿
编织成你的花冠。

无奈呀,我终于流入了,
流入那无情的大海——
海上的风又厉,浪又狂,
吹折了花冠,击碎了裙裳!

我也随了海潮漂漾,
漂漾到无边的地方——
你那彩霞般的影儿
也和幻散了的彩霞一样!

一九二五年

冯至的诗深情委婉,有独特的风格。鲁迅赞誉他为"中国最为杰出的抒情诗人"(鲁迅《中国新文学大系·小说二集·导言》)。

《我是一条小河》是一首爱情诗,主要写情意的获得与失落。但内心的激情不是采用直接倾泻的方式来表达,而是化为客观形象,于娓娓的叙述中寄托绵纱缱绻的情怀,呈现婉曲的风格。

诗的第一节,把"我"比作柔波荡漾的小河,偶遇彩霞般明媚的姑娘,两者胶合,感情那么真挚,偏又出于无心,愈是无心,愈见真挚。

第二节和第三节,写主体"我"的热烈情怀。柔波流过森林,便将碧翠的叶影裁成裙裳;柔波流过花丛,就将凄艳的花影编织成花冠。一切美好的东西都奉献给心爱的人儿,这里显现诚意与真心,将爱情又推进一步。

诗到第四、五节,情态突变,无情的海上狂风击碎了爱的好梦!诗人在这里体验到内心的不能自主,透露了旧礼教束缚爱情自由的现实黑暗。

这首诗巧妙地选择小河为意象，将男女青年两心相印相随的情感作了有形深邃的表现；同时用舒缓柔曼的调子渲染了哀感缠绵的情意，委婉曲折之中自见深情绵缈。

蚕　马

一

当着那天边才染了春霞，
当着那溪旁开遍了红花，
当着我的痴情化成了火焰，
我便悄悄地走在她的窗前。
我说，姑娘啊，蚕儿正在初眠，
您的情怀可曾觉得疲倦？
只要您听着我的歌声落了泪，
那么，不必探出窗儿来问我，"你是谁？"

在那时，年代真荒远，
路上少行车，水上不见船——
在那荒远昏黄的里边，
给了我多少苍凉的伤感！
是一个可怜的少女，
没有母亲，慈父又远离，
临行的时候嘱咐她，
"好好看护着这田园数亩！"

院中一匹白色的骏马，
慈父亲眼望着女儿，手指着它——
"它会驯良地为你耕作，
它是你忠实的伴侣！"
女儿不懂得什么是别离，
不知慈父往天涯，还是海际？
依旧是风风雨雨地，
可是田园呀，一天比一天荒寂！

"父亲呀，你几时才能够归来？
来日呀，真是汪洋的大海——
马，你可能渡我到海的那边，
去寻找父亲的笑脸？"
她倦倦地望着衰花枯叶，
轻抚着骏马的鬣毛——
"如果有一个亲爱的青年，
他必定肯为我走遍天边！"

她的心内蒙蒙想，
浮尘中浮着将落的夕阳，
不由得有一个含笑的青年，
在她的面前荡漾——
忽地一声响亮的嘶鸣，
悚悚地将她的痴魂惊醒；
骏马已经投入了平芜的远景，
同时也消逝了，她面前的幻影！

二

当着那温温的柳絮成团,
当着那彩色的蝴蝶翩翩,
当着我的心中正燃着火焰,
我便悄悄地走在她的窗前。
我说,姑娘啊,蚕儿正在三眠,
您的情怀可曾觉得疲倦?
只要您听着我的歌声落了泪,
那么不必探出窗儿来问我,"你是谁?"

  荆棘生遍了她的田园,
  烦闷占据了她的日夜,
  在她那孤孤单单的窗前,
  只有些喳喳的麻雀!
  一日又傍着窗儿发呆,
  路上远远地起了尘埃——
  (她早已不做这个梦了,
  这个梦早已在她的梦外!)

  现在呀,远远地起了尘埃,
  骏马寻着了慈父归来!
  父骑在骏马的背上,
  马的嘶鸣变作了和谐的歌唱!
  父吻着女儿的鬓边,
  女拂着慈父的征尘;
  马却跪在她的身边,

止不住汗泪淋淋!

父像是宁静的大海,
她正如莹晶的皎月,
月投入海的深怀,
净化了这枯闷了的世界!
只是马跪在她的床畔,
整夜地涕泗涟涟,
目光仿佛明灯两盏——
"姑娘啊,我为你走遍了天边!"

她拍着马头向它说,
"快快地去到田园工作!
你不要这样的癫痴,
提防着父亲要杀掉了你!"
它一些儿鲜草也不咽,
半瓢儿清水也不饮,
不是向着她的面庞长叹,
便是昏昏地在她的身边睡寝。

三

当着凋落了黄色的藤芜,
当着那黑衣燕子呶呶,
当着我的怀中还燃着余焰,
我便悄悄地走在她的窗前。
我说,姑娘啊,蚕儿正在织茧,
您的情怀可曾觉得疲倦?

只要您听着我的歌声落了泪，
那么不必探出窗儿来问我，"你是谁？"

  黑夜里空空旷旷的，
  窗外是狂风暴雨；
  壁上悬挂着一件马皮，
  （是她唯一的伴侣！）
  "慈爱的父亲，你今夜
  又流离在哪里？
  你把骏马杀掉了，
  我又是凄凉，又是恐惧！"

  "慈爱的父亲，
  雷霹雳，电光芒——
  你丢下了你的女孩儿，
  又是恐惧，又是凄凉！"
  "亲爱的姑娘，
  你不要凄凉，不要恐惧！
  我愿生生世世保护着，
  保护着您千金玉体！"

  马皮里发出沉重的语声，
  她的心儿怦怦，发儿悚悚；
  电光射透了她的全身，
  皮又随着雷声闪动。
  依着风声哀诉！
  伴着雨滴悲啼！
  "我生生世世地保护您，

只要您好好地睡去!"

　　刹那间是个青年的幻影,
　　刹那间是那骏马的狂奔;
　　在那大地将要崩颓的一瞬,
　　马皮紧紧裹住了她的全身!
姑娘啊,我的歌儿还未唱完,
无奈呀,我的琴弦已断;
我惴惴地坐在您的窗前,
再续上那最后的一段——
　　一霎时风雨都停住,
　　皓月收束了雷同电;
　　马皮裹住了她的身儿,
　　月光中化作了雪白的丝茧!

附注:

传说有蚕女,父为人掠去,唯所乘马在。母曰:"有得父还者,以女嫁焉。"马闻言,绝绊而去。数日,父乘马归。母告之故,父不可。马咆哮,父杀之,曝皮于庭。皮忽卷女而去,栖于桑,女化为蚕。——见干宝《搜神记》

一九二五年初夏

　　冯至对于新诗的另一个重要贡献,是朱自清推举为"堪称独步"的叙事诗。在冯至的叙事诗中,又数《蚕马》最动人。
　　叙事诗《蚕马》长有124行,它取材于我国志怪小说《搜神记》中的一则故事。作者用强烈的情感与现代意识对古老的神话传说作了艺术的再创造,使之成为现代叙事诗中的精品。
　　全诗采取一个虚拟的抒情主人公在自己所倾心的姑娘窗前说唱的方

式展开"蚕马"故事的叙述,他反复用这样一句引唱故事的叙述:"只要您听着我的歌声落了泪,/那么不必探出窗儿来问我,'你是谁?'"显然,他意图以情感人,把所叙述的故事作为喻体或寓言,借以打动姑娘的芳心。

诗一开始,作者以时节为序,先从春天写起,让抒情主人公弹琴唱歌,从蚕儿正在初眠,唱到蚕儿三眠,又唱到蚕儿织茧;心绪跟着变化,从心里化成"火焰",到"燃着火焰",再到"还燃着余焰"。歌声里一个动人的故事在展开、发展,最后成为悲壮的结局。故事讲的是痴情的马,爱上一个漫不经心的姑娘,还遇上一个冷酷的父亲。当马儿为了安慰姑娘的寂寞,满足姑娘的心愿,同时又为爱情的许诺所鼓舞,不辞劳苦驮载着姑娘的父亲归来时,姑娘陶醉在父女相逢的快乐中,马儿也为之欣慰,但姑娘忘却了爱情的誓词。人马相隔象征人间的不平,冷酷的父亲更是封建思想的化身,最后马被杀,马皮张挂在姑娘房间的墙壁上。即使到了这样的境况,马的灵魂犹在,仍然发誓要保护姑娘,最后在风雨交加之夜,马皮紧裹姑娘,于是幻化为蚕茧,吐出那绵绵的雪白的丝。

错过了爱情,令人遗憾和同情。但透过故事,是否还看到,诗人表达了自己的感情体验,他要求的是崇高的精神追求,只希望得到相应的理解和共鸣,并不是绝对的占有。所以诗里反复说:"只要您听着我的歌声落了泪,/那么不必探出窗儿来问我,'你是谁?'"

诗的喻体是白马,本体是一位卑谦的男青年,故事与歌声交融,亦真亦幻,真幻结合,让白马与青年幻影交替出现,再加之自然景物渲染的环境气氛,映衬人物感情,推动故事情节。全诗抒情与叙事融为一体,艺术表现十分精致。

冯至的叙事诗从德国谣曲中直接获取养分,又采取中国民间传统与古代神话故事的叙事方式,别有一种不可解脱的神秘气氛,所表现的对封建婚姻制度的憎恨和对爱情理想的追求,仍是五四时代精神的反映。

蛇

我的寂寞是一条长蛇，
冰冷地没有言语——
姑娘，你万一梦到它时，
千万啊，莫要悚惧！

它是我忠诚的侣伴，
心里害着热烈的乡思：
它在想着那茂密的草原，——
你头上的，浓郁的乌丝。

它月光一般轻轻地，
从你那儿潜潜走过；
为我把你的梦境衔了来，
像一只绯红的花朵。

选自《昨日之歌》，北新书局一九二七年版

《蛇》是冯至抒情诗的名篇，诗人把热烈的相思情怀化为"蛇"这一意象，奇特而新颖。

因为诗作者对寂寞有深切的体会，所以才想起把蛇这个冰冷不语的形象，用在这首爱情诗里，这倒也能产生比喻贴切的效果。第一节将寂寞化作长蛇，借蛇的修长无语，要姑娘有思想准备，不要惊疑悚惧。第二节取蛇栖息草丛的习惯，一方面说是忠诚的化身，另一方面从草原联想到头上的乌丝，这是说不要以为它寂寞无语，姑娘的形象一直盘踞在它的心里。从草原过渡到乌丝，见出构思的巧妙又十分自然。第三节，形容蛇的游走，写了蛇的形态，仍然寂静无语，但不等于没有火热的情怀。"为我把你的梦境衔了来，/像一只绯红的花朵。"这真是神经交感，心灵贯通，猜想"换我心，为你心，始知相忆深"。"一只绯红的花朵"，是姑娘娇羞的神情？是姑娘爱的答允与回报？是姑娘梦的象征？引人遐想，这最后一节是诗的美丽的境界。

何其芳曾指出，冯至的诗有自己的风格，有一种沉重的浓郁的感情，好像就是这种感情本身构成了它的艺术魅力。在他同时和稍后时期的诗人中，有比他写得奔放的，有比他写得清新的，有比他写得绮丽的。然而用浓重的色彩和阴影来表达出一种沉郁的气氛，使人读后长久为这种气氛所萦绕，却不能不说是冯至的特长了。鲁迅称他为"中国最为杰出的抒情诗人"，大概正是有取于此吧。

另外，法国的现代派诗人波德莱尔在描写一个男人回到自己棕发美人身旁时，写道："我要给你，/我棕发的美人，/给你冰冷如月光的亲吻，/将要像沿穴爬行的蛇/那样来把你抚慰。""别的人都是用柔情蜜意，/我却想用恐怖来驾驭/你的生命和你的青春。"冯至诗中选用"蛇"的意象，恐怕受波德莱尔诗的影响，含有更加复杂的情绪体验。

南方的夜

  我们静静地坐在湖滨，
  听燕子给我们讲南方的静夜。
  南方的静夜已经被它们带来，
  夜的芦苇蒸发着浓郁的情热。——
    我已经感到了南方的夜间的陶醉，
    请你也嗅一嗅吧这芦苇中的浓味。

  你说大熊星总像是寒带的白熊，
  望去使你的全身都感到凄冷。
  这时的燕子轻轻地掠过水面，

零乱了满湖的星影。——
　　请你看一看吧这湖中的星象，
　　南方的星夜便是这样的景象。

你说，你疑心那边的白果松，
总仿佛树上的积雪还没有消融。
这时燕子飞上了一棵棕榈，
唱出来一种热烈的歌声。——
　　请你听一听吧燕子的歌唱，
　　南方的林中便是这样的景象。

总觉得我们不像是热带的人，
我们的胸中总是秋冬般的平寂。
燕子说，南方有一种珍奇的花朵，
经过二十年的寂寞才开一次。——
　　这时我胸中觉得有一朵花儿隐藏，
　　它要在这静夜里火一样地开放！

一九二九年

　　这首诗是从北方的湖滨的夏夜去想象南方的夜，在南方的景色和北方的景色交织在一起的绚烂的描绘中，表现了作者对热烈的事物的向往（参见何其芳《诗歌欣赏》）。

　　诗中设置的"我"与"你"，有人解析为爱情关系，有人认为是双重的"自我"，但都表现了诗人忧郁的情怀。

　　从爱情关系看，诗人通过设想的对话，实际上以"我"一方为主，这是偏正关系，表达了一种急于突破平静沉寂的现状，希望进入更炽烈火热的新境界。"总觉得我们不像是热带的人，/我们的胸中总是秋冬般的平寂。"所以最后表示："这时我胸中觉得有一朵花儿隐藏，/它要在这静夜里火一样地开放！"爱情双方有着心态的细微差别，正是这种深切的感受造就了这首诗的魅力。

诗人的心理结构与诗的情绪意象结构呈双向同构，诗中设置的"我"与"你"都是诗人沉郁心灵的客观对应物。当时诗人出身清寒，经济拮据，独处北大任助教，心中蕴积着些许"狭窄的情感，个人的哀愁"，有人结合诗人当时的境况指出写这类诗是为了寻求压抑的缓解，得到精神的舒放。

一首好的诗，重含蓄与暗示，有多重意义。冯至诗歌的特点就是委婉幽曲，于解读中见仁见智是完全可以的。或者仍是何其芳的概括比较灵活："这种对于热烈的事物的向往，这种对于热情的动人的歌颂，虽然是为爱情所触发，它的意义却并不限于爱情。"

最值得我们回味的是它的诗美。全诗涂抹着一种深沉委婉的诗情，具有一种明净、清丽的风格。诗分四节，诗形非常整饬，节奏舒缓，音韵柔美。

朱湘

朱湘（1904—1933），字子沅。安徽太湖人。1917年入南京工业学校学习。两年后转入清华大学，并参加清华文学社，同时在《小说月报》发表诗作。1927年赴美国，在劳伦斯大学、芝加哥大学学习。1929年回国，任安徽大学外文系主任兼教授。1933年12月5日由上海乘船去南京途中，投江自杀。著有诗集《夏天》《草莽集》《石门集》等。

采莲曲

小船呀轻飘，
杨柳呀风里颠摇；
荷叶呀翠盖，
荷花呀人样娇娆。
日落，
微波，
金丝闪动过小河。
左行
右撑，
莲舟上扬起歌声。

菡萏呀半开，

蜂蝶呀不许轻来，
　　绿水呀相伴，
清净呀不染尘埃。
　　溪间
　　　采莲，
水珠滑走过荷钱。
　　拍紧
　　　拍轻，
桨声应答着歌声。

藕心呀丝长，
羞涩呀水底深藏：
　　不见呀蚕茧，
丝多呀蛹裹中央？
　　溪头
　　　采藕，
女郎要采又夷犹。
　　波沉
　　　波升，
波上抑扬着歌声。

　　莲蓬呀子多：
两岸呀榴树婆娑，
　　喜鹊呀喧噪，
榴花呀落上新罗。
　　溪中
　　　采蓬，
耳鬓边晕着微红。

风定

　　　风生，

风飐荡漾着歌声。

　　升了呀月钩，

明了呀织女牵牛；

　　薄雾呀拂水，

凉风呀飘去莲舟。

　　花芳

　　　衣香，

消溶入一片苍茫；

　　　时静，

　　　　时闻，

虚空里袅着歌音。

一九二五年十月二十四日

以"东方的静的美丽"写诗，成就了朱湘的风格。这首《采莲曲》是他的代表作。

采莲曲，是采莲少女唱的歌调。这里取古曲"采莲南塘秋，莲花过人头"的风致，而作了创造性的转化，成就为一首新诗。说具体点，就是沈从文在《论朱湘的诗》里指出的："在音乐方面的成就，在保留到中国诗与词值得保留的纯粹，而加以新的排比，使新诗与旧诗在某一意义上，成为一种'渐变'的联续，而这形式却不失其为新世纪诗歌的典型。"

诗里人面与荷花辉映，桨声与歌声应合，花芳与衣香浑融的华美欢乐景色与气氛，使人心荡神摇，如痴如醉。

在某个文艺集会上，诗人曾经朗诵他作的《摇篮歌》。听者说，其音节温柔飘忽，有说不出的甜美与和谐，你的灵魂在那弹簧似的音调上轻轻簸着摇着，也恍恍惚惚要飞入梦乡了。等他诵完之后，大家才从催眠状态中遽然醒来，甚有打呵欠者，其音节之魅力可想而知。又《采莲曲》听说也预备在一个集会中由作者读唱……但观全曲音节宛转抑扬，极尽啴缓之美。诵之恍如置身莲渚之间：菡萏如火，绿波荡漾，无数妙龄女郎，刺小艇于花间，白衣与翠盖红裳相映，袅袅之歌声与伊鸦之画桨相间而为节奏。这种优美幽闲的古代东方式生活与情调，真使现代的我们神往呵！（参见苏雪林《论朱湘的诗》）

　　由此可见，朱湘在追求诗歌格律的工整与音韵的和谐上所下的功夫与苦心。虽然也有人认为此诗完全是"词曲式的格律"，但朱湘坚守在新诗的立场上，是作了推陈出新的努力的。例如，此诗诗行虽比较工整，但也有参差不齐之处；隔行虽采取五七、五七这样整齐的句式，但中间有"左行/右撑""拍紧/拍轻""波沉/波升"等两行短语插入，这是新颖的安排。朱湘说这是"以先重后轻的韵表现采莲舟过路时随波上下的一种感觉"。根据诗情而自由遣词造句，朱湘没有忘记新诗的本职——由自由性衍生的创造性。

热　情

　　忽然卷起了热情的风飙，
　　鞭挞着心海的波浪，鲸鲲；
　　如电的眼光直射进玄古；
　　更有雷霆作嗓，叫入无垠。

　　我们问，为什么星宿万千，
　　能够亘古周行，不相妨碍？
　　吸力，是吸力把它们牵住——
　　吸力中最强的岂非恋爱？

这无爱的地球罪已深重，
除去毁灭之外没有良方。
我们把它一脚踢碎之后，
展开双翼在大气内翱翔。

我们的热情消溶去冰冻，
苏醒转月宫的白兔，桂花，
我们绑起斫情根的吴刚，
一把扔去填天狼的齿牙。

我们发出流星的白羽箭，
射死丑的蟾蜍，恶的天狗。
我们挥彗星的筱帚扫除，
拿南箕撮去一切的污朽。

我们把九个太阳都挂起，
一个正中，八个照亮八方：
我们要世间不再有寒冷，
我们要一切的黑暗重光。

我们拿北斗酌天河的水，
来庆贺我们自己的成功。
在河水酌饮完了的时候，
牛郎同织女便永远相逢。

欢乐在我们的内心爆裂，
把我们炸成了一片轻尘，

看哪像灿烂的陨星洒下，

半空中弥漫有花雨缤纷！

一九二五年八月二十四日

朱湘曾经说："凭了这一支笔，我要呼唤玄妙的憧憬。"诗人的生活再苦，人生的道路再坎坷，但诗人只要有笔，有奇妙的憧憬与想象，他就可以思接千载，神游八极，或者如诗人自己说的"复活起古代的理想、人格、文化与美丽"。

这首《热情》正是这样。诗写于1925年8月，正是诗人春风得意之时。1925年，他离开自感束缚身心的清华学校。同年1月，第一部新诗集《夏天》出版；3月，与刘霓君女士结婚；夏天，初识诗人刘梦苇，结为好友……

《热情》反映了青年人（其时作者21岁）的一种浪漫心境，朱湘虽不像郭沫若那样突破自我，极端狂放，但也志冲斗牛，气凌霄汉。诗中将热情具象化，下要踢碎地球，与无爱之地决绝；上要横扫天宇，将丑恶黑暗除尽。诗歌一吐胸中抑郁不平之气，引起热血青年的共鸣与遐想。

诗分八节，除标点外，基本上是四行一节，十字一句，隔行押韵，格律大体整齐。有人曾以这首诗的最后一节为例，说明朱湘既注意学习西方诗整饬而又多变的格律体的长处，又勤于吸收古代词曲以及民谣鼓词讲究韵律节奏的特点，造成了一种既整齐多变，又悦耳动听的艺术效果。还有人指出朱湘这首诗化用了《楚辞·九歌》《诗经·小雅》和卢仝《月蚀诗》的有关词语，说他"都能随意取用而且安排得非常之好"（苏雪林《论朱湘的诗》）。

梦

这人生内岂惟梦是虚空？
人生比起梦来有何不同？
你瞧富贵繁华入了荒冢；
　　梦罢，
作到了好梦呀味也深浓！

酸辛充满了这人世之中，
美人的脸不常春花样红，
就是春花也怕飞霜结冻；
　　梦罢，
梦境里的花呀没有严冬！

水样清的月光漏下苍松，
山寺内舒徐的敲着夜钟，
梦一般的泉声在远方动：
　　梦罢，
月光里的梦呀趣味无穷！

酒样酽的花香薰得人慵，
蜜蜂在花枝上尽着嘤嗡，
一阵阵的暖风向窗内送：
　　梦罢，
日光里的梦呀其乐融融！

茔圹之内一点声息不通，
青色的圹灯光照亮朦胧，

黄土的人马在四边环拱：
　　梦罢，
坟墓里的梦呀无尽无终！

　　　　　　　　　一九二六年四月十二日

《梦》这首诗曾得到沈从文与苏雪林的激赏。

沈从文在《论朱湘的诗》中曾指出朱湘的诗呈现着东方的静美。朱湘的诗有一个特点：生活使作者性情乖僻，却不使他在作品中显示纷乱。沈从文特别以《梦》为例，作了一大段的分析。

　　在各个人家的窗口，各人所见到的天，多是灰色的忧郁的天。在各个年青人的耳朵边，各人所听到的声音，多是辱骂埋怨的声音。在各人的梦境里，你同我梦到的，总不外是……一些长年的内战，一个新世纪的展开，作者官能与灵魂所受的摧残，是并不完全同人异样的！友谊的崩溃，生活的威胁，人生的卑污与机巧，作者在同样灾难中领受了他那应得的一份。然而作者那灾难，却为"勤学"这件事所遮盖，作者并不完全与"人生"生疏，文学的热忱却使他"天真"了。一切人的梦境的建设，人生态度的决定，多由于物质的环境，诗人的梦，却在那超物质的生活各方面所有的美的组织里。他幻想到一切东方的静的美丽，倾心到那些光色声音上面，如在《草莽集》中《梦》一诗上，那么写着：

　　水样清的月光漏下苍松，
　　山寺内舒徐的敲着夜钟，
　　梦一般的泉声在远方动：
　　　…………

　　从自然中沉静中得到一种生的喜悦，要求的是那么同一般要求不同……这是非常奇异的。

沈从文看出诗人从诗中、梦中寻求精神的超脱与寄托，以净化灵魂，这说的是对的。

其实一个诗人，特别是优秀的诗人，既有生活个性，又有在创作中造就的艺术个性，二者并不重合。诗人伫立在有限的、命定的经验世界里，永远不会满足，他的想象则使他去过他永远不能实现的生活。他要在苦难的世界里提炼诗意，使诗开启一个更高的世界，或者向往一个无限、超验、永恒的宇宙。诗人写梦，或者如弗洛伊德所说的，作家往往是在做白日的梦，都是如此。朱湘写《梦》，是一个心比天高的富有才情的典型的知识分子的灵魂告白与追求。

春　歌

不声不响的认输了，冬神
收敛了阴霾，休歇了凶狠……
　嘈嘈的，鸟儿在喧闹——
　一个阳春哪，要一个阳春！

水面上已经笑起了一涡纹；
已经有蜜蜂屡次来追问……
　昂昂的，花枝在瞻望——
　一片瑞春哪，等一片瑞春！

好像是飞蛾在焰上成群，
剽疾的情感回旋得要晕……
　纠纠的，人心在颤抖——
　一次青春哪，过一次青春！

原载《石门集》，商务印书馆一九三四年版

"不死也死了，是诗人的体魄；死了也不死，是诗人的诗。"滔滔的江水虽然吞没了朱湘年轻的生命，但他用心血浇灌的诗篇永留人间。

是的，朱湘是以作诗为生命的诗人。他的诗在表现内在感情美和外在自然美上，狠下了锤炼的功夫。这一首《春歌》虽然较为短小，但是艺术的魅力并不因此而逊色。诗的主题就是写春，写春的歌。

春在季节转换中迟迟出现。第一节写冬神只好认输，一个盎然的阳春在鸟声喧闹中铺开。第二节把春水作了拟人化的描写，春水如美人笑起的涡纹，一句话就把春到人间、暖意融融的景象鲜明表现了。和第一节一样，作者写春，不作静态的描写，而是写人的情意，更写情意化了的自然之物。鸟儿催春，蜜蜂追问，连花枝也在昂昂瞻望："一片瑞春哪，等一片瑞春！"

这诗更精彩的是第三节，由外向内，逐层深入——由于春的感发，人的心也在颤抖，不由得发出呼唤："一次青春哪，过一次青春！"

诗只有三节，序列上是问春、等春、颂春。前两节，写动，写外在的景象；后一节，写静，写内在的心境。前两节，冬神、飞鸟、涡纹、蜜蜂、花枝，织成了意象群，都表现了春来的征候；后一节写心灵，那意象来得有声有色，达到了既暗示又跳跃的效果，"好像是飞蛾在焰上成群，/剽疾的情感回旋得要晕"。一实一虚，既是承续，又是映衬，把景外意象与景内意象结合到一起，共同创造了诗的情境。

诗人朱湘着意新诗的形式美。他对格律严格追求，过分时不惜削足适履。而这首《春歌》讲究格律恰到好处，美丽的诗情熔铸进整饬的形式中，连几个省略号和破折号都做到严密对称，分毫不差，无论是读还是看，都能唤起美感，达到完整和谐的极致。

李金发

　　李金发（1900—1976），原名李淑良，字遇安。广东梅县人。1919年赴法国学习雕塑艺术。1925年回国，参加文学研究会，并创办《美育》杂志，任蔡元培秘书。后在上海美术专门学校、广州美术学校任教。1945年后在中国驻伊朗、伊拉克大使馆工作，后定居美国。著有诗集《微雨》《为幸福而歌》《食客与凶年》《异国情调》等。

有　感

如残叶溅
　　血在我们
　　　　脚上，

生命便是
　　死神唇边
　　　　的笑。

半死的月下，
　　载饮载歌，
　　　　裂喉的音
随北风飘散。

吁！
抚慰你所爱的去。

开你户牖
　　使其羞怯
　　　征尘蒙其
　　　　可爱之眼了。
此是生命
　　之羞怯
　　　与愤怒么？

如残叶溅
　　血在我们
　　　脚上。

生命便是
　　死神唇边
　　　的笑。

　　李金发是中国早期象征诗派的代表。这首《有感》是他的名作。
　　全诗共有六节，第一、二节与第五、六节结构相同，并不复杂。一开始就是象征性的比喻，而且建构奇特，把诗句间的动宾结构割断，将"溅"字放在第一句末，而将"血"字放在第二行首。不说残叶"落"或"飘"，而用一个"溅"字，意象新奇，呈现一种力度；"血"字鲜明地给人印象，令人想到死亡，又与"溅"字相照应；"残叶"可能是深秋的红叶，这样比喻奇特又不出格，有合理的成分。这一句更是一种象征性的意象，生死如此迫近，令人悚然而惊。下面一句："生命便是／死神唇边／的笑。""死"被拟人化了，"生命"是他唇边的笑，生命如此迫近死亡，生命是多么短暂、渺小呵！

第三节似指既然生命短暂，就不如对酒当歌。但这是在什么一种情境下强颜欢笑呢？"半死的月下"，是如同"残叶"一样的"残月"，不单指时间概念，还象征凄冷的环境。"裂喉的音/随北风飘散"，唱歌唱得喉咙都唱破了，而且嘶哑的歌声被寒风吹得无影无踪，这是一种怎样苍凉的意绪。"吁！/抚慰你所爱的去。"这是单纯描述，还是诗人直接出马表态呢？

第四节意思是说，把窗户打开吧，让她感到羞怯。这两句比较朦胧，这里的"你"是上一节中的"你"，而"其"是否为上一节的"你"，就等我们顺应其意来猜测了。我们以为，这一节与上一节还是有联系，称谓没有转换。因为打开窗户来抚慰所爱，那爱人儿感到羞怯；而"你"从人海风尘中走来，遮蔽她可爱的眼睛。"你"的狂歌，"你"的深爱，难道这就是生命的一切？这就充分表现了"你"生命中的感情了吗？

最后一节与上一节呼应，还是说，短暂的生命与永恒之死相比，只不过是一种点缀装饰而已！所以有人认为这首诗表现的是"对生命欲揶揄的神秘"（刘梦苇语）。

西方象征派发展到后期，有颓废感伤的情绪，这也影响了李金发的诗，感情上有颓废倾向，但这里写死亡的瞬间，闪现生命的笑意，多少象征了生命美感的价值。

李金发这首诗用象征的兴象暗示情调与观念，用首尾复沓的旋律造成音乐美感，欧化的句子中加入文言词汇，尚不生硬费解。应当说，在他所写的诗中，这首诗是比较成功的。

徐志摩

徐志摩（1896—1931），原名徐章垿，笔名云中鹤、南湖。浙江海宁人。1915年就读于北洋大学，1916年转入北京大学。1918年赴美国，就读于克拉克大学，后转入哥伦比亚大学。1920年入英国剑桥大学。1921年在英期间开始创作新诗。1922年回国，任北京大学教授。1925年任北京《晨报》副刊主编，1926年创办《晨报》副刊《诗镌》周刊，1928年与胡适等创办《新月》。1929年任南京中央大学教授及中华书局编辑。1931年初，与陈梦家等创办《诗刊》并任主编。同年11月19日，因飞机失事遇难。著有诗集《志摩的诗》《翡冷翠的一夜》《猛虎集》《云游》等。

雪花的快乐

假如我是一朵雪花，
翩翩的在半空里潇洒，
　我一定认清我的方向——
　　飞扬，飞扬，飞扬，——
这地面上有我的方向。

不去那冷寞的幽谷，
不去那凄清的山麓，
　也不上荒街去惆怅——

飞扬,飞扬,飞扬,——
　　你看,我有我的方向!

在半空里娟娟的飞舞,
认明了那清幽的住处,
　　等着她来花园里探望——
　　飞扬,飞扬,飞扬,——
　　啊,她身上有朱砂梅的清香!

那时我凭借我的身轻,
盈盈的,沾住了她的衣襟,
　　贴近她柔波似的心胸——
　　消溶,消溶,消溶,——
　　溶入了她柔波似的心胸!

　　这是一首爱情诗,最能体现徐志摩潇洒、飘逸、自由的个性与风格。

　　1924年,诗人爱恋上了富有才情的陆小曼。同年底,他写了这首诗,显然这首诗不存在"泛指"之可能,而是专指抒情主人公的热恋对象。

　　诗首先把"我"比作雪花,用"假如"设立预想,把现实的"我"抽空,进入一个纯诗的意象世界。雪花被诗人的意念所充实,雪花是诗人灵魂的象征,你看它"翩翩的在半空里潇洒","飞扬,飞扬,飞扬",是多么自由自在。徐志摩就是这样一个人,正如胡适在《追悼志摩》中说的:"他的人生观真是一种'单纯信仰',这里面只有三个大字:一个是爱,一个是自由,一个是美。……他的一生的历史,只是他追求这个单纯信仰的实现的历史。"这首诗同样体现了徐志摩的这种信仰与真性情。"这地面上有我的方向",不正表示他的执着和坚定吗?

　　飞向哪里呢?诗人有一个纯情纯美的境界。所以诗的第二节仍再一次表示"不去"那里,"不上"那里;到第三节诗才指明去处,是美的她住在美的地方,特别提出她独有的美——身上散发着朱砂梅的清香。第四节仍然比附雪花,发挥抒情的主体性,说"凭借我的身轻"不仅"沾住了她的衣襟",还要"贴近她柔波似的心胸",更要溶入"她柔波似的心胸"。诗人既写了"众里寻他千百度"的执着过程,又写了"至死靡它""矢志不渝"的热烈情怀。这种希望自己能深入对方心中的诗化的幻想,只有徐志摩想得到,写得出!

诗题是"雪花的快乐",雪花是诗人的自喻,全诗传达的是诗人自己的快乐。我们知道,徐志摩当时所处的环境,无论是从固有的旧的伦理道德来看,还是从外在的舆论来看,都不以他的爱恋追求为正当,而他全然不顾。受国外新思潮和五四运动的影响,他认定"真伟大的消息都蕴伏在万事万物的本体里"。在他看来,世界上一切事物的灵魂和生命,都在自身,每样东西除自身外没有另外的主宰。这首诗从追求爱情这一方面体现了他的个性,释放了他的纯真的诗情。

全诗笼罩着回旋飘飞的主旋律,雪花纷纷扬扬,潇潇洒洒,它裹挟着爱情向一定的方向飞扬、飞扬,最后"消溶"在所爱的人心里。看似浪漫主义的抒写,其实用语异常精致,像"飞扬""消溶""柔波"这些动词或名词构成的意象,都非常切合喻体、主体与客体。正因为诗人避开现实的藩篱,把全诗情境的展开建筑在"假如"之上,有许多读者超越诗中隐含着的个人对象因素,而将它看成诗人对新世纪曙光的追求与寻找,"形象大于思想",也不是没有道理的。

徐志摩虽不像闻一多那样苦吟深求诗的技巧,但他也十分注意诗美。虽然有人说《雪花的快乐》这首诗的韵律是"大自然的音籁,灵魂的交响",但作者还是在构筑诗形方面作了讲究的。诗节与诗行十分均齐,每个诗行基本三顿,每个诗节的三四行都退后一格,句后加上破折号,从视觉上赋予诗节错落有致的动感;再加上每一节都有三句排叠,造成雪花飘飞的意象动感,从听觉上赋予诗往复回环的韵味。

沙扬娜拉一首
——赠日本女郎

最是那一低头的温柔,
　　像一朵水莲花不胜凉风的娇羞,
道一声珍重,道一声珍重,
　　那一声珍重里有蜜甜的忧愁——
　　沙扬娜拉!

这首诗向来被认为是徐志摩抒情诗中的"绝唱",谁读了都会低首沉吟,缠绵不已。

诗写于1924年5月陪印度诗人泰戈尔访日期间。原来组诗《沙扬娜拉十八首》,收入1925年8月版《志摩的诗》,再版时删去前十七首,仅留这一首。

"沙扬娜拉"是日语"再见"的音译。这首诗的情思是那么丰盈,又是如此简洁。开头直取对象实情——"最是那一低头的温柔",就把日本女郎恭谦、温良的内在性格与外在形象刻画了出来,冠以一个"最"字,是诗人主观印象,但客观上更突现了日本女郎的鲜明特点。如果前一句带有通指的性质,那么第二句"像一朵水莲花不胜凉风的娇羞"就形容了这位女郎的柔媚风姿。时当夏季,将眼前莲花含苞待放之景,比作依依惜别的意中之人,真是情景相融,境界全出。而且,水上莲花,经受不住凉风吹拂,轻摇细摆,更像日本女郎娇柔羞涩、低头惜别的形态,写出人物的立体美感和含蓄不尽的情意。"道一声珍重,道一声珍重","珍重"只有两个字,却包含许多内容;接着说"那一声珍重里有蜜甜的忧愁",这是诗人品味出的离别的滋味。一般说来,"多情自古伤离别",离愁别恨都是苦的,为什么这里是蜜甜的忧愁呢?这是一重复杂的情感张力,只有对爱对美付出过真切情感的人,才能理解诗人在普泛的话语里爆裂的沉甸甸的生命体味。最后"沙扬娜拉",通过这复杂意念的语调,把殷殷叮咛的眷念心情表达了,也体现了渴望今后能再见的愿望。我们还以为这最后一句把主客体融为一片，有心声相通、互为祝愿的意思。

"沙扬娜拉"，只有那神妙的四句，正如有的论者所说："在准确体验意趣的基础上，借新鲜贴切的比喻来获得丰厚的诗歌意象，这是徐志摩诗歌艺术成功的秘密之一。"（严家炎《论徐志摩诗歌的艺术特色》）

为要寻一个明星

我骑着一匹拐腿的瞎马，
　　向着黑夜里加鞭；——
　　向着黑夜里加鞭，
我跨着一匹拐腿的瞎马！

我冲入这黑绵绵的昏夜，
　　为要寻一颗明星；——
　　为要寻一颗明星，
我冲入这黑茫茫的荒野。

累坏了，累坏了我胯下的牲口，
　　那明星还不出现；——
　　那明星还不出现，
累坏了，累坏了马鞍上的身手。

这回天上透出了水晶似的光明，
　　荒野里倒着一只牲口，
　　黑夜里躺着一具尸首。——
这回天上透出了水晶似的光明！

徐志摩是出身资产阶级的知识分子，他对无产阶级革命，有过赞颂，也有过恐惧（如对"十月革命"的恐惧）。这种矛盾复杂的性格，从他的阶级出身来看，倒是十分真实的。要是不存在这种复杂性，他的有局限的存在也就失去了。

但徐志摩有一个很大的优点，就是视野开阔，有一个世界性的文化性格。他对于世界有迫切了解的欲望，他有很强的求知欲望。他为了爱国，追求过理想与光明，但光明在哪里？理想是什么？他又变得迷惘，甚至悲观。我们要理解和认识到，徐志摩只是一个诗人，我们评价他首先应以他的诗的贡献与地位来衡量。对于他的单纯的信仰，即理想的人生追求，我们首先应该肯定其是一种真诚的追求，而诗里呈现的是一种比较抽象的、形而上的表现。如果我们把这些作为诗情的领悟，不是没有裨益的，能起到一种向上、向善的催动作用。对这首《为要寻一个明星》，应作如是观。

这首诗里展开的是这样一幅悲壮的画面——"为要寻一个明星"，骑手骑的是匹拐腿的瞎马，而黑绵绵的昏夜遮蔽了明星，黑茫茫的荒野阻碍了前行，骑手照样向着黑夜，冲入荒野，到最后：

> 这回天上透出了水晶似的光明，
> 　荒野里倒着一只牲口，
> 　黑夜里躺着一具尸首。——
> 这回天上透出了水晶似的光明！

这真如庄严静穆的祭奠，它会升华为一种高贵神圣的感情，使人认识到文明在黑暗中沉睡，又在光明中升起。人类可能无法征服外在世界，但人类又在不断递增征服的欲望，会产生"无限"的憧憬、迷惘、追求与快感。如果作这样的理解，此诗已从个别经验里飞腾、超越出来，而具有永恒性。

这首诗形式单纯中繁衍出丰富的节律变化，复沓顿挫中激荡着前进跳跃的律动，把寻求光明理想的艰难行旅写得极其动人。

沪杭车中

匆匆匆！催催催！
一卷烟，一片山，几点云影，
一道水，一条桥，一支橹声，
一林松，一丛竹，红叶纷纷：

艳色的田野，艳色的秋景，
梦境似的分明，模糊，消隐，——
催催催！是车轮还是光阴？
催老了秋容，催老了人生！

《沪杭车中》收在徐志摩第一本诗集《志摩的诗》里，写作时间应是 1923 年秋，是诗人从家乡石硖到杭州乘火车途中（在沪杭火车道上）留下的印象与感慨，结晶而为诗。

诗的起句"匆匆匆！催催催！"用同声同义而不同态的拟声词，既从客观上形容时间之快，渲染主观情绪的迫切，同时又使声音组成了象征性的意象，令人想象火车在快速前行的动态。也许诗人捕捉的是瞬间的印象，有一种"频闪效果"，这几个字产生了既熟悉又陌生的特点。到把这瞬间印象写到纸上时，诗人选用的这几个字似不经意得之，而实际上是刻意经营、苦心安排的结果。这六个字好像乐章开首的音符，形成了全部音乐的主旋律。

第一节所写的风景画面，是时空中切割的自然景象，"一卷烟，一片山，几点云影，/一道水，一条桥，一支橹声，/一林松，一丛竹，红叶纷纷"，好似在火车飞速前进中透过车窗看到的流动的画。整体上有变异，但相对来说，一行就是一组凝定的景致：山岚云烟，舟桥流水，松竹红叶。这首诗以特有的语言，将空间竖起，将时间化为隧道，这种时空交错、绝对与相对的辩证关系，为下面一节发抒感慨作了准备。

第二节是说现代化的交通工具打破了大自然的安宁与静止，有如和大自然一样安宁的人类的梦境也由分明而"模糊，消隐"。"催催催！"诗人不得不悚然而惊，"是车轮还是光阴？""催老了秋容，催老了人生！"是上下两节诗境诗意的小结，上一节写时空对自然的影响，下一节写时空在人类精神上留下的烙印。这种现代时空意识，是直觉心灵化的过程，更是指向对宇宙人生、客观物理的彻悟。

这首诗形式整齐中有变化，全诗分两节，每节各四行。第一节是直观意象的有序化组合，句式短促，纯从外视觉角度表现。第二节是主观意象的整合排列，因为对意念、情感进行注释、化解，句式沾上思绪适当绵长，这里更多是从内视觉角度来解决诗的主题和立意。当然诗的两节是互为呼应、递进的，通过"催催催"这逼人的声音，造成一种节奏感，体现了强烈的现代时间意识。

残　诗

怨谁？怨谁？这不是青天里打雷？
关着，锁上；赶明儿瓷花砖上堆灰！
别瞧这白石台阶儿光润，赶明儿，唉，
石缝里长草，石板上青青的全是莓！
那廊下的青玉缸里养着鱼，真凤尾，
可还有谁给换水，谁给捞草，谁给喂？
要不了三五天准翻着白肚鼓着眼，
不浮着死，也就让冰分儿压一个扁！
顶可怜是那几个红嘴绿毛的鹦哥，
让娘娘教得顶乖，会跟着洞箫唱歌，
真娇养惯，喂食一迟，就叫人名儿骂，
现在，您叫去！就剩空院子给您答话！……

《残诗》是写清废帝溥仪在1924年11月被冯玉祥带领部队赶出皇宫的事（根据优待清室的条件，辛亥革命后，溥仪曾被允许住在皇宫内）。

《残诗》在1925年1月25日《晨报副刊·文学旬刊》发表时，原题为《残诗一首》，好像是不完全或没有写完，但现在看来，这是一首有完整意义的独立诗作。

这首诗用嘲讽的口吻将清室上层阶级衰败的景象和废帝仓皇出宫之态描摹极尽，暗示了历史前进的车轮终不可阻挡的真理。

《残诗》表现了徐志摩惊人的语言才能，全诗全用口语写成，读起来纯朴自然，畅达脱透，在语境和情调上形成一种特殊的氛围。

一开始，作者用独白的口吻，以完全京味儿的腔调起问："怨谁？怨谁？这不是青天里打雷？"这似乎从清室皇族或封建遗老的角度写出他们的震惊，但民国已成立十余年，还让已废的皇帝占住皇宫，足见封建势力之顽固。诗人用揶揄的口气这样写，深刻地揭示了一种人的心态。紧接着，"关着，锁上；赶明儿瓷花砖上堆灰！"这无可奈何的口气，是说清室衰微乃是不可挽回之势。下面纯从意象入手，写瓷花砖上堆着灰尘，白石台阶长草和生苔，珍贵的凤尾鱼快要饿死，饶舌骂人的鹦鹉再也无人理会。最后着力和鹦鹉对话，巧用了一个"您"字、一个"空"字，传神地把讽刺嘲弄的意思表现具足。

这首诗既表现了诗人的艺术才华，也体现了他的诗的一种创格。它不像诗人的其他诗作，在句法和章法上，注意排比对称、回旋复沓，而是用纯口语的形式，通过疑问、反诘、感叹、否定的语气，用一种错综自由的句式，表现了北京人特有的幽默风趣的神情与语态。这首诗的语言特点正如卞之琳在《徐志摩选集·序》里说的："是为了用自然的说话调子来念的（比日常说话稍突出节奏的鲜明性）。"

再别康桥

轻轻的我走了,
　　正如我轻轻的来;
我轻轻的招手,
　　作别西天的云彩。

那河畔的金柳,
　　是夕阳中的新娘;
波光里的艳影,
　　在我的心头荡漾。

软泥上的青荇,
　　油油的在水底招摇;
在康河的柔波里,
　　我甘心做一条水草。

那榆荫下的一潭,
　　不是清泉,是天上虹;
揉碎在浮藻间,
　　沉淀着彩虹似的梦。

寻梦?撑一支长篙,
　　向青草更青处漫溯;
满载一船星辉,
　　在星辉斑斓里放歌。

但我不能放歌,
　　悄悄是别离的笙箫;

夏虫也为我沉默；
　　沉默是今晚的康桥！

悄悄的我走了，
　　正如我悄悄的来；
我挥一挥衣袖，
　　不带走一片云彩。

一九二八年十一月六日

　　徐志摩曾在他的日记里说："我想在霜浓月淡的冬夜独自写几行从性灵暖处来的诗句。"所谓性灵，就是抒发出自真实性格和内心深处的感情，也就是他在《迎上前去》中说的："我要的是筋骨里迸出来，血液里激出来，性灵里跳出来，生命里震荡出来的真纯的思想。"他之所以钟情于英国的留学生活，特别是永远留恋康桥（今译剑桥，指有名的剑桥大学），是因为他认为在英国才找回了自己的"性灵"。他曾在《吸烟与文化》《我所知道的康桥》等文中说："我的眼是康桥教我睁的，我的求知欲是康桥给我拨动的，我的自我的意识是康桥给我胚胎的。""在星光下听水声，听近村晚钟声，听河畔倦牛刍草声，是我康桥经验中最神秘的一种：大自然的优美、宁静、调谐在这星光与波光的默契中，不期然的淹入了你的性灵。"

　　在《我所知道的康桥》一文中，徐志摩还多次提到"单独"，他说："'单独'是一个耐寻味的现象。我有时想它是任何发见的第一个条件。你要发见你的朋友的'真'，你得有与他单独的机会。……啊，那些清晨，那些黄昏，我一个人发痴似的在康桥！绝对的单独。"诗人以一颗多思敏感的心灵去面对大自然，最希望能够和它进行无语的对话，所以徐志摩把在康桥往返流连，说成是"蜜甜的单独"。

　　以上的介绍，正是为了帮助我们欣赏徐志摩《再别康桥》所抒发的情怀和构筑的特定的氛围与情境。

　　关于康桥，作者曾经写过诗歌《康桥再会吧》（1922年）和散文

《我所知道的康桥》(1926年),这首《再别康桥》是1928年诗人重游康桥,也是诗人最后一次到康桥后留下的传世之作。生命无论如何匆忙短促,无论如何辗转迂回,诗人终是属于康桥的,"康桥情结"贯穿了徐志摩一生的诗文,而《再别康桥》无疑是他诗歌创作中最璀璨的一颗明珠。

诗的第一节造成一种静谧悄然的气氛,是写诗人和康桥早已默契的一种深至的感情,那种心灵的颤动、生命的契合,只有诗人和康桥呼应和领悟,不容其他掺杂;徐志摩有"浓得化不开"的感情与才华,但临到他至爱的康桥,他却说:"一个人要写他最心爱的对象,不论是人是地,是多么使他为难的一个工作。你怕,你怕描坏了它,你怕说过分了恼了它,你怕说太谨慎了辜负了它。"这是一种生怕亵渎了神圣的感情和态度,这首诗这样开头和结尾,是一种挚爱和庄重的情绪表现。

第二节至第五节,写诗人在康桥泛舟寻梦。河畔金柳,辉煌荡漾;软泥青荇,水底招摇;榆荫深潭,显映彩虹;青处漫溯,一船星辉……于是诗人沉醉了,波光在心头荡漾,甘心做柔波里的水草,或者撑一支长篙寻梦放歌,然而不能放歌,悄悄沉默,进入物我合一、天人交感的浑然之境。这里不仅意象瑰丽,色彩缤纷,而且景、人、情交融,还覆盖着神秘玄想的气氛。读者也跟着诗人一道享受这种不可言诠的温柔的感动。结尾与开头呼应,那里摇曳着不尽的情思,使我们领略了诗情的轻盈柔美,使我们感到了回旋波动的音乐韵味。

黄　鹂

　　一掠颜色飞上了树。
　　"看,一只黄鹂!"有人说。
　　翘着尾尖,它不作声,
　　艳异照亮了浓密——
　　像是春光,火焰,像是热情。

等候它唱,我们静着望,
怕惊了它。但它一展翅,
冲破浓密,化一朵彩云;
它飞了,不见了,没了——
像是春光,火焰,像是热情。

这首《黄鹂》抓住美丽的鸟儿飞来和飞去的瞬间,使诗人的性灵象征化,塑造了极具美感的形象,成就一首好诗。

此诗最初刊载于 1930 年 2 月《新月》月刊第 2 卷第 12 号上。关于此诗的写作背景,从陈从周《徐志摩年谱》的记载可知,徐志摩的学生赵家璧追忆说,是年"天气从严寒脱身到初春",经几位同学的请求和徐先生"满怀的同意","从局促昏黑的课室里,迁到广大的校园去上课"。这里是一个大树林子,顶上有满天的绿叶。小鸟儿唧啾地唱着歌,同学们坐在一排长石凳上,先生依在梧树干上,念着西诗西文,忽发感慨。他把世上不想远走高飞的人比作芙蓉雀。他举起右手,指着碧蓝的天空、风动的树林,说:"让我们有一天,大家变做了鹞鹰,一齐到伟大的天空,去度我们自由轻快的生涯吧,这空气的牢笼是不够我们翱翔的。"另据卞之琳的回忆:徐志摩讲雪莱的《云雀》时,口里吟诵着诗句,两眼仰望天空,做着手势,似乎把大家的心带引着,随着云雀飞呀飞呀,飞到最高处。

这首《黄鹂》正表现了徐志摩个人创作心理的某种挥之难去的深刻情结,从生活实景中赋予充满动感的"姿势"和"幻像",写出饱含着作者审美感情的意象。诗一开始,以"一掠颜色飞上了树",指代疾飞而来的黄鹂,画出了色彩,更画出了动感。这简洁的一句,真所谓神来之笔。接着写"翘着尾尖,它不作声",从动转静,只一瞬间就塑成黄鹂疾飞而来默立于树上的神采与身姿。"有人说"一句,是说看到黄鹂的惊喜,指实正是为了突出这一主体形象。下面二句,由实到虚,"艳异照亮了浓密",一个代指黄鹂,一个代指树荫,两者对立,诗性的语句造成美感。"像是春光，火焰，像是热情"一句，运用修辞上的通感，这些表征体现了诗人和大家对黄鹂的情感。诗论者认为，古今一切艺术作品，所描绘的都不是对象，而是创作者本人对对象的观念——印象或经验。这说法可用来观照此处的描写。

第二节五句，似乎写了感情的反差，有评论者认为写的是惆怅和失望。我认为这是为了增加诗的张力效应，更能表现黄鹂是自我本真的存在，它该唱就唱，不唱就不唱。这里把诗人自由无羁、挥洒自如的个性赋予黄鹂，不然，怎么会重复前面的赞美词语呢？

"我不知道风是在哪一个方向吹"

我不知道风
是在哪一个方向吹——
我是在梦中，
在梦的轻波里依洄。

我不知道风
是在哪一个方向吹——
我是在梦中，
她的温存，我的迷醉。

我不知道风
是在哪一个方向吹——
我是在梦中，
甜美是梦里的光辉。

我不知道风
是在哪一个方向吹——

我是在梦中，
她的负心，我的伤悲。

我不知道风
是在哪一个方向吹——
我是在梦中，
在梦的悲哀里心碎！

我不知道风
是在哪一个方向吹——
我是在梦中，
黯淡是梦里的光辉。

  有人说，这是徐志摩的"标签诗"，主要是因为茅盾写过《徐志摩论》，拿他这一首诗概括了"布尔乔亚"诗人的一生，是一个复杂而矛盾的存在。

  作为一种社会的政治批评，茅盾的评论是精辟的，但是从审美的观点来看，茅盾认为这首诗"圆熟的外形，配着淡到几乎没有的内容"是不可取的，这就在艺术的评判上失之过苛，不甚符合实际，更不能预计到它有经久不衰的艺术影响。

  我们且引徐志摩的一段话来从另一角度理解这首诗写作的初衷："要从恶浊的底里解放圣洁的泉源，要从时代的破烂里规复人生的尊严——这是我们的志愿。成见不是我们的，我们先不问风是在哪一个方向吹。功利也不是我们的，我们不计较稻穗的饱满是在哪一天。……生命从它的核心里供给我们信仰，供给我们忍耐与勇敢。为此我们方能在黑暗中不害怕，在失败中不颓丧，在痛苦中不绝望。生命是一切理想的根源，它那无限而有规律的创造性给我们在心灵的活动上一个强大的灵感。它不仅暗示我们，逼迫我们，永远往创造的、生命的方向走，它并且启示给我们的想象。……我们最高的努力的目标是与生命本体同绵延的，是超越死线的，是与天外的群星相感召的。"（徐志摩《〈新月〉的态度》）这里说出了徐志摩最高的诗歌理想：回到生命的本体去，去追求生命的纯美纯真境界！这在当时丑恶与黑暗笼罩的现实世界里，在新与旧方生未死的激烈交锋中，在无产阶级与压迫阶级的血与火的阶级斗争中，徐志摩的大理想不过是一场大的梦，最后只能"在梦的悲哀里心碎"。这首诗真正典型地概括了诗人的心灵历程，以及理想不能实现的痛苦和悲哀。我们不能说这首诗没有一点积极意义。

若是从纯粹的抒情诗角度看，这首诗更有它的审美价值。什么是纯粹的抒情诗？瓦雷里在《纯诗》中认为这类诗追求的是"探索词与词之间的关系所产生的效果，或者说得确切一点，探索词与词之间的共鸣关系所产生的效果；总之，这是对语言所支配的整个感觉领域的探索"。这样的诗超越现实世界的摹写，也超越理念的阐释，它追求词与词之间产生的情感共鸣，最终以一个独立的艺术与美学的秩序呈现。这种抒写感情波澜的诗歌，可能更迫近诗歌的本质，推进中国新诗诗美的进展。

是说爱情的怅惘，还是写生活的迷茫？是形而上意义的深层追求，还是单纯陶醉于色调、质感、律动的形式美？今天读者尽可以自由投入。因为随着时间的推移与历史的变迁，诗的审美功能可能在词与词的"关系场"中得到更多的展开，得到崭新的呈示。

至今很多人时不时还吟诵这首诗，这说明它的艺术魅力和恒久价值。

穆木天

  穆木天(1900—1971),原名穆敬熙。吉林伊通人。1918年赴日本东京第一高等学校预科学习。1921年加入创造社,1923年入东京帝国大学学习。1926年回国,先后在中山大学、孔德学校、吉林大学任教。1931年抵上海,参加左联。同年9月与蒲风、杨骚、任钧等组织中国诗歌会。全民族抗日战争爆发后去武汉,主编诗刊《时调》和《五月》。1939年后曾在中山大学、桂林师范学院执教。1952年在北京师范大学任教。著有诗集《旅心》《流亡者之歌》《新的旅途》《穆木天诗选》等。

落　花

我愿透着寂静的朦胧　薄淡的浮纱
细听着淅淅的细雨寂寂的在檐上激打
遥对着远远吹来的空虚中的嘘叹的声音
意识着一片一片的坠下的轻轻的白色的落花

落花掩住了藓苔　幽径　石块　沉沙
落花吹送来白色的幽梦到寂静的人家
落花倚着细雨的纤纤的柔腕虚虚的落下
落花印在我们唇上接吻的余香　啊　不要惊醒了她

啊　不要惊醒了她　不要惊醒了落花

任她孤独的飘荡　飘荡　飘荡　飘荡在

我们的心头　眼里　歌唱着　到处是人生的故家

啊　到底哪里是人生的故家　啊　寂寂的听着落花

妹妹　你愿意罢　我们永久的透着朦胧的浮纱

细细的深尝着白色的落花深深的坠下

你弱弱的倾依着我的胳膊　细细的听歌唱着她

"不要忘了山巅　水涯　到处是你们的故乡　到处
你们是落花"

诗歌的意象是落花。这落花实际上是爱情的载体。

诗人说，他愿透过"寂静的朦胧"与"薄淡的浮纱"，这是说在黄昏与薄雾里"细听"檐雨的淅沥和远方飘来的一声"嘘叹"，意识到那是一片片坠下的"轻轻的白色的落花"。诗人是在一种朦胧的意境里品味着恋人情感的"细语"，这"嘘叹"或许是爱情的一方对另一方的一种幻觉感应，或许是潜意识中感情的推远。细雨是柔情，落花是恋意，都被赋予了象征意义。

如果说第一节写意识到的实体世界，而第二节则推衍了第一节的主题，直接写甜蜜的爱情如落花无处不在，洒满了整个世界，以至于浸入"白色的幽梦"。两位爱人互相依偎着，像"落花倚着细雨"，而"印在我们唇上接吻的余香"，这多么令人陶醉难忘。

转入第三节，诗由一个人的独咏变成一对恋人的同声倾诉。"啊不要惊醒了她"，"不要惊醒了落花"，希望陶醉在爱里。然而由爱生悲，孤独漂泊之感油然而起，由甜蜜的爱的追求到人生漂泊的感叹，这个感情递进的转换过程正说明情感的深化。诗人当时正在日本留学，落花既象征爱情，也寄寓漂泊的痛苦，所以才发出了"啊　到底哪里是人生的故家"的呼声。

正因为在无可依存的漂泊中，更珍惜爱情给人的慰藉与力量，诗的最后一节表达了这种心境。在朦胧的薄雾和坠下的落花中，她依偎在"我"的臂中，倾听"我"发自心灵的歌，"不要忘了山巅　水涯　到处是你们的故乡　到处/你们是落花"，只要永远相爱就有甜蜜的幸福与生命的归宿。诗的最后，升华到一个美好的境界。漂泊感被爱情消解，落花意象更得到了强化与丰富。

"托情于幽微远渺之中，音节也颇求整齐。"朱自清评穆木天的爱情诗的话，用在这里是非常恰当的。

心　响

几时能看见九曲黄河
盘旋天际
滚滚白浪
几时能看见万里浮沙
无边荒凉
满目苍茫

啊　广大的故国
人格的庙堂
啊　憧憬的故乡呀
我对你　为什么现出了异国的情肠

飘零的幽魂
几时能含住你的乳房
几时我能拥你怀中
啊　禹域　我的母亲

啊　神州　我的故邦

啊　死者的血炎
啊　人心的叫响
地心潜在猛火的燃腾
啊　云山苍茫
啊　我对你为什么作异国的情肠

啊　几时能看见你流露春光
啊　几时能看见你杂花怒放
神州　禹域　朦胧的故乡
几时人能认识你的灿烂的黄金的荣光
啊　人格的庙堂
我为什么对你作异邦的情肠

啊　落霞的西方
啊　无涯的云乡

《心响》是一首爱国主义诗篇。作者当时留学日本，身在异邦，常念祖国，发出了如此动人的"心响"。

第一节从九曲黄河、万里浮沙写起，给人以莽莽苍苍的感觉。虽然它无边荒凉，满目苍茫，但作者在第二节中不禁赞美"广大的故国""人格的庙堂"，从立意高远的角度作了由衷的赞颂，正表现赤子的真挚情怀。

第三节转入亲切的柔情抒发。"几时能含住你的乳房/几时我能拥你怀中"，这是把祖国比作母亲，传送着儿女的依恋之情。诗人由表层的思念进入深层的咏唱。

第四节，诗人虽远在异邦，但关心祖国的变故，那年正发生五卅运动。尽管祖国在强权的重压下呻吟，但"死者的血炎""人心的叫响"已汇成潜在的"猛火的燃腾"。诗人心系祖国，寄寓着祖国新生的希望。

于是第五节一气呵成，把诗人对祖国前途的祝福和企盼充分表现。"几时能看见你流露春光""几时能看见你杂花怒放""几时人能认识你的灿烂的黄金的荣光"，一连几个"几时"的叠加见出诗人"心响"的高亢与激越。最后两句唱叹，"啊　落霞的西方/啊　无涯的云乡"，开拓无尽情思，似"心响"的余音缕缕不绝……

全诗有很强的音乐美感效果。"我对你为什么作异国的情肠"，相似的句子重复出现，又押相同的"ang"韵，增强了情绪的律动与高亢的回响。

孙大雨

孙大雨（1905—1997），原名孙铭传，字守拙，号子潜。浙江诸暨人。1922年入清华学校。1925年后入美国新罕布什尔州达德穆学院、耶鲁大学研究院学习。1930年回国，历任武汉大学、北京师范大学、北平大学女子文理学院、北京大学、浙江大学、暨南大学等校教授。后在复旦大学、华东师范大学任教。

爱

往常的天幕是顶无忧的华盖，
往常的大地永远任意地平张；
往常时摩天的山岭在我身旁
　峙立，长河在奔腾，大海在澎湃；
　往常时天上描着心灵的云彩，
暴风雨同惊雷快活得像要疯狂；
还有青田连白水，古木和平荒，
　一片清明，一片无边沿的晴霭：
可是如今，日夜是一样的运行，
　星辰的运转并未曾丝毫变换，
　　早晨带了希望来，落日的余辉
留下沉思，一切都照旧的欢欣；
　为何这世界又平添一层灿烂？

因为我掌中握着生命的权威！

三月十七日晨三时

通常的爱情诗都写得柔婉舒雅，而孙大雨不一样，他所有的诗作都见出他的风格，笔力雄浑，气魄莽苍。这首《爱》也是如此。诗是以商籁体表现的。开首写自然景象，显出气魄：天是无忧的华盖笼罩，地是任意铺展平张，在"我"的身旁，不仅有擎天的山岭高高峙立，还有长河奔腾，大海澎湃。接下来，描写天上有风暴和惊雷，但不教人骇异，而是"快活得像要疯狂"；大地上有青田、白水，古木苍苍，平原荒莽，是清明的景象，是晴霭的天气。"一片自然风景是一个心灵的境界"（阿米尔语），正如诗人在诗中所说的，"往常时天上描着心灵的云彩"。总之，上面所写的诗境也是心境的反映：人处在蓬勃向上的状态里。

重心是下面六行诗，仍是上面情景的延续：日夜运行，星辰旋转，早晨带来希望，落日留下沉思，一切照旧是如此欢欣快乐。那么要问："为何这世界又平添一层灿烂？"诗人不直接说：因为有了爱情，生命更多了光辉，而是这样说："因为我掌中握着生命的权威！"最后两句一般是商籁体诗的最具分量的所在，或者说是诗的聚焦点与神光结合之处。孙大雨也是这样表现的，不过，他把抒情主人公的主体意识发挥得更加强烈，他不仅把爱看作生命力的辉煌表现，而且认为生命在"我"，"我"是主动者，不是受动者，张扬了男性的雄强的一面。

这首诗立意也不同一般。一般诗的情境的设计，往往造成一个反差与逆转，以形成感情的激荡与张力。孙大雨的这首诗不这样，他写的环境与心态都十分顺意与美好，有了爱情，就更添一层灿烂。这种加一倍的写法，与全诗风格是统一的，又迥异于一般爱情诗的写法，这更见出诗人的创意与气魄。

全诗的形式与音韵，体现了诗人一贯对商籁体形式的追求：押韵格式和每行五个音步。

诀　绝

天地竟然老朽得这样不堪！
　　我怕世界就要吐出他最后
　　一口气息。无怪老天要破旧，
唉，白云收尽了向来的灿烂，
太阳暗得像死尸的白眼一般，
　　肥圆的山岭变幻得像一列焦瘤，
　　没有了林木和林中啼绿的猿猴，
也不再有山泉对着好鸟清谈。

大风抱着几根石骨在摩挲，
　　海潮披散了满头满背的白发，
　　悄悄退到沙滩下独自叹息
去了，就此结束了她千古的喧哗——
　　就此也开始天地和万有的永劫。
为的都是她向我道了一声诀绝！

最早将商籁体诗（即十四行诗）传到中国并着意自己创作试验的是孙大雨。1926 年 4 月 10 日《晨报》副刊上登载的《爱》，是他作的一首有严谨格律的十四行诗，也是首倡之作。

十四行诗宜于表现深沉盘旋的情绪，此外，商籁体诗有两个格律成分：押韵格式和每行五个音步。到孙大雨写这首《诀绝》时，他还坚持了这样的试验，从这诗前四行可见：

|天地|竟然|老朽得|这样|不堪！|　　　A
|我怕|世界|就要|吐出|他最后|　　　B
|一口|气息。|无怪|老天|要破旧，|　　　B

|唉，|白云|收尽了|向来的|灿烂，| A

  诗的起句也深得十四行诗的精髓。《诀绝》无论是思想感情还是形式上，都经历了一个起、承、转、合的过程，这就是孙大雨所要求的结构。这样的结构，的确给新诗起了规范作用。尽管当时反对者众多，连新月派内部的梁实秋、胡适等都不同意用中文写商籁体诗，但是孙大雨的勇敢试验，带动了一批人，著名的如徐志摩、闻一多、冯至等，都写出了比较成功的十四行诗。因此徐志摩将诗集赠给孙时，特地写上"赠大雨元帅"，后署"志摩小先锋"。

  这首诗的第一句突兀凌厉，为全诗营造了一种跌宕的气势，先构成一个总体感受，接下来的各种比喻与描写都从这一感受出发：天老了，地荒了，万物快要灭绝永劫，如此层层铺垫蓄势，到最后才说出原因，是因为"她向我道了一声诀绝"！诗的技巧在于避免了直说的毛病，诗的构思更加新奇：不是常人所写的爱情丧失的悲哀与失望，而是天地万物皆为之改观变色的巨大痛苦与失落感，这种雄健激荡的诗风只有莎士比亚的气势能相仿佛，毋怪孙大雨翻译的莎剧《李尔王》是那么著名。

戴望舒

　　戴望舒（1905—1950），曾用笔名戴梦鸥等。浙江杭州人。1923年入上海大学中文系读书。1925年入震旦大学学习法文。1926年后，和戴克崇（苏汶）编辑《璎珞》旬刊和《无轨列车》月刊。1931年参加左联。1932年赴法国求学。1935年回国，次年下半年创办《新诗》月刊。1938年到香港，任《星岛日报》副刊主编，香港陷落时曾被日军逮捕入狱。1949年3月回到北平，参加第一次文代会。1950年2月在北京协和医院病逝。著有诗集《我的记忆》《望舒草》《望舒诗稿》《灾难的岁月》等。

雨　巷

撑着油纸伞，独自
彷徨在悠长、悠长
又寂寥的雨巷，
我希望逢着
一个丁香一样地
结着愁怨的姑娘。

她是有
丁香一样的颜色，
丁香一样的芬芳，

丁香一样的忧愁，
在雨中哀怨，
哀怨又彷徨；

她彷徨在这寂寥的雨巷，
撑着油纸伞
像我一样，
像我一样地
默默彳亍着，
冷漠，凄清，又惆怅。

她静默地走近
走近，又投出
太息一般的眼光
她飘过
像梦一般地，
像梦一般地凄婉迷茫。

像梦中飘过
一枝丁香地，
我身旁飘过这女郎；
她静默地远了，远了，
到了颓圮的篱墙，
走尽这雨巷。

在雨的哀曲里，
消了她的颜色，
散了她的芬芳，

消散了，甚至她的
太息般的眼光，
丁香般的惆怅。

撑着油纸伞，独自
彷徨在悠长、悠长
又寂寥的雨巷，
我希望飘过
一个丁香一样地
结着愁怨的姑娘。

在戴望舒诗歌的创作过程中，《雨巷》是他的成名作，但属于他前期的代表作。

《雨巷》发表于1928年夏天。那时全国笼罩着白色恐怖，经过五四新思潮洗礼、兴奋之后趋于失望寂寞的青年，更感到痛苦迷惘；年轻的戴望舒在追求爱情中，有"芬芳的梦境"，又隐含着梦的幻灭的悲哀；他这时又受到英国浪漫派和法国象征派诗作的影响，并沉溺在晚唐诗人纤细与感伤的艺术气氛中，所有这些都对《雨巷》的创作产生影响。

诗一开始，就呈现了凄婉迷茫的抒情境界：诗人撑着油纸伞，独自在悠长寂寥的雨巷里彳亍彷徨，"希望逢着/一个丁香一样地/结着愁怨的姑娘"。这位姑娘哀怨、冷漠、凄清和惆怅，像梦一般走近，又像梦一般飘过，"走尽这雨巷"。

在雨的哀曲里，
消了她的颜色，
散了她的芬芳，
消散了，甚至她的
太息般的眼光，

丁香般的惆怅。

　　细雨绵绵，空蒙一片，只剩下诗人一个，在悠长寂寞的雨巷中彷徨，他还希望飘过一个丁香一样结着愁怨的姑娘，憧憬中有失望，悲哀里有期待，彷徨着，又追求着……

　　《雨巷》在艺术上标志戴望舒由浪漫式抒情走向以意象象征化手段来传达感觉与情绪的新天地。他以雨巷象征一代青年彷徨苦闷的心路历程，以姑娘象征理想化的追求。因为织成了轻清朦胧的气氛，更把读者带入幽微精妙的诗的情境；因为把常见的事物赋予超生活本意上的喻指，所以《雨巷》开辟了人间失望与希望交织的、永恒的形而上意义的天地。

　　再有，《雨巷》也受到古典诗词的陶冶，诗人既用"丁香空结雨中愁"的古诗句来比喻姑娘的愁心郁结，又赋予新的情绪，扩大为姑娘神态美丽的丁香意象。至于语言上的重见、复沓，全诗的通韵到底，都见出对古典诗词重视乐感的借鉴。但诗的形式完全是现代的，用现代的辞藻排列成现代的诗形。全诗七节，每节六行，每行长短不等，押韵的位置错综变化，首语重叠，加上奇特的字句组合，似断实连的分节跨行，造成一种口语化的旋律感，所以叶圣陶盛赞这首诗替新诗的音节开了一个新的纪元，戴望舒也因此赢得"雨巷诗人"的称号。

我的记忆

　　我的记忆是忠实于我的，
　　忠实甚于我最好的友人。

　　它生存在燃着的烟卷上，
　　它生存在绘着百合花的笔杆上，

它生存在破旧的粉盒上,
它生存在颓垣的木莓上,
它生存在喝了一半的酒瓶上,
在撕碎的往日的诗稿上,在压干的花片上,
在凄暗的灯上,在平静的水上,
在一切有灵魂没有灵魂的东西上,
它在到处生存着,像我在这世界一样。

它是胆小的,它怕着人们的喧嚣,
但在寂寥时,它便对我来作密切的拜访。
它的声音是低微的,
但是它的话却很长,很长,
很长,很琐碎,而且永远不肯休:
它的话是古旧的,老讲着同样的故事,
它的音调是和谐的,老唱着同样的曲子,
有时它还模仿着爱娇的少女的声音,
它的声音是没有气力的,
而且还夹着眼泪,夹着太息。

它的拜访是没有一定的,
在任何时间,在任何地点,
时常当我已上床,朦胧地想睡了;
或是选一个大清早,
人们会说它没有礼貌,
但是我们是老朋友。

它是琐琐地永远不肯休止的,
除非我凄凄地哭了,

或是沉沉地睡了，

但是我永远不讨厌它，

因为它是忠实于我的。

　　诗集《我的记忆》于1929年出版，戴望舒认为与这本诗集同名的诗作是他的杰作。这首诗标志着他后来领导一个新的诗歌流派——现代派的一个起点。诗人番草曾经评论说，由于戴望舒的作用，中国新诗从"白话入诗"的白话诗时代进到了"散文入诗"的现代诗时代。艾青谈到诗的散文美和口语美时，这个主张不是他的发明，戴望舒在写《我的记忆》时就这样做了（参见艾青《艾青谈诗》）。

　　诗的一开头就用一种平实的语言说"我的记忆"是忠实于"我"的最好的朋友。人生常用回忆来安慰，但落到说只有记忆是最好的朋友，反衬了自己的孤独和寂寞，在温馨中透露一点凄凉情绪，我们是不难领会的。

　　下面写"我"的记忆无处不在。用"在……上"列叙附着"我"的记忆感情的实在事物，把记忆具象化和拟人化，可触可感，如在目前。这里写出了诗人对生活的深沉的留恋之情，同时也唤起了读者思想的共鸣。

　　第三节写记忆来拜访时的情态。记忆是属于个人的，又是属于过去的。本来戴望舒把诗当作另一种人生，一种不能轻易公开于俗世的人生，然而诗是一种泄漏隐秘灵魂的艺术，不是直接的，而是吞吞吐吐的，是通过想象来暗示的。诗人这样写，才是忠实于自己的生活，表现了真情实感，"由真实经过想象而出的"。

　　第四节写记忆到来时间的无定，诗人说不反感它，因为"我们是老朋友"。人转入内心世界，记忆可以安慰自己。

　　最后又回应开篇两行，重申记忆是"忠实于我的"。

　　诗人把人人都有的一种心境、情绪，用象征的手法表现，既赋予它广袤的暗示内涵，又赋予它独特的个性特征，"两镜相入"，就给诗境带来了情感与意义的深度。

戴望舒把这首诗看成对《雨巷》的一次扬弃与超越。他说诗应该去掉音乐的成分、绘画的长处与字句的美丽，强调作诗要表现新的情绪、纯粹的情绪，强调诗是全感官或超感官的东西。形式的更加自由，诗意的更加推进，引领读者进入更深层的审美世界，《我的记忆》开了20世纪30年代现代派的诗风。

印　象

是飘落深谷去的
幽微的铃声吧，
是航到烟水去的，
小小的渔船吧，
如果是青色的真珠；
它已堕到古井的暗水里。

林梢闪着的颓唐的残阳，
它轻轻地敛去了
跟着脸上浅浅的微笑。

从一个寂寞的地方起来的，
迢遥的，寂寞的呜咽，
又徐徐回到寂寞的地方，寂寞地。

由戴望舒的诗作，现代诗派提出："诗是一种吞吞吐吐的东西……，它底动机是在于表现自己与隐藏自己之间。"正是在"隐蔽自己"这一点上，现代诗派所要显示的更深层次的东西——诗人幽深微妙的情绪，不易把握的抽象情感，难以言传的内心感受，以至潜意识的幻觉；"在诗作里泄漏隐秘的灵魂，然而也只是像梦一般地朦胧"（杜衡《望舒草·序》）。《印象》一诗正是一种内心世界的折光，在意象的组合中得到照耀，表现出内在的隐秘之情。

全诗只有十二行，有较繁复的意象，如铃声、小船、珍珠、残阳等，看似不同类型的意象并陈，但总体内涵与情调都指归为一种情绪的象征——这些都是美好的，又是感伤的，而且是渐渐逝去的。有人还分析：从语义学的角度看，飘落的铃声，航运的渔船，都是运动着的符号象征，可引申为生命旅途中的起始与进程；青色的珍珠，要经过多少岁月水洗的孕育凝结，这象征人生要经历几多磨难才能成功。而残阳，正是"夕阳无限好，只是近黄昏"，无疑是人到暮年，事业未已的感叹。这种意义层的深刻挖掘，给我们更加明晰的启悟。然而就作者的内心体验和诗之本意来说，更多的恐怕还是反映作者的一种爱情追求——渺茫、逝远，直至迷失后带来的深深寂寞感。

这首诗，诗人将思想、情感外化为美的形象，具有表现方法的间接性与客观性。诗人所属意表达的思想感情隐蔽在内，通过暗示传达给读者，读者可以根据自己的体验产生共鸣，甚至引申、联想出更深更新的含义。正是诗的含量和情绪宽度，对读者的欣赏产生巨大的刺激性，吸引读者积极地参加审美再创造。

这首诗艺术上非常精美。整个情境由许多幽美、富有画意和动感的意象组成；特别是诗中深沉平缓的韵律，具有内在情绪的节奏感，把美的消失的寂寞情绪悠然不尽地传送到读者心坎。

> 从一个寂寞的地方起来的，
> 迢遥的，寂寞的鸣咽，
> 又徐徐回到寂寞的地方，寂寞地。

最后一节三句诗中的四个"寂寞"，反复层叠，无论在声音还是在情调上，都做到内容与形式美的融合，真是不凡的手笔！

寻梦者

  梦会开出花来的，
  梦会开出娇妍的花来的：
  去求无价的珍宝吧。

  在青色的大海里，
  在青色的大海的底里，
  深藏着金色的贝一枚。

  你去攀九年的冰山吧，
  你去航九年的旱海吧，
  然后你逢到那金色的贝。

  它有天上的云雨声，
  它有海上的风涛声，
  它会使你的心沉醉。

  把它在海水里养九年，
  把它在天水里养九年，
  然后，它在一个暗夜里开绽了。

  当你鬓发斑斑了的时候，
  当你眼睛朦胧了的时候，
  金色的贝吐出桃色的珠。

把桃色的珠放在你怀里，
把桃色的珠放在你枕边，
于是一个梦静静地升上来了。

你的梦开出花来了，
你的梦开出娇妍的花来了，
在你已衰老了的时候。

这首诗写对梦的寻找与追求，正是象征对人生理想的追求与探索的艰辛历程。

诗人好像用精心织成的一件美丽的衣裳覆盖了整个诗境，令人目迷神眩。一开始说"梦会开出娇妍的花"，梦是朦胧虚玄的，用"花"来形容，就美丽可感了。紧接一句"去求无价的珍宝吧"，这带有跳跃性的一句是一个转折。如果顺着开花结果的思路写，就会落入俗套，诗境也不能像现在这样得到美丽的开拓。

"金色的贝"这个意象既美丽又新颖。它隐藏在"青色的大海里"，要想得到它，必须"攀九年的冰山"，"航九年的旱海"，为了美，须得付出艰辛劳苦。"它有天上的云雨声，/它有海上的风涛声，/它会使你的心沉醉。"美给了你报偿。然而寻梦者，你的旅程才走了一半，你不能满足，你不能停留在途中。"把它在海水里养九年，/把它在天水里养九年"，这是说还得经过艰苦的淘洗与磨炼。

终于，金色的贝，"在一个暗夜里开绽了"，"金色的贝吐出桃色的珠"，可是寻梦者也"鬓发斑斑"，"眼睛蒙眬"。至此，诗人的抒情推向高潮，它回到特定的情景，"把桃色的珠放在你怀里，/把桃色的珠放在你枕边，/于是一个梦静静地升上来了"。幸福与快乐令人激动，但又伴着人的衰老，这里又掺着一些酸辛。

结尾与开头呼应，结构上形成一个"圆"。一首诗，体现了寻求美好、寻求理想的艰辛过程。

这首诗行与句大体整饬，各句虽有一些重复却不觉得单调，有口语的自然且富有节奏感。意象的繁美与音韵的和谐，融合为一个真正的诗的艺术世界。

这首诗也印证了诗人的好友杜衡的看法：戴望舒的诗兼有象征派的形式，古典派的内容，很少架空的感情，铺张而不虚伪，华美而有法度。

我用残损的手掌

我用残损的手掌
摸索这广大的土地：
这一角已变成灰烬，
那一角只是血和泥；
这一片湖该是我的家乡，
（春天，堤上繁花如锦障，
嫩柳枝折断有奇异的芬芳，）
我触到荇藻和水的微凉；
这长白山的雪峰冷到彻骨，
这黄河的水夹泥沙在指间滑出；
江南的水田，你当年新生的禾草
是那么细，那么软……现在只有蓬蒿；
岭南的荔枝花寂寞地憔悴，
尽那边，我蘸着南海没有渔船的苦水……
无形的手掌掠过无限的江山，
手指沾了血和灰，手掌沾了阴暗，
只有那辽远的一角依然完整，

温暖，明朗，坚固而蓬勃生春。
在那上面，我用残损的手掌轻抚，
像恋人的柔发，婴孩手中乳。
我把全部的力量运在手掌
贴在上面，寄与爱和一切希望，
因为只有那里是太阳，是春，
将驱逐阴暗，带来苏生，
因为只有那里我们不像牲口一样活，
蝼蚁一样死……那里，永恒的中国！

    1942年春，戴望舒在香港被日本宪兵逮捕入狱。在狱中他虽遭受严刑折磨，但他以不屈的意志坚持忠贞，并写了《狱中题壁》《我用残损的手掌》等诗，在现代诗作的园地里开放出爱国主义的奇葩！

    据冯亦代回忆："我昔日和他在薄扶林道散步时，他几次谈到中国的疆土，犹如一张树叶。可惜缺了一块，希望有一天能看到一张完整的树叶。如今他以'残损的手掌'为题，显然这手掌比喻他对祖国的思念，也直指他死里逃生的心声。"（《香港文学》1985年2月号）这很好地诠释了这首诗的主题意义。

    诗的构思分为两部分，第一部分写诗人注意和想象祖国被沦陷的土地，把无限的痛苦与深切关注的感情都贯注于"残损的手掌"上，他要摸索那有血和泥灰的祖国广大的土地。超现实的手法表现的是最现实的情感，而且从想象中源起最真实的形象画面。无论是写手掌触到家乡还是掠过祖国南北远近的地方，我们都感受到意象的具体鲜明和情感的凝聚力度。静的想象中极尽显现动的心态。

    第二部分依然是在想象中进行的，他用"无形的手掌掠过无限的江山"一句，进行转折性的推移，摸到了"那辽远的一角"，那里"温暖，明朗，坚固而蓬勃生春"。写到这里，诗人以无限的温柔和全力描摹，不怕感情的直抒，加以一连串的比方与明喻，尽情地歌颂和赞美，使爱国主义感情得到升华。

  这首诗是有鲜明主题的爱国诗，但戴望舒在艺术上还是守住他以想象象征为中心的诗语方式，繁复的意象使抒情带上客观性，在观念与词语联络上既自然又新奇地加深了诗意诗味。这首诗内容坚实且崇高，情绪高扬且阔大，语言明朗且鲜活，展示了诗人前进的新走向。

示长女

记得那些幸福的日子！
女儿，记在你幼小的心灵：
你童年点缀着海鸟的彩翎，
贝壳的珠色，潮汐的清音，
山岚的苍翠，繁花的绣锦，
和爱你的父母的温存。

我们曾有一个安乐的家，
环绕着淙淙的泉水声，
冬天曝着太阳，夏天笼着清荫，
白天有朋友，晚上有恬静，
岁月在窗外流，不来打搅
屋里终年长驻的欢欣，
如果人家窥见我们在灯下谈笑，
就会觉得单为了这也值得过一生。

我们曾有一个临海的园子，
它给我们滋养的番茄和金笋，
你爸爸读倦了书去垦地，

你妈妈在太阳阴里缝纫，
你呢，你在草地上追彩蝶，
然后在温柔的怀里寻温柔的梦境。

人人说我们最快活，
也许因为我们生活过得蠢，
也许因为你妈妈温柔又美丽，
也许因为你爸爸诗句最清新。

可是，女儿，这幸福是短暂的，
一霎时都被云锁烟埋；
你记得我们的小园临大海，
从那里你们一去就不再回来，
从此我对着那迢遥的天涯，
松树下常常徘徊到暮霭。

那些绚烂的日子，像彩蝶，
现在枉费你摸索追寻，
我仿佛看见你从这间房
到那间，用小手挥逐阴影，
然后，缅想着天外的父亲，
把疲倦的头搁在小小的绣枕。

可是，记着那些幸福的日子，
女儿，记在你幼小的心灵：
你爸爸仍旧会来，像往日，
守护你的梦，守护你的醒。

这首以眷念家园、回忆往事和天伦之爱为内容的诗，像淙淙的泉水在我们心中流淌，一股温馨的情意缭绕萦回触动了大家的心弦，引起普遍的心理共鸣。

诗作以"记得那些幸福的日子！"一句提领，用几多意象写女儿童年的快乐；第一节里挥洒着如许多的彩色与光辉，真是像梦一般美丽的难忘的时光！

第二、三节更是详尽铺写家庭的幸福与安谧，所用的是朴素自然的语句，但笔笔带着诗情画意，充满着生活的气息，用艾青所说的诗的散文美形容就是"它肉体地引诱我们"。

可是幸福很快随风而逝，"一霎时都被云锁烟埋"。往下几节，诗人在追忆中诉说着对女儿的爱和思念。幻想中时时出现旧家园，出现女儿活泼跳动的身影，把蜜甜而忧愁的感情表现得更为深至。诗的最后一节的头两句与诗的开头重复，与其说是对女儿的反复叮咛，不如说是作者在哀伤回忆中升起的信念与希望。正像他在《过旧居》一诗中写的"欢笑没有冰凝，幸福没有尘封"。

诗人以淳朴的心灵去拥抱"生存在我们日常的生活中"的美（戴望舒《〈耶麦诗抄〉译后记》），把平凡的生活写得那样富有色彩和实感；诗人想象女儿如在眼前，对她轻轻地诉说父亲的爱，更增加了一种亲切、柔和的味道。

"温柔的怀里寻温柔的梦境"，诗人就这样唤起读者的心灵共鸣，共同沉浸在天伦之爱的情韵里。

殷夫

殷夫（1910—1931），原名徐柏庭，又名徐祖华、徐文雄。浙江象山人。先后在上海民立中学、浦东中学、同济大学预科德文补习班学习。1928年参加太阳社。1930年春参加左联。1931年2月7日在龙华就义。著有诗集《孩儿塔》《伏尔加的黑浪》《一百零七个》《殷夫诗文选集》等。

血　字

血液写成的大字，
斜斜地躺在南京路，
这个难忘的日子——
润饰着一年一度……

血液写成的大字，
刻划着千万声的高呼，
这个难忘的日子——
几万个心灵暴怒……

血液写成的大字，
记录着冲突的经过，
这个难忘的日子——

狞笑着几多叛徒……

"五卅"哟！
立起来，在南京路走！
把你血的光芒射到天的尽头，
把你刚强的姿态投映到黄浦江口，
把你洪钟般的预言震动宇宙！

今日他们的天堂，
他日他们的地狱，
今日我们的血液写成字，
异日他们的泪水可入浴。

我是一个叛乱的开始，
我也是历史的长子，
我是海燕，
我是时代的尖刺。

"五"要成为报复的枷子，
"卅"要成为囚禁仇敌的铁栅，
"五"要分成镰刀和铁锤，
"卅"要成为断铐和炮弹！……

四年的血液润饰够了，
两个血字不该再放光辉，
千万的心音够坚决了，

这个日子应该即刻消毁!

原载《拓荒者》一九三〇年第四、五期合刊

《血字》是殷夫为纪念五卅运动四周年而写的。全诗以昂扬的战斗激情歌颂了这一历史事件的伟大意义,并以形象的语言抒发了无产阶级的诗情。

诗开首就接触主题,说血写的字润饰着一年一度这个难忘的日子。是呵,它刻画着人民的暴怒,记录着帝国主义的罪行和叛徒们的狞笑……于是,诗人愤怒了,呼喊了:"'五卅'哟!/立起来,在南京路上走!/把你血的光芒射到天的尽头,/把你刚强的姿态投映到黄浦江口,/把你洪钟般的预言震动宇宙!"这几行诗的构想实在不平凡!"五卅"是时间概念,虽然有可纪念的意义,但一般写来,都直陈其义,难有诗的表现。殷夫逞其可贵的诗才,以审美情感的颤动将其作立体化的意象表现,使每一句都拟人化了,使每一句都符合规定情景,从而使得这充满动感的诗句具有丰富深邃的层次。

其他如将"五"与"卅"分开来作生动形象的比喻,"今日"与"他日"的对比,中间插入"我"的个性表现等等,都充分揭示"五卅"社会的意义,控诉帝国主义的罪恶,显示了革命者的自信与决心。

殷夫写的政治抒情诗或者叫红色鼓动诗在 20 世纪 30 年代起了很大的作用。鲁迅充分肯定他的诗"是东方的微光,是林中的响箭,是冬末的萌芽,是进军的第一步,是对于前驱者的爱的大纛,也是对于摧残者憎的丰碑。一切所谓圆熟简练,静穆幽远之作,都无须来作比方,因为这诗属于别一世界"(鲁迅《白莽作〈孩儿塔〉序》)。

林徽因

> 林徽因（1904—1955），原名林徽音。福建闽侯人。1924年赴美国入宾夕法尼亚大学学习建筑，后入耶鲁大学戏剧学院学习。1928年回国，参与创办文艺刊物《绿》。1930年后在东北大学、燕京大学任教。中华人民共和国成立后，任清华大学建筑系教授，曾主持国徽的设计。

别丢掉

别丢掉，
这一把过往的热情，
现在流水似的，
轻轻
在幽冷的山泉底，
在黑夜，在松林，
叹息似的渺茫，
你仍要保存着那真！
一样是月明，
一样是隔山灯火，
满天的星，
只使人不见，
梦似的挂起，

你问黑夜要回
那一句话——
你仍得相信
山谷中留着
有那回音!

一九三六年夏

抒情诗就怕浅露和直说,一首诗如果体现不了深醇浓烈的情怀,又缺乏绵密幽渺的思绪,那无异于一杯白开水,淡而无味。

林徽因的《别丢掉》这首诗,却真如她诗中所写的"隔山灯火"这一意象,有着朦胧的光辉,却又绵缈迷茫,需要我们多一点诗心与悟性,去作美的追踪与探寻。

熟悉林徽因与徐志摩有一段恋情的人,总能体会到林徽因大部分抒情诗作里,总有一种对逝情的缅怀与追忆。这首《别丢掉》正如题目所显示的,它营造了这样的抒情氛围:过往的热情仿佛已逝去,但像流水似的,在山泉底,在黑夜,在松林,仍轻轻地淌着,希望你仍要保存那真!现在仍和以往一样,有月明,有隔山灯火,有满天的星,即使没有了人,像梦一样渺茫而相隔,若是你还希望验证和兑现那句真的誓言,请你相信,山谷里还回荡着同样的声音!

林徽因是一个非常有才情的女诗人,她把这一段永恒的、珍重的爱作了审美的处理,表述上有意改格和曲说,省去了字句的联络,让纷呈的意象间杂离落,造成了逝情的渺茫与隐现,更加深了诗的情致与美感。

朱自清先生曾对这首诗作过解析,现将原话过录作参考:"这是一首理想的爱情诗,托为当事人的一造向另一造的说话;说你'别丢掉''过往的热情',那热情'现在'虽然'渺茫'了,可是'你仍要保存着那真'。三行至七行是一个显喻,以'流水'的'轻轻''叹息'比'热情'的'渺茫';但诗里'渺茫'似乎是形容词。下文说'月明'(明月),'隔山灯火','满天的星',和往日两人同在时还是'一样',只是你却不在了。这'月',这些'灯火',这些'星',只'梦似的挂起'而已。你当时说过'我爱你'这一句话,虽没第三人听见,却有'黑夜'听见;你想'要回那一句话',你可以'问黑夜要回那一句话'。但是'黑夜'肯了,'山谷中留着有那回音',你的话还是要不回的。总而言之,我还恋着你。'黑夜'可以听话,是一个隐喻。第一、二行和第八行本来是一句话的两种说法,只因'流水'那个长比喻,又带着转了个弯儿,便容易把读者绕住了。'梦似的挂起'本来指明月、灯火和星,却插了'只有人不见'一语,也容易教读者看错了主词。但这一点技巧的运用,作者是应该有权利的。"(朱自清《新诗杂话》)

笑

  笑的是她的眼睛,口唇,
  和唇边浑圆的漩涡。
  艳丽如同露珠,
  朵朵的笑向
  贝齿的闪光里躲。
  那是笑——神的笑,美的笑:
  水的映影,风的轻歌。

  笑的是她惺忪的鬈发,
  散乱的挨着她耳朵。
  轻软如同花影,
  痒痒的甜蜜
  涌进了你的心窝。
  那是笑——诗的笑,画的笑:

云的留痕，浪的柔波。

原载《诗刊》一九三一年十月第三期

  诗人以多种意象展示笑的魅力：第一节写她的眼睛，口唇和唇边浑圆的漩涡的笑，有如露珠般艳丽，贝齿的闪光里躲着朵朵的笑。这是说含而不露，所以是神的笑、美的笑，有如"水的映影，风的轻歌"。这叠加的形容与比喻，是说笑能净化、提升人的灵魂。

  第二节说笑扩展到惺忪的鬈发，散乱地挨着她的耳朵，这样的笑如同花影软软的，痒痒的甜蜜涌进心窝。这似乎说笑有了动作性，有了客观的感应。因为具体了，更外化了，所以是诗的笑、画的笑，好像云留下印痕，浪晃动着柔波。

  诗人在一瞬间把握了笑的神韵、笑的具象，诗作有起伏的流动感，有明显的色彩组合，而且使人心理上有软软的、痒痒的甜蜜感觉。从神到形，教你对这一美的瞬间永远难忘。

  诗的两节非常对称，意象的组合和叠加，不容插进一个虚词，全诗一韵到底，给人一种鲜艳明丽的视觉快感，爽朗舒畅的听觉效果。

陈梦家

> 陈梦家（1911—1966），笔名陈慢哉。浙江上虞人。1931年毕业于南京中央大学法学科，曾和方玮德一起编辑出版《诗刊》。1932年就读于燕京大学宗教学院。1934年改攻古文字学、古史年代学、古代神话。1937年后曾在西南联大、美国芝加哥大学、清华大学等学校任教授。1952年任中国科学院考古研究所研究员。著有诗集《梦家诗集》《不开花的春》《铁马集》《在前线》《梦家存诗》等。

一朵野花

一朵野花在荒原里开了又落了，
不想到这小生命，向着太阳发笑，
上帝给他的聪明他自己知道，
他的欢喜，他的诗，在风前轻摇。

一朵野花在荒原里开了又落了，
他看见青天，看不见自己的渺小，
听惯风的温柔，听惯风的怒号，
就连他自己的梦也容易忘掉。

一九二九年一月大悲楼阁

《一朵野花》呈现明朗的格调与轻快的旋律，但又具有暗示力，象征了人生真谛。

第一节第一句是说野花在荒原里自开自落，是孤寂短暂的景况。第二句一转，"不想到这小生命，向着太阳发笑"，反与正的急变与衬比，形成了诗的戏剧化。第三句是说自然物的灵心领悟，但是诗不宜直说与浅露，所以写"他的欢喜，他的诗，在风前轻摇"。

诗的第二节第一句与第一节第一句形成诗的复沓，这更写野花的精神。一方面在生存的搏斗中，任风的拥抱，任风的怒号，"他"没有梦，没有幻梦，只确信自己的存在；另一方面，"他"还有更高的超越，"看见青天，看不见自己的渺小"，"就连他自己的梦也容易忘掉"。

钱锺书说诗人以"心眼"视物，正与古人以"诗眼"解说意象有关。诗中的自然物，本来是有指意的物，是寄托情思的载体。《一朵野花》写的是花，其主旨是写心，写一种向上的生命力。诗人着意写野花的意象美，是一种有寄托的美。但画面的呈现又完全是活活泼泼的野花本体，诗调也是轻快洒脱的，就好像古代的唐诗绝句一样，风华滋润，浑成无迹。

再看见你

再看见你。十一月的流星
掉下来，有人指着天叹息；
但那星自己只等着命运，
不想到下一刻的安排
这不可捉摸轻快的根由。
尽光明在最后一闪里带着
骄傲飞奔，不去问消逝
在那一个灭亡，不可再现的

时候。有着信心梦想
那一刻解脱的放纵，光荣
只在心上发亮，不去知道
自己变了沙石，这死亡
启示生命变异的开端，——
谁说一刹那不就是永久？

　我看了流星，我再看你，
像又是一闪飞光掠过我的心，
瞧见我自己那些不再的日子：
那些日子从我看见了你，
不论是雨天，是黑夜
我念着你的名字，有着生，
有着春光一道的暖流
淌过我的心。那些日子
我看见你，我只看着
看着你在我面前，我不做声。
我有过许多夜徘徊在那条街上
望着你住的门墙，一线光，
我想那里一定有你我；太息
透不进你的窗棂。只有门前
那盏脆弱的灯好像等着，企望
那不能出现的光明；更惨的
那一声低的雁子叫过
黑的天顶，只剩下我
站立在桥下。那些日子
我又踯躅在大海的边岸，
直流泪，上帝知道我；
海水对我骄傲，那雄壮

我没有，我没有；我只不敢
再看见青天，横流的海，
影子跟着我走回我的家。
　　这些我全不忘记，我记得
清楚，像就在眼前的一刻——
那时候我愿望
是一支小草，露珠是我的天堂；
但你只留下一个恍惚，
踟蹰的踪迹，我要追寻，
我不能埋怨天，我等着
等着你再来，再来一次
就算是你的眼泪，你的恨。
可是到了秋天，我才看见
一个光明再跳上我的枯梢
雪亮，你的纯洁没有变更。
我听到落叶和你一阵
走近我的身边，敲我的门：
你再要一次的投生。
　　我本来等着冬来冻死，
贪爱一个永远的沉默；
这一回我不能再想，
我听到春天的芽
拨开坚实的泥，摸索着
细小细小的声音，低低地
"再看见你——再看见你！"

十一月二十五夜半

陈梦家曾说他是被徐志摩唱醒的一个，但他也曾自负地说他要创造

他"自己的世界"。在他所编的《新月诗选》的"序言"里，他说："匠人在方玉石上想要雕镂出奇美的图象，他先要有一个想象，再要准备好一把锐利的刀，又要手腕，要准确地把自己的想象描在玉石上，因为一个匠人最大的希望最高的成功是在作品上发现他自己的精神的反映。醇正与纯粹是作品最低限的要求，那精神的反映，有赖匠人神工的创造，那是他灵魂的移传。在他的工程中，得要安详的思索，想象的完全，是思想或情感清滤的过程。"他还说："诗，具有两重创造的涵义：在表现上，它所希求的是新的创造，是从锻炼中提选出的坚实的菁华，它是一个灵魂紧缩的躯壳。在诗的灵感上，需要那新的印象的获取（就是诗的内在是一着新的诗的发现）。"

这里所选的《再看见你》就体现了他的诗艺主张：既见出才情，又下功夫锤炼。

《再看见你》是一首爱情诗，诗以曲折见真挚。作者首用流星比况两爱的相逢与遭遇。这里的一闪、一刹那、一个恍惚是偶然的、短暂的，但那又联系着永恒与深刻。流星（比喻第一次看见）虽然一闪不可再现，但它自身有解脱的放纵，光荣只在心上发亮；——对方是这样，而我呢？从前看到你，"我念着你的名字，有着生，/有着春光一道的暖流/淌过我的心"。于是我诚心地爱着，等着，盼望能再见。"流星"这一意象，成为跨越时间的情感体验，所以，诗中说："我看了流星，我再看你，/像又是一闪飞光掠过我的心。"诗的最后写自己的希望，写自己的信心，"再看见你——再看见你！"在这反复重说时，诗人看到了春的胜利与辉煌。

诗意盘旋曲折，诗情绵绵悠长，整首诗的语言结构也是拗体，阅读时要思索体味，才能领会它的丰厚的情韵。

登 山

从那里我又沿溪水间的银杏，
跨过云飞的桥，穿过绝壁危崖，
我登泰山的绝顶呼喊长风，
要它带回来古代人曾经的足响：
七十余王的登封，谁更数得清？
何处是秦始皇雄视九州的驻石？
还有为天下木铎的孔丘，他来登
岱顶遥望九点烟的齐鲁，天下
变小了，谁再能有他浩博的胸襟？
哪儿是孟轲的家乡，在一丝银线
挂着的汶河星棋的田陌中间？
还有此邦的稷下先生，谈天雕龙
或狂笑或垢行的古人，他们在哪里？
我要他们回来，在这山风当中，
听他们走回来的足响，走回来！
啊，万方的风云在我上下摩荡，
我惟见青天上孤鹰的徘徊，
那无数支梁父山起伏如蛟龙，
为何你雄伟有如此安稳的沉默，
为何不再唱出声来，你巉岩间
老杜悲亢的坎坷，你绵绵无尽的嵯峨，
像山东李白的长歌，并那山阴下
古长城的荒凉，如岑参歌中的朔漠？
我指望你们再来，如在灵岩山，
峭壁如城中的一株古松，向西方
指望玄奘的归来，忠心的盼望！

我怕，黑夜中是何等恐怖的风
　　击响绝顶的铜瓦铁马儿惊慌，
　　又是何等神手在何等砧上
　　捣洗世界第二天的云裳？（我听，
　　我听在天明前是什么黑云
　　张没了大黑，预备明天的光明。）
　　向峰头我独自去等，鸟也在等
　　朝阳在万顷的东海银波上荡漾
　　像香炉，像灯笼，像老人的喜笑，
　　升上来，升上来，告示白天的开场！

一九三三年十月廿六日夜半

　　登山、呼喊、指望、等待，这几种思绪与情感，诗人在诗里作了层层铺写与抒发，成就了一首姿态丰盈、情韵顿挫的长诗。

　　这首诗同一般描摹风景的诗不同，它从特定的对象——最充实地负载着几千年文化传统的泰山着眼，"发思古之幽情"，咏唱的是文化之诗。

　　仅用三句，开头就把登山的过程极精练而又极富有形象和动感地作了叙述与收束。下面是诗的主干，秦始皇、孔丘、孟轲、稷下、老杜、李白、岑参等一系列历史人物与典故，连绵而下，真有辛弃疾写词用典的风格。这样写，既扩大了诗歌容量，又让读者思索求解，诗意更加深厚浓郁，味之无极。

　　这首诗一反新月诗派幽婉轻倩的特点，而以雄浑苍劲见长。开头用"跨"和"穿"结束登山历程，已显示一种强劲之力，到"我登泰山的绝顶呼喊长风"一句，开启下面的追问远古，形容山川，磊磊落落，大气磅礴。

　　诗人巧妙地用时间序列把呼喊转向等待。"又是何等神手在何等砧上/捣洗世界第二天的云裳？（……张没了大黑，预备明天的光明。）"

好!"向峰头我独自去等,鸟也在等"。等待到什么呢?

  朝阳在万顷的东海银波上荡漾
  像香炉,像灯笼,像老人的喜笑,
  升上来,升上来,告示白天的开场!

  全诗就这样贯注了雄健的力度,在韵律上也拙重顿挫,在整体上诗的风格正与巍巍泰山相吻合。

何其芳

何其芳（1912—1977），原名何永芳。四川万县人。1929年起，在中国公学、清华大学、北京大学学习。1935年毕业后，先后在天津、山东、四川等地从事教育工作。1938年夏赴延安，任教于鲁迅艺术学院，一度随贺龙部队去晋西北和冀中革命根据地工作。1944年后，曾任《新华日报》副社长等职。著有诗集《预言》《夜歌》《夜歌和白天的歌》，合著诗集《汉园集》（与李广田、卞之琳合作）等。

预　言

这一个心跳的日子终于来临！
你夜的叹息似的渐近的足音
我听得清不是林叶和夜风私语，
麋鹿驰过苔径的细碎的蹄声！
告诉我，用你银铃的歌声告诉我
你是不是预言中的年轻的神？

你一定来自那温郁的南方，
告诉我那儿的月色，那儿的日光，
告诉我春风是怎样吹开百花，
燕子是怎样痴恋着绿杨，

我将合眼睡在你如梦的歌声里，
那温暖我似乎记得，又似乎遗忘。

请停下，停下你疲劳的奔波，
进来，这儿有虎皮的褥你坐！
让我烧起每一个秋天拾来的落叶，
听我低低地唱起我自己的歌，
那歌声将火光一样沉郁又高扬，
火光一样将我的一生诉说。

不要前行！前面是无边的森林，
古老的树现着野兽身上的斑纹，
半生半死的藤蟒一样交缠着，
密叶里漏不下一颗星星。
你将怯怯地不敢放下第二步，
当你听见了第一步空寥的回声。

一定要走吗？请等我和你同行！
我的脚知道每一条平安的路径，
我可以不停地唱着忘倦的歌，
再给你，再给你手的温存。
当夜的浓黑遮断了我们，
你可以不转眼地望着我的眼睛。

我激动的歌声你竟不听，
你的脚竟不为我的颤抖暂停！
像静穆的微风飘过这黄昏里，
消失了，消失了你骄傲的足音！

呵，你终于如预言中所说的无语而来，
无语而去了吗，年轻的神？

一九三一年秋

何其芳早期创作诗歌受到象征主义的影响，读了一些法国象征主义诗人瓦雷里的作品，其中长诗《年轻的女神》，是写一个年轻的命运女神，在幽邃星空下的寂静海滨，梦中被一条蛇咬伤了。她回首往日的贞洁，想对诱惑进行抗拒，但禁不住荡人春色的陶醉，在晨曦中低首，向光明与生命礼拜。何其芳写《预言》中的女神，是否与此有关，可供参考。

《预言》是何其芳 1931 年秋写的，他自己很满意这首诗，后来出版的诗集，便以"预言"命名。其实这首诗的意境也和戴望舒的《雨巷》相通，戴望舒从视觉上感到丁香一样的姑娘逐渐由远而近，又由近而远，渐次消失了。而《预言》是从听觉上，听到女神的足音，无语而来，无语而去。据说，在此诗创作前几个月，何其芳正爱恋着一位南方的姑娘。这首诗有他自己的感情体验。

《预言》有一个完整的艺术构思。一个序曲，一个尾声，中间四个乐章，组成一部美丽的爱的梦幻曲。诗一开始，就把我们引进一个美好的境界，同时也表达了抒情主人公期待已久、急迫而又喜悦的心情。虽是侧面衬托，但也可想见年轻的神的美丽。最可爱的，还是诗人用真情与美思所精铸的诗的语言。第一节诗句如下："这一个心跳的日子终于来临！／你夜的叹息似的渐近的足音／我听得清不是林叶和夜风私语，／麋鹿驰过苔径的细碎的蹄声！／告诉我，用你银铃的歌声告诉我／你是不是预言中的年轻的神？"

梦幻中的神向现实中的人走近了。紧接着序曲，诗人通过想象描写神所在处的美丽，极意形容本来也可以了，但诗人把情感投射过去，第二节最后有以下两句："我将合眼睡在你如梦的歌声里，／那温暖我似乎记得，又似乎遗忘。"

第三节，作者充分发挥主体感情，对年轻的神倾吐热诚，致欢迎之意。他请年轻的神坐在虎皮的褥上，"听我低低地唱起我自己的歌"。

第四、五节，他祈求神"不要前行"！指出前面那无边的森林里藏着恐怖与危险。但年轻的神执意要走，抒情主人公表达自己的心愿，要与之同行，用不停的手足为年轻的神引路，忘倦的歌声驱散年轻的神的寂寞。甚至，显示了这样真切的情爱："当夜的浓墨遮断了我们，/你可以不转眼地望着我的眼睛。"

神执意离开了。诗的最后唱出了那怅惘不尽的情愫："呵，你终于如预言中所说的无语而来，/无语而去了吗，年轻的神？"

《预言》写了诗人的一段心路历程。正如作者在《写诗的经过》中所说的，"一个年轻人对于幻想中的美满的爱情的歌颂和对于现实中的并不美满的爱情的怨言"。

这首诗有浓重的抒情色彩和优美的音乐感。最值得称道的是，它没有一点败笔或残损，构成了一个完满的艺术世界。何其芳曾说："我曾有过一段多么热心写诗的时间，虽说多么短促。我倾听着一些飘忽的心灵的语言。我捕捉着一些在刹那间闪出金光的意象。我最大的快乐或酸辛在于一个崭新的文字建筑的完成或失败。"（何其芳《梦中道路》）有诗人的自觉追求，才有《预言》艺术的成功。

生活是多么广阔

生活是多么广阔，
生活是海洋。
凡是有生活的地方就有快乐和宝藏。

去参加歌咏队，去演戏，
去建设铁路，去作飞行师

去坐在实验室里,去写诗,
去高山上滑雪,去驾一只船颠簸在波涛上,
去北极探险,去热带搜集植物,
去带一个帐篷在星光下露宿。
去过极寻常的日子,
去在平凡的事物中睁大你的眼睛,
去以自己的火点燃旁人的火,
去以心发现心。

生活是多么广阔。
生活又多么芬芳。
凡是有生活的地方就有快乐和宝藏。

《生活是多么广阔》是何其芳思想和艺术走向转变阶段的代表作。这时候,他到了延安,生活在新的时代、新的天地里,他感到欢欣和快乐。他在另一首诗《我为少男少女们歌唱》中曾这样表达自己的心境:"轻轻地从我琴弦上/失掉了成年的忧伤,/我重新变得年轻了,/我的血流得很快/对于生活我又充满了梦想,充满了渴望。"

两首诗写于同一天早晨,并一起发表在延安《解放日报》上。两首诗写一样的心境和情绪,但这首诗开拓的境界更广阔,意味更深邃。许多诗评家认为此诗洋溢着激情的梦想,当年延安处于艰苦的战争环境下,物资匮乏,生活困难。这首诗带领青年开拓未来的新生活,接触有趣的新事物,从中能看得出诗人幻想翅膀的拍动。我们认为,这首诗基本是写实的,它所表现的是一种生活的激情,所以诗人在诗里写:"去过极寻常的日子,/去在平凡的事物中睁大你的眼睛。"与其说此诗有多少象征、幻想的成分,毋宁说它是浸透着鲜活生活的现实主义诗篇。

当然它也含有深义。诗的题旨是热爱生活,但生活的意义、价值与希望要我们去开掘(这就是宝藏),而快乐产生于发掘之中。

本诗全由排比句构成。第一节,"生活"出现三次,一层加进一层意思,扣紧题意。下面一口气写下十五个排句,每一句呈现一个生活场景,激起读者诗意的回响,更鼓动读者的情绪,恨不得立刻就投身进去。十五个排句里实际有两个层面,前面十一个"去",动作性强,后面四个排句从动转静加强了哲理性,让读者多一点内省和回味,也避免平推事实到底,显得单调。结尾与首节重复,但第二句略加变化,"生活又多么芬芳"与"生活是海洋"虽异句同构,但意义却有递进,这就使内涵更加深入。

卞之琳

> 卞之琳（1910—2000），江苏海门人。1933年毕业于北京大学英文系。与人合编文艺刊物《水星》，1936年为《新诗》月刊编委。全民族抗日战争爆发后在四川大学外文系任教，其间曾赴延安，在鲁迅艺术学院任教。1940年后任教于西南联大、南开大学。1947年赴英国专事研究和创作。1949年回国，任北京大学教授，后任中国科学院外国文学研究所研究员。著有诗集《三秋草》《鱼目集》《慰劳信集》《十年诗草》等，合著诗集《汉园集》。

断　章

你站在桥上看风景，
看风景人在楼上看你。

明月装饰了你的窗子，
你装饰了别人的梦。

一九三五年十月

这是一首美丽的象征诗，画面的自然美与哲理的深邃美达到了水乳交融的境界。

四行诗分为两段独立的画面。第一个画面，写"你"在桥上看风景，不自觉地成了从楼上看风景人眼中的"风景"。第二个画面，写明月装饰了"你"的窗子，而"你"整个儿的形象又进入他人的梦中装饰了他人的梦。通过这两个互不相涉而又相关联的意象，诗人在这里表达了相对与平衡的观念。关于这首诗的动因，诗人说，这首诗"写于1935年10月，触景生情，储藏在记忆中，当还远远早于这个日期"。"这是抒情诗，当然说是情诗也可以，但决不是自己对什么人表示思慕之情，而是以超然而珍惜的感情，写一刹那的意境。我当时爱想世间人物、事物的息息相关，相互依存、相互作用。人（'你'）可以看风景，也可能自觉不自觉点缀了风景；人（'你'）可以见明月装饰了自己的窗子，也可能自觉不自觉成了别人梦境的装饰。意味进一步体会，也就会超出一对男女相互关系的意义"。

诗真是了不起的艺术，人物、桥头、楼上、风景、明月、梦，孤立分散地看，这些词语或意象只是死的、平常的或者古诗词用得很普泛的材料，但一经诗人灵性的、智慧的排列组合，就构建成"灵魂的海市蜃楼"，放射着永恒的艺术光彩。正如诗人说的，超出男女关系，意味还可作进一步体会。孙玉石在解析中就说："诗人在隽永的图画里，传达了他智性的思考所获得的人生哲理，即超越诗人情感的诗的经验：在宇宙万物乃至整个人生历程中，一切都是相对的，又都是互相关联的。在感情的结合中，一刹那未尝不可以是千古；在玄学领域里，如诗人布莱克（W. Blake）讲的'一粒砂石一个世界'，在人生与道德的领域中，生与死、喜与悲、善与恶、美与丑等等，都不是绝对的孤立的存在，而是相对的、互相关联的。诗人想说，人洞察了这番道理，也就不会被一些世俗的观念所束缚，斤斤计较于是非有无，一时的得失哀乐，而应该透悟人生与世界，获得内在的自由与超越。"（孙玉石《中国现代诗歌艺术》，人民文学出版社1992年版）

内容与形式是一体的，这首诗形式上有一种音义回旋的美感效果，也把相对关联的哲理融为一幅和谐完整的图画。

无题（一）

三日前山中的一道小水，
掠过你一丝笑影而去的，
今朝你重见了，揉揉眼睛看
屋前屋后好一片春潮。

百转千回都不跟你讲，
水有愁，水自哀，水愿意载你。
你的船呢？船呢？下楼去！
南村外一夜里开齐了杏花。

  1937年春天，诗人卞之琳在江浙游转时，在3月与4月写了五首《无题》诗，透露了他遭逢的一段情事。作者后来也自认为这几首诗是专为"迎合""女友"的"妙趣"的。在卞之琳那些内敛和智性处理的诗作中，这几首别具魅力。
  《无题（一）》虚喻与实景结合，写初恋开始像春潮迸发的感情，欢乐而又急迫。抒情主人公对少女说，三日前我们相会时，那"掠过你一丝笑影而去的"山中的"一道小水"，今天"你重见了"，可是你"揉揉眼睛看"，一道小水，流到屋前屋后，已成为"一片春潮"！水是自喻，因为印下你的笑脸，我对你的爱迸发了，增长了，这是一种主动的心迹的表达。
  第二节，人称没有变化。诗人将这几日中感情的矛盾、痛苦、猜测、想象用"百转千回"来形容，这说明感情炽烈而且深至。这种"甜蜜的忧愁"正是个中人的体味，"不跟你讲"，实际上已作了心灵的剖示。"水有愁，水自哀，水愿意载你。"相思自苦，正像诗人在《白螺壳》一诗中说的"由爱字通到哀字"，但抒情主人公要向你表示忠诚，水是情感的载体，更是一种象征，象征爱的广度与深度，还有汹涌澎湃的力度。干脆来召唤:"你的船呢?船呢?下楼去!"这与水呼应,表示了更急迫的情怀。结束一句"南村外一夜里开齐了杏花"有一个转折,是说春光烂漫,莫要辜负了良辰美景,让我们的爱情也像春花一样快乐地开放。诗的情感和意象往往呈现跳跃,这最后一句锻造得特别好,把情景从仿佛要依次进层的"机械化"描叙中作了新的转换和变化,跃动着爱的欢乐的高涨情绪,是一种诡变性的构织。

臧克家

臧克家（1905—2004），曾名臧承志，字士先，笔名有少全、何嘉等。山东诸城人。1930年夏，考入国立青岛大学（后改为山东大学）英文系，后转中文。全民族抗日战争爆发后，奔走于河南、湖北等地，从事文艺宣传工作。1946年到上海，先后编辑《侨声报》副刊和《文讯》月刊。1948年底去香港。1949年3月到达北平。中华人民共和国成立后，任华北大学三部研究员、人民出版社编审、中国作协书记处书记、《诗刊》主编等职。著有诗集30余部，主要有《烙印》《罪恶的黑手》《自己的写照》《运河》《从军行》《泥土的歌》《十年诗选》《生命的秋天》《宝贝儿》《生命的零度》等。

难 民

日头堕到鸟巢里，
黄昏还没溶尽归鸦的翅膀，
陌生的道路，无归宿的薄暮，
把这群人度到这座古镇上。
沉重的影子，扎根在大街两旁，
一簇一簇，像秋郊的禾堆一样，
静静的，孤寂的，支撑着一个大的凄凉。
满染征尘的古怪的服装，

告诉了他们的来历，
一张一张兜着阴影的脸皮，
说尽了他们的情况。
螺丝的炊烟牵动着一串亲热的眼光，
在这群人心上抽出了一个不忍的想象：
"这时，黄昏正徘徊在古树梢头，
从无烟火的屋顶慢慢的涨大到无边。
接着，阴森的凄凉吞了可怜的故乡。"
铁力的疲倦，连人和想象一齐推入了朦胧，
但是，更猛烈的饥饿立刻又把他们牵回了异乡。
像一个天神从梦里落到这群人身旁，
一条灰色的影子，手里亮出一支长枪，
一个小声，在他们耳中开出天大的响：
"年头不对，不敢留生人在镇上。"
"唉！人到哪里灾荒到哪里！"
一阵叹息，黄昏更加了苍茫。
一步一步，这群人走下了大街，
走开了这异乡，
小孩子的哭声乱了大人的心肠，
铁门的响声截断了最后一人的脚步，
这时，黑夜爬过了古镇的围墙。

一九三二年二月，古琅琊

　　《难民》是臧克家第一本诗集《烙印》收录的第一首诗，这标志着中国新诗现实主义在他手里得到更坚实更深刻的发展。闻一多认为《难民》是《烙印》中"最有意义的诗"。这意义是指诗的内容真实深刻，诗的艺术凝练含蓄。

　　诗主要写一群难民滞留一个古镇又继续流徙的情景。在一个凄凉黄昏的特定情景里，难民出现在古镇上。他们三五成群，散留在大街两旁；薄暮笼罩的古镇上空的缕缕炊烟，使他们的心头升起家乡的景象：没有烟火的屋顶笼罩着饥饿，阴森的凄凉吞没了一切。这从侧面说明他们逃难的原因。"更猛烈的饥饿立刻又把他们牵回了异乡。"这交代了他们逃难停留在此刻的苦况。这是诗的前半部分。后半部分写镇上的人不让难民们停留，难民们只好离开这里，带着孩子的哭声和纷乱的心情继续流亡……

诗以白描的手法，既描述了难民颠沛流离的生活，又更为动人深刻地写了难民的心理活动。一瞬间的实景使他们回到故乡，但拂之不去的饥饿又使他们落到眼前苦难的现实，而苦难似乎没有尽头，古镇不肯留生人，反衬了北方农村同样恐怖和凄凉。这真是一层层地加倍写了人们的苦难和悲哀。

诗人善于捕捉生活的形象，把感情凝聚、隐蔽在形象里，以暗示代替说明，留有很大的空间让读者去想象；同时锤炼、锻造每一个词语，组成鲜明生动的意象，显示扎实认真的写作态度。

写难民，说他们沉重的影子，"一簇一簇，像秋郊的禾堆一样"；从古怪的服装到兜着阴影的脸皮，就将难民的具体形象刻画了；饥饿这一生理和心理的感觉，用短短的两三行诗作一个回旋，也写得生动深刻。"'唉！人到哪里灾荒到哪里！'/一阵叹息，黄昏更加了苍茫。"两句诗有声音，有感情，有意绪，还有动态。最后"铁门的响声截断了最后一人的脚步，/这时，黑夜爬过了古镇的围墙"，具象的描写中有行进的情节，时间与空间交错变化里似乎听到诗人轻微的叹息，笔触如此简约凝练，真是到了"深刻到家，深刻到浅易的程度"的境界。至于词语的推敲，作者曾回忆说，这首诗的第二句先写为"黄昏里煽动着归鸦的翅膀"，后来改成"黄昏里还辨得出归鸦的翅膀"，最后才定为诗中的句子。作者说："请闭上眼睛想一想这样一个景象：黄昏朦胧，归鸦满天。黄昏的颜色一霎一霎的浓，乌鸦的翅膀一霎一霎的淡，最后两者渐不可分，好似乌鸦的黑色被黄昏溶化了。"（臧克家《学诗断想》）在这首诗里，像"溶"字这类字词的推敲与斟酌，还比较多。

生　活

　　这可不是混着好玩，这是生活，
　　一万支暗箭埋伏在你周边，
　　伺候你一千回小心里一回的不检点，
　　灾难是天空的星群，
　　它的光辉拖着你的命运。
　　希望是乌云缝里的一缕太阳，
　　是病人眼中最后的灵光，
　　然而人终须把它来自慰，
　　谁肯推自己到绝境的可怜？
　　过去可喜的一件一件，
　　（说不清是真还是幻）
　　是一道残虹染在西天，
　　记来全是黑影一片，
　　惟有这是真实，为了生活的挣扎
　　留在你心上的沉痛。
　　它会教你从棘针尖上去认识人生，
　　从一点声响上抖起你的心，
　　（哪怕是春风吹着春花）
　　像一员武士在嘶马声里想起了战争。
　　那你再不会合上眼对自己说：
　　"人生是一个无据的梦。"
　　更不会蒙冤似的不平，
　　给蚊虫呷一口，便轻口吐出那一大串诅咒。

在人生的剧幕上，你既是被排定的一个角色，
就当拼命的来一个痛快，
叫人们的脸色随着你的悲欢涨落，
就连你自己也要忘了这是作戏。
你既胆敢闯进这人间，
有多大本领，不愁没处施展，
当前的磨难就是你的对手，
运尽气力去和它苦斗，
累得你周身的汗毛都擎着汗珠，
但你须咬紧牙关不敢轻忽；
同时你又怕克服了它，
来一阵失却对手的空虚。
这样，你活着带一点倔强，
尽多苦涩，苦涩中有你独到的真味。

一九三三年四月

这是一首哲理诗，然而作者用形象的比喻诉说生活的道理，给人生动鲜明的印象。一开头这几句，"这可不是混着好玩，这是生活，/一万支暗箭埋伏在你周边，/伺候你一千回小心里一回的不检点"，我们知道，有许多人把它抄下来作为座右铭。

生活，自然是诗人的个人经历和情感体验。但作为诗，总是由内向外的，诗人把体会和情感投进去，通过意象的营造、形式的建构又外射出来，给读者足够的鉴赏暗示，导引读者调动自身的生活经验，运用自身的领悟力与想象力，去品味，去咀嚼。这样诗人的诗就成为读者的诗。这首《生活》正是如此。诗人以警示的哲理性的语言观照下面的诗语叙述：人生多苦，然而时时闪着希望，但用以自慰的希望与理想总像残虹，到头来又留下黑影。倒是生活的挣扎与痛苦，才是真实，它要你正视，要你行动，要你苦斗。诗的最后说："这样，你活着带一点倔

强，/尽多苦涩，苦涩中有你独到的真味。""生活",是一个大题目,作者虽用带哲理的语言叙说,但由于渗入自己的真切体验和情感,又加之许多具象的描写,个人画像向社会画像的飞跃,就具有了普遍性,就引起了共鸣。闻一多曾称赞臧克家对生活有极顶真的态度。做人与作诗都是这种态度,这样的诗当然能够给我们思想启示和美感享受。

老 马

总得叫大车装个够,
它横竖不说一句话,
背上的压力往肉里扣,
它把头沉重的垂下!

这刻不知道下刻的命,
它有泪只往心里咽,
眼里飘来一道鞭影,
它抬起头望望前面。

一九三二年四月

对于《老马》这首诗,作者自有解释,主要是喻自己。这首诗写于1932年4月。诗人说,1927年大革命失败后,心情沉郁而悲愤。这时的思想感情与受压迫、受痛苦的农民有一脉相通之处,对于"背上的压力往肉里扣"的老马亦然,"因此,我写了老马,另外也写了许多受压迫的农民形象,实际上也就是写了我自己"。

诗是感情的产物。这情感来自真实的体验。正因为诗人以老马为对应物,发抒真实诚挚的热情,所以才动人。这是这首诗有感发力量的原因。但形象大于思想,诗人塑造的诗的形象,包括诗寄托的感情,有普遍的意义。读者接受时,期待视野放大到农民乃至全中国劳动人民苦难的形象,都是可以的。因此,从诗的客观意义上说,这首诗写的是农民,是更广大的劳苦人民,是诗人自己,或者从本体来说,就是一匹载重的老马。

这首诗体现了作者的艺术风格。诗人写诗用语十分简约凝练,凝练到甚至超过具象的描写而达到写神的程度。你看这首《老马》上半部分写的是实相,下半部分写的是虚情。但写实相,并非"描头画角",如一般画家写它的鬃毛、肌肉、奔蹄等等,而是写一个规定情景下老马的神态、负重忍苦的形象。它当然是感情的自我呈现,但已经有一种提升和超拔。下半部分以虚情为主,但有描述性的一句"它抬起头望望前面",也就将主体形象点明了。但无论是心态还是情节,无不刻画老马的遭际与命运,其中积淀了多少情感,包容了多少内涵。"我的每一篇诗,都是经验的结晶。"诗人这样说。《老马》是诗的晶体,诗人投入的感情与它对外的折射,意蕴凝结而发出万丈光华。

凝练还表现在字句的洁练上。"总得叫大车装个够",第一句陡然而来,一下子进入规定情景,没有赘词累句,诗就是精金美玉,容不得一点沙子;"背上的压力往肉里扣",一个"扣"字,把老马肉体和精神上承担的重压全表现了。王国维在《人间词话》里曾提到着一字境界即可全出,《老马》这里着一"扣"字则境界全出矣。"眼里飘来一道鞭影",这一句也炼得好,好在不平实,整句生动、鲜明不说,它还指明老马前行没有松劲,虽没有挨到鞭打,但又在鞭影笼罩之下。淡写极浓,轻句实重,显示了诗人文字锤炼的功力。

壮士心

江庵的夜和着青灯残了,
壮士的梦正灿烂地开花,

枕着一卷兵书，一支剑，
灯光开出了一头白发。

突然睁大了眼睛，战鼓在催他，
（深殿里木鱼一声又一声。）
跨出门来，星斗恰似当年，
铁衣上响着塞北的朔风。

前面分明是万马奔腾，
他举起剑来嘶喊了一声，
从此不见壮士归来，
门前的江潮夜夜澎湃。

一九三四年一月十一日于青岛

"一条溪水冷涩的流着，长江大河的气势，这时节从我的诗里很少找得到。"臧克家在他的第一部诗集《烙印》出版后，曾这样反省自己。诗人决定要向博大雄健发展。

这首《壮士心》正是他自觉开阔自己诗境的佳作。全诗共分三节，写一个壮士从淹留中奋起，决然上马杀敌的一段故事。据作者在《甘苦寸心知》里说是"听了一个传说的故事写成"。故事是局部与瞬间的际遇，诗是抉择典型事件而挖掘永恒的诗情与诗心。臧克家正是这样做的。读了全诗，我们并不需要了解壮士何名何姓，在什么年代什么地方，而是要感受那股决然而起、奋勇杀敌的壮烈情怀给我们的震撼与激荡。

这首诗用简练的笔法写了三个场景，像电影的三个镜头组接在一起，又有一个动态的发展过程。第一节是一个静的场景。第一句"江庵的夜和着青灯残了"，既交代地方又说明时间。这个"和"是动字，简洁如画的一句渲染了一种寂寥的气氛。"壮士的梦正灿烂地开花"，与上一句作映衬,写壮士虽在沉睡中仍然向往着热烈的行动。这里对成语"梦笔生花"的改造,一点儿也不落俗套,沸腾着诗情。下面两句写实又内含深意。"枕着一卷兵书,一支剑",写壮士身份,而"灯光开出了一头白发",说尽岁月的蹉跎和英雄迟暮的感慨。到了第二节,是壮士的自觉惊醒,是战鼓催人吗?括号里说是木鱼声声,这与上句"江庵"呼应。"星斗恰似当年"一句包容多少时间和故事,想见壮士当年的英勇。第三节,壮士举剑,在万马奔腾里前进。这一句留有很大空间,是想象中的战斗还是真实的战斗?反正壮士走了,留下江潮夜夜澎湃。

诗就是诗,黑格尔曾以为艺术的生命就是贯注于作品的"生气"。什么是"生气"呢?这就是艺术结构的表现功能,它激发人的生命感受,如人的经验、理想、欲望、情感等,诗正是这样一种艺术的激发机制。写《壮士心》正体现了诗人之心,又激发了读者的心,在当时生与死搏战的大时代,每一个人都应当义无反顾,奋然前行!

三 代

孩子
在土里洗澡;
爸爸
在土里流汗;
爷爷
在土里葬埋。

一九四二年

在大自然景色和北方饥饿农民中成长的臧克家,他的脉管里流着农民的血。他关注和同情农民的命运,泥土之歌是他最倾心也最擅长的歌,所以有人径直称他为"农民诗人"。

臧克家在1943年出版了《泥土的歌》，书一问世，就引起震动。其中有一首《三代》，只有六行，二十一个字，但字字如火一样点燃和触动了广大读者的心。

诗人用泥土一样本色的语言，概括了中国农民的命运。有人说这是用独特语言方式展现的一部长篇小说，一本大部头历史。横看，是一部描写一个农家命运的长篇小说；竖看，是在泥土里磨尽一生的一代代农民组成的历史记录；具象看，描写了农民与泥土既是朋友又是对手的画面；抽象看，揭露了几千年中国北方旧农村中地主对农民的敲骨吸髓的剥削。它简到无可再简，但留下广大的艺术空间，让读者用想象来填补。

艺术上的简化，是诗歌很重要的创作原则。臧克家诗质的一个特点就是凝练。它是通过诗人酝酿、推敲、锤炼而后达到简化的极致。简化所获得的仍是具象物，然而这个具象物却包含了更多的内容，更具有普遍意义。《三代》虽短，却浓缩了土地上人的永恒的命运，表现了三代人的生活，使意象"土地"的情感内含得到极大的扩展，意味极为深长。

这首诗在建行上有一番艺术用心。本来是三个排句，却分成六行，这就在视觉上起了突出三代的效果。建行能加深印象，而相同的排列，则增强了节奏感。一首短诗也有排比反复的韵律。这些都是新诗与旧体诗不同的地方。臧克家在这里充分发挥了新诗的特点，注意到行的均齐，句的匀称。一字不易，都排在自己的最佳位置，达到意深诗美的高境界。

春　鸟

当我带着梦里的心跳，
睁大发狂的眼睛，

把黎明叫到了我的窗纸上——
你真理一样的歌声。
我吐一口长气,
扪一下心胸,
从床上的恶梦
走进了地上的恶梦。
歌声,
像煞黑天上的星星,
越听越灿烂
像若干只女神的手
一齐按着生命的键。
美妙的音流
从绿树的云间,
从蓝天的海上,
汇成了活泼自由的一潭。
是应该放开嗓子
歌唱自己的季节,
歌声的警钟
把宇宙
从冬眠的床上叫醒,
寒冷被踏死了,
到处是东风的脚踪。
你的口
歌向青山,
青山添了媚眼;
你的口
歌向流水,
流水野孩子一般;

你的口

歌向草木,

草木开出了青春的花朵;

你的口

歌向大地,

大地的身子应声酥软;

蛰虫听到你的歌声,

揭开土被

到太阳底下去爬行;

人类听到你的歌声

活力冲涌得仿佛新生;

而我,有着同样早醒的一颗诗心,

也是同样的不惯寒冷,

我也有一串生命的歌,

我想唱,像你一样,

但是,我的喉头上锁着链子,

我的嗓子在痛苦的发痒。

一九四二年五月二十日晨万鸟声中,
写于河南叶县寺庄

臧克家在一封信中说:"《春鸟》是我自己最喜爱的作品之一,即使从我所写的二十几本诗集中挑选五首,我也会挑选它的。"(臧克家《关于春鸟》,《中学语文教学》1983 年第 7 期)

《春鸟》写于 1942 年,他写了聆听春鸟歌声的欢欣并抒发了对黑暗现实的不满。

诗人在上述所引信中说:"关于《春鸟》,主要之点有二:在内容方面,有象征意义;在比喻方面,运用了'通感'。"

第一点使我们读诗释了疑。本来这首诗主要写春鸟歌声的美丽动

听,从整体上构成这样的诗情诗境,结构上有圆满的美。但出现一两句属于抒情主人公恶劣心态的记录,使全诗情调上有抵牾和矛盾。这是为什么呢?原来作者当时从事战地抗日宣传活动,因他主编的刊物发表了一篇宣传马列主义文艺观的文章,受到反动政府的迫害。作家在《诗与生活》一文中说:"我那首题名《春鸟》的诗,就是在这种郁愤的心情下,于一九四二年五月二十日晨,万鸟声中,在河南叶县寺庄写的。"

就整体看,臧克家的诗总给人以凝重沉郁的感觉,而这首诗华美活泼,有浪漫主义的气息,这说明大作家有不同笔墨。

全诗在比喻的基础上又运用了通感。春鸟的歌声像光的灿烂,像水的流动,像花的开放。而"你的口/歌向青山,/青山添了媚眼;/你的口/歌向流水,/流水野孩子一般;/你的口/歌向草木,/草木开出了青春的花朵;/你的口/歌向大地,/大地的身子应声酥软",一连串的排比,夹着富有通感的比喻,是作者饱含着"诗心"精心结构的。

艾青

艾青（1910—1996），原名蒋海澄，笔名莪伽等。浙江金华人。1928年入国立西湖艺术院学习绘画，1929年赴法国勤工俭学，并开始诗歌创作。1932年回国，在上海参加中国左翼美术家联盟，不久被捕入狱。1933年发表《大堰河——我的保姆》，轰动诗坛。1941年去延安，任教于鲁迅艺术文学院文学系。中华人民共和国成立后，历任《人民文学》副主编、中国作协副主席等职。著有《大堰河》《他死在第二次》《旷野》《火把》《北方》《向太阳》《反法西斯》《黎明的通知》等诗集。

透明的夜

一

透明的夜。

……阔笑从田堤上煽起……
一群酒徒，望
沉睡的村，哗然地走去……
村，
狗的吠声，叫颤了
满天的疏星。

村,
沉睡的街
沉睡的广场,冲进了
醒的酒坊。
酒,灯光,醉了的脸
放荡的笑在一团……

"走
　　到牛杀场,去
喝牛肉汤……"

二

酒徒们,走向村边
进入了一道灯光敞开的门,
血的气息,肉的堆,牛皮的
热的腥酸……
人的嚣喧,人的嚣喧。

油灯像野火一样,映出
十几个生活在草原上的
泥色的脸。

这里是我们的娱乐场,
那些是多谙熟的面相,
我们拿起
热气蒸腾的牛骨
大开着嘴,咬着,咬着……

"酒，酒，酒
我们要喝。"

油灯像野火一样，映出
牛的血，血染的屠夫的手臂，
溅有血点的
　屠夫的头额。

油灯像野火一样，映出
我们火一般的肌肉，以及
——那里面的——
痛苦，愤怒和仇恨的力。

油灯像野火一样，映出
——从各个角落来的——
夜的醒者
醉汉
浪客
过路的盗
偷牛的贼……

"酒，酒，酒
我们要喝。"

三

…………

"趁着星光，发抖
　我们走……"
阔笑在田堤上煽起……
一群酒徒，离了
沉睡的村，向
沉睡的原野
　哗然地走去……

夜，透明的
夜！

一九三二年九月十日

　　《透明的夜》是艾青写得最早的诗之一。有论者认为：这首诗是艾青从学画转为诗歌创作从而成为诗人的重要契机，这主要是由这首诗本身所具有的开创性的艺术魅力和活力所决定的，这是他一生中最初升起的一首朝阳一般灿烂的诗（参见牛汉《黎明前的野火》）。

　　关于这首诗的主题，艾青自己曾有说明："它是歌颂一群人的力量，歌颂他们在黑暗中粗暴的反抗的力量。"

　　诗有三节。在顺向中写一群酒徒，在沉睡的村庄间阔笑着，哗然走着。他们走进酒坊，喝醉了酒，又向杀牛场奔去，在血的腥气中，在野火一样的灯光下割肉喝酒，喧喊叫闹，然后又向沉睡的村庄和原野走去。

　　这首诗在20世纪30年代初发表，犹如一把野火投向黑夜沉沉、死寂无声的中国，它点燃了昏睡者的人心，喊醒了麻木者的灵魂。

　　《透明的夜》这一艾青诗歌创作的起点就显示了其诗作的特色：它不受格律的制约，用散文化的句式与诗行，于参差错落中营造了一个火烫的夜境，描写了炽热的生命形象。"透明的夜"给你呈现了一个明晰的真实的境界，你听到酒徒的阔笑、狗的吠声、杂沓的步履，你看到醒的酒坊、野火一样的灯、火一般的肌肉、血染的头部和手臂，你闻到热气、酒气、血腥气，你感受到内在的痛苦、愤怒和仇恨。你好像也跟着这群夜的醒者、醉汉、过路的盗、偷牛的贼，向溅有血点的沉睡的原野哗然走去。

诗人选取了单纯而强烈的意象组合，以自然朴素的语言，用画面叠加的气氛和色调，渲染出苦难人种的叛逆精神和生命力度。这不仅给窒闷的心灵作了野性的冲击，而且给当年苍茫沉寂的诗坛带来纯新强健的生气。

大堰河
——我的保姆

　　大堰河，是我的保姆。
　　她的名字就是生她的村庄的名字，
　　她是童养媳，
　　大堰河，是我的保姆。

　　我是地主的儿子；
　　也是吃了大堰河的奶而长大了的
　　大堰河的儿子。
　　大堰河以养育我而养育她的家，
　　而我，是吃了你的奶而被养育了的，
　　大堰河啊，我的保姆。

　　大堰河，今天我看到雪使我想起了你：
　　你的被雪压着的草盖的坟墓，
　　你的关闭了的故居檐头的枯死的瓦菲，

你的被典押了的一丈平方的园地,
你的门前的长了青苔的石椅,
大堰河,今天我看到雪使我想起了你。

你用你厚大的手掌把我抱在怀里,抚摸我;
在你搭好了灶火之后,
在你拍去了围裙上的炭灰之后,
在你尝到饭已煮熟了之后,
在你把乌黑的酱碗放到乌黑的桌子上之后,
在你补好了儿子们的为山腰的荆棘扯破的衣服之后,
在你把小儿被柴刀砍伤了的手包好之后,
在你把夫儿们的衬衣上的虱子一颗颗的掐死之后,
在你拿起了今天的第一颗鸡蛋之后,
你用你厚大的手掌把我抱在怀里,抚摸我。

我是地主的儿子,
在我吃光了你大堰河的奶之后,
我被生我的父母领回到自己的家里。
啊,大堰河,你为什么要哭?

我做了生我的父母家里的新客了!
我摸着红漆雕花的家具,
我摸着父母的睡床上金色的花纹,
我呆呆地看着檐头的我不认得的"天伦叙乐"的匾,
我摸着新换上的衣服的丝的和贝壳的纽扣,
我看着母亲怀里的不熟识的妹妹,
我坐着油漆过的安了火钵的炕凳,
我吃着碾了三番的白米的饭,

但，我是这般忸怩不安！因为我
我做了生我的父母家里的新客了。

大堰河，为了生活，
在她流尽了她的乳液之后，
她就开始用抱过我的两臂劳动了；
她含着笑，洗着我们的衣服，
她含着笑，提着菜篮到村边的结冰的池塘去，
她含着笑，切着冰屑悉索的萝卜，
她含着笑，用手掏着猪吃的麦糟，
她含着笑，扇着炖肉的炉子的火，
她含着笑，背了团箕到广场上去
  晒好那些大豆和小麦，
大堰河，为了生活，
在她流尽了她的乳液之后，
她就用抱过我的两臂，劳动了。

大堰河，深爱着她的乳儿；
在年节里，为了他，忙着切那冬米的糖，
为了他，常悄悄地走到村边的她的家里去，
为了他，走到她的身边叫一声"妈"，
大堰河，把他画的大红大绿的关云长
  贴在灶边的墙上，
大堰河，会对她的邻居夸口赞美她的乳儿；
大堰河曾做了一个不能对人说的梦：
在梦里，她吃着她的乳儿的婚酒，
坐在辉煌的结彩的堂上，
而她的娇美的媳妇亲切地叫她"婆婆"

……………
大堰河,深爱她的乳儿!

大堰河,在她的梦没有做醒的时候已死了。
她死时,乳儿不在她的旁侧,
她死时,平时打骂她的丈夫也为她流泪,
五个儿子,个个哭得很悲,
她死时,轻轻地呼着她的乳儿的名字,
大堰河,已死了,
她死时,乳儿不在她的旁侧。

大堰河,含泪的去了!
同着四十几年的人世生活的凌侮,
同着数不尽的奴隶的凄苦,
同着四块钱的棺材和几束稻草,
同着几尺长方的埋棺材的土地,
同着一手把的纸钱的灰,
大堰河,她含泪的去了。

这是大堰河所不知道的:
她的醉酒的丈夫已死去,
大儿做了土匪,
第二个死在炮火的烟里,
第三,第四,第五
在师傅和地主的叱骂声里过着日子。
而我,我是在写着给予这不公道的世界的咒语。
当我经了长长的飘泊回到故土时,
在山腰里,田野上,

兄弟们碰见时,是比六七年前更要亲密!
这,这是为你,静静的睡着的大堰河
所不知道的啊!

大堰河,今天,你的乳儿是在狱里,
写着一首呈给你的赞美诗,
呈给你黄土下紫色的灵魂,
呈给你拥抱过我的直伸着的手,
呈给你吻过我的唇,
呈给你泥黑的温柔的脸颜,
呈给你养育了我的乳房,
呈给你的儿子们,我的兄弟们,
呈给大地上一切的,
我的大堰河般的保姆和她们的儿子,
呈给爱我如爱她自己的儿子般的大堰河。

大堰河,
我是吃了你的奶而长大了的
你的儿子
我敬你
爱你!

一九三三年一月十四日　雪朝

《大堰河——我的保姆》是艾青的成名之作。这是一个地主阶级叛逆的儿子献给他的真正母亲——中国大地上善良而不幸的普通农妇的颂歌。

这首诗感情真挚深切。诗中反复陈述"大堰河,是我的保姆",诗人是地主的儿子,长在"大堰河"的怀中,吮吸着她的乳汁。这不仅养育了诗人的身体，也养育了诗人的感情。诗人深深领受了她的爱，及至上学的年龄离开养母回到亲生父母身边的时候，他感到亲生父母的陌生，更感到养母对他的重要。养母正直、善良、朴素的品格影响了诗人的一生。这首诗从头到尾，始终围绕"我"与"她"的关系来写，他对大堰河深厚的感情，都表现在娓娓动情的陈述之中。他在监狱里，看见了雪就想到大堰河"被雪压着的草盖的坟墓"，想起她的故居园地，想起她对他的关怀和爱……于是他用深情的诗，表现了大堰河的具体劳作情景，也写了她心灵深处的感情波纹，就连她美丽的梦境，也同对乳儿的"幸福命运"的祝愿融合在一起。有了这样的真情、这样的心灵，才使这位劳动妇女的形象更加崇高、完美，所以诗人要把热烈的颂扬，"呈给大地上一切的，/我的大堰河般的保姆和她们的儿子，/呈给爱我如爱她自己的儿子般的大堰河"。这样就使"大堰河"以某种象征意义，升华为永远与山河、村庄同在的人民的化身，或者说是中国农民的化身。

艾青在《大堰河——我的保姆》中开始表现他诗作的艺术特色，他首先是从"感觉"出发，像印象派画家那么重视感觉和感受，而且注意主观情感对感觉的渗入与融合，并在二者的融合中产生出多层次的联想，创造出既清晰又具有广阔象征意义的视觉形象。诗总是具体的、有着鲜明形象的，如这首诗写大堰河的劳作，写大堰河的笑，写大堰河的爱和死，都呈现可视可感的立体的意象符号附加形容。最后叠句、排比句的运用，如"呈给你黄土下紫色的灵魂，/呈给你拥抱过我的直伸着的手，/呈给你吻过我的唇，/呈给你泥黑的温柔的脸颜，/呈给你养育了我的乳房"，保证了语言的形象性。这也是艾青诗作的艺术魅力的奥秘所在，他后来的诗作更自觉地将它发扬光大了。

窗

在这样绮丽的日子
我悠悠地望着窗
也能望见她
她在我幻想的窗里
我望她也在窗前
用手支着丰满的下颔
而她柔和的眼
则沉浸在思念里

在她思念的眼里
映着一个无边的天
那天的颜色
是梦一般青的
青的天的上面
浮起白的云片了
追踪那云片
她能望见我的影子

是的,她能望见我
也在这样的日子
因我也是生存在
她幻想的窗里的

《窗》是艾青写于1936年的抒情诗。

这首诗构想非常巧妙。诗人的思绪与情感从头到结束都离不开窗,但借助于想象,却开拓出浓郁情感的新天地。

"在这样绮丽的日子/我悠悠地望着窗",诗一开头就设定了抒情主人公所处的环境与位置。日子用"绮丽"形容,"我"是"悠悠然",可见心境的美好与闲适,这正是年轻人坠入爱河的情景。

"我"望着窗,人们以为会将窗实写下去,窗前窗里可能演展动人的故事。然而这首诗并没有这样写,而是写望见她,"她在我幻想的窗里"。幻想的窗自然是虚的,然而幻想里出现实景,"我望她也在窗前/用手支着丰满的下颌/而她柔和的眼/则沉浸在思念里"。诗人幻想构成她的图景,不仅用想象填补感情的"空筐",而且说她"沉浸在思念里"。情感激活了对象,"我"的感情对象化;反之,对象的感情又反射过来,真如古诗所说的"身无彩凤双飞翼,心有灵犀一点通"。移情作用,如此写法,实在新颖而真挚。

幻想还是大轮廓,诗人要用深情来细描,眼睛是心灵的窗子,由窗及于情人的眼,他接下来就写道:

> 在她思念的眼里
> 映着一个无边的天
> 那天的颜色
> 是梦一般青的
> 青的天的上面
> 浮起白的云片了
> 追踪那片云
> 她能望见我的影子

这一段集中写她的眼睛,也是诗眼、诗的光辉所在。古往今来,真正形容到眼睛本身,并没有多少言词好说,"眼波"呀,"眉峰"呀,等等。而诗人写眼里有"无边的天""天的颜色","青的天的上面"有白的云片;再从"白的云片"说这不是静的影像的停留,"追踪那云片","她能望见我的影子"。读到这里,我们惊叹诗人的幻想力,更惊异诗人感情的充溢，想象到哪里，情感就跟着到哪里，爱的力量真是神奇强大到无边无际，无所不在。但作者的幻象也不完全是超现实的，窗这一意象本来就能产生玉人倚立、凝望的图景，眼睛就是有青白二色。

最后，写"我"也在她幻想的窗里，和前面呼应，更重要的是心心相印，互放爱情的光芒，包孕在一起，更增加了爱的力度，使诗情得到完整体现，在诗形上也体现为一个整饬的结构。

艾青这样的诗作不多，唯其不多，更加可贵。

太　阳

从远古的墓茔
从黑暗的年代
从人类死亡之流的那边
震惊沉睡的山脉
若火轮飞旋于沙丘之上
太阳向我滚来……

它以难遮掩的光芒
使生命呼吸
使高树繁枝向它舞蹈
使河流带着狂歌奔向它去

当它来时，我听见
冬蛰的虫蛹转动于地下
群众在旷场上高声说话
城市从远方
用电力与钢铁召唤它

于是我的心胸

被火焰之手撕开

陈腐的灵魂

搁弃在河畔

我乃有对于人类再生之确信

一九三七年春

《太阳》以深沉博大的气势撼动人心。

这首诗作于1937年。这一历史时期,呈现光明与黑暗的大搏斗。帝国主义发动侵略战争,反动当权政府只顾自身的利益,要把中国推向黑暗的深渊;而人民的革命力量正在觉醒,团结一致,奋起抗争,为建立光明自由的新中国而前仆后继。敏感的诗人看到了希望,于是写了这首诗,讴歌太阳,讴歌一个伟大的时代快要到来。

诗不长,以太阳的运行,表现了三个层次。

第一个层次写太阳轰然而来的气势和悲壮的情景。太阳从哪里来?太阳从远古的墓茔,从人类死亡之流的那边,穿过黑暗,飞过沙丘而来,这象征着光明是在与黑暗的搏斗中取得胜利的。诗人从人民的底层走来,他感受到历史的沉重和生活的艰辛,更对人民的苦难体切尤深,但他坚信:时代的光明与民族的新生需要付出鲜血和牺牲,但光明与新生是历史的发展趋势,终不可阻挡。"太阳向我滚来",使我们看到一个民族自信的身影,他正张开双臂,要拥有一个新世界!

第二个层次写光明的到来,不仅使万物复苏,而且带来科学技术昌明的时代。对于这些,诗人用鲜活的意象点染呈现,如"生命呼吸","高树繁枝向它舞蹈","河流带着狂歌奔向它去","冬蛰的虫蛹转动于地下","群众在旷场上高声说话","城市从远方/用电力与钢铁召唤它"。他所用的都是"既熟悉又陌生""新鲜而单纯""富有人间味"的意象与语言,是一种象征与暗示,引起人们的直觉与联想,使人们感到活力和热流,感到时代的脉搏跃动。

第三个层次写诗人自己的投入，通过自我与太阳的拥抱，丢弃了陈腐阴郁的灵魂，而获得对人类再生的希望与确信。光明感与苦难感一直交织在诗人的心胸，这也是他写诗的基调。现在到了转折的时刻，太阳向诗人滚来，他以这首对太阳的颂歌和他以后更富"新质"的诗作，证明了他的信念。

读艾青的《太阳》，我们只要体会到诗人那来自历史的深厚力量，那植根于人民心灵深处的爱憎感情，那以鲜明的意象和具有流动感与弹力的语言风格构建的富美世界，我们就会认识到，不论写长诗还是写小诗，艾青都体现了大气派、大形象。在中国新诗发展史上，艾青是个大诗人。

雪落在中国的土地上

雪落在中国的土地上，
寒冷在封锁着中国呀……

风，
像一个太悲哀了的老妇，
紧紧地跟随着
伸出寒冷的指爪
拉扯着行人的衣襟，
用着像土地一样古老的话
一刻也不停地絮聒着……

那从林间出现的，
赶着马车的
你中国的农夫

戴着皮帽
冒着大雪
你要到哪儿去呢?

告诉你
我也是农人的后裔——
由于你们的
刻满了痛苦的皱纹的脸
我能如此深深地
知道了
生活在草原上的人们的
岁月的艰辛。

而我
也并不比你们快乐啊
——躺在时间的河流上
苦难的浪涛
曾经几次把我吞没而又卷起——
流浪与监禁
已失去了我的青春的
最可贵的日子,
我的生命
也像你们的生命
一样的憔悴呀。

雪落在中国的土地上,
寒冷在封锁着中国呀……

沿着雪夜的河流，
一盏小油灯在徐缓地移行，
那破烂的乌篷船里
映着灯光，垂着头
坐着的是谁呀？

——啊，你
蓬发垢面的少妇，
是不是
你的家
——那幸福与温暖的巢穴——
已被暴戾的敌人
烧毁了么？
是不是
也像这样的夜间，
失去了男人的保护，
在死亡的恐怖里
你已经受尽敌人刺刀的戏弄？

咳，就在如此寒冷的今夜，
无数的
我们的年老的母亲，
都蜷伏在不是自己的家里，
就像异邦人
不知明天的车轮
要滚上怎样的路程……
——而且
中国的路

是如此的崎岖
是如此的泥泞呀。

雪落在中国的土地上,
寒冷在封锁着中国呀……

透过雪夜的草原
那些被烽火所啮啃着的地域,
无数的,土地的垦殖者
失去了他们所饲养的家畜
失去了他们肥沃的田地
拥挤在
生活的绝望的污巷里:
饥馑的大地
朝向阴暗的天
伸出乞援的
颤抖着的两臂。

中国的苦痛与灾难
像这雪夜一样广阔而又漫长呀!

雪落在中国的土地上,
寒冷在封锁着中国呀……

中国,
我的在没有灯光的晚上
所写的无力的诗句
能给你些许的温暖么?

一九三七年十二月二十八日夜间

"雪落在中国的土地上，/寒冷在封锁着中国呀……"这两句诗对当时的社会现实有很大的概括性，又浓浓地沾上诗人的主观情愫，我们读了，也被这两行诗的寒冷所震慑，并从中体会到一种悲壮雄浑的意味。

　　1937年12月，诗人怀着投入民族解放斗争的决心，从家乡浙江来到武汉。但他看到这个号称抗战中心的大城市里，全然没有紧张振作的工作气氛，反动当权者作威作福，人民在受难受苦，他意识到通往胜利的道路十分艰辛曲折，心头充满了愤懑和悲哀。在一个阴冷晦暗的天气里，他披衣伏案，写下了这首弥漫着透骨寒战的诗。

　　《雪落在中国的土地上》一经发表，就引起强烈反响，主要是因为它饱含了诗人的真情，具有感染广大读者的艺术力量，有力地冲破了全民族抗日战争初期诗歌平庸浮浅的乐观调子，犹如深沉激越的钟声，撞击着广大人民的心灵。

　　一开始，这两行诗像主旋律一样，以它反复回荡的气韵，构成了贯串全诗的基本情绪和主题，接着把战争实际空间置于真实的基础上，用一幅幅画面向四方扩展。寒冷似乎向你逼来，首先是风的出现，它"伸出寒冷的指爪/拉扯着行人的衣襟，/用着像土地一样古老的话/一刻也不停地絮聒着……"这使人们感到风的无法躲避和它那古老哀伤的声音，把人们带到更沉重的历史深处。于是诗人叙述自己的命运和遭遇，告白自己和古老的民族与土地的命运是血肉相连的。随着诗人心理的推移而推移的事象，在雪的寒冷里，看见在战争中遭到蹂躏和杀戮的善良妇女，还有年老的奔波在流亡道路上的母亲……诗人深情地呼号："中国的路/是如此的崎岖/是如此的泥泞呀。"这是对当时现实情景的概括，也是对未来严峻岁月的预告，更是悲愤情绪的激响。最后，诗人出现了，他希望自己的诗句能给人以温暖，表达了献身的决心。这首诗不是表达他对生活的灰心和绝望，而是表达他对美好生活、对民族胜利的执着追求与信念。诗人自己说，应该"把忧郁与悲哀，看成一种力"（艾青《诗论》）。

我爱这土地

假如我是一只鸟,
我也应该用嘶哑的喉咙歌唱:
这被暴风雨所打击着的土地,
这永远汹涌着我们的悲愤的河流,
这无止息地吹刮着的激怒的风,
和那来自林间的无比温柔的黎明……
——然后我死了,
连羽毛也腐烂在土地里面。

为什么我的眼里常含泪水?
因为我对这土地爱得深沉……

一九三八年十一月十七日

土地,是艾青诗歌的中心意象。

在土地的意象里,凝聚着诗人对祖国——大地母亲最深沉的爱。爱国主义是艾青作品中永远唱不完的主题,而最动人的就是这首《我爱这土地》。

诗用"假如"开头,是把诗人自己比作鸟。用"鸟"这一意象是为了更好地体现诗情,把主观感受渗透到意象中,使诗具体可感,从象征中获得更强的审美快感。而且这只"鸟"不是通常的鸟,它用嘶哑的喉咙歌唱,唱得不止,唱得出血,唱得到死,"连羽毛也腐烂在土地里面"。这样的决心,这样的感情,把诗人对土地之爱,真表现得淋漓尽致!

诗中歌唱的对象是土地、河流、风、黎明。诗人在这些中心词语前面加上"悲愤的""激怒的""温柔的"修饰语,不仅是为了展现歌唱对象的神采风貌,使之富有立体感、生命力,而且是为了组成长句,在散文美的句式里抒发缠绵深沉的感情。这是艾青诗形的特色。正在酣畅淋漓地把他的爱献给对象时，突然来一个转折，突出"我死了"，并把身躯也献给土地。诗完成了一个描述和抒情的过程。我们和诗人一样，都深深沉浸在庄严肃穆的境界里。

诗到此完了吗？没有！它隔开一行，让人们的情感先有一个停顿，似乎是音乐的休止符，然后蓄足气，积聚力，终于奔进而出一个最高音，唱出最后两句：

> 为什么我的眼里常含泪水？
> 因为我对这土地爱得深沉……

于是这两句诗如洪钟大吕，有力地撼动读者，永远在读者心灵深处回荡。

于是一提到艾青，读者马上就想起这两句诗，升腾起炽烈的爱国感情。

吹号者

好像曾经听到人家说过，吹号者的命运是悲苦的，当他用自己的呼吸摩擦了号角的铜皮使号角发出声响的时候，常常有细到看不见的血丝，随着号声飞出来……

吹号者的脸常常是苍黄的……

一

在那些蜷卧在铺散着稻草的地面上的
困倦的人群里，
在那些穿着灰布衣服的污秽的人群里，

他最先醒来——
他醒来显得如此突兀
每天都好像被惊醒似的,
是的,他是被惊醒的,
惊醒他的
是黎明所乘的车辆的轮子
滚在天边的声音。

他睁开了眼睛,
在通宵不熄的微弱的灯光里
他看见了那挂在身边的号角,
他困惑地凝视着它
好像那些刚从睡眠中醒来
第一眼就看见自己心爱的恋人的人
一样欢喜——
在生活注定给他的日子当中
他不能不爱他的号角;

号角是美的——
它的通身
发着健康的光采,
它的颈上
结着绯红的流苏。

吹号者从铺散着稻草的地面上起来了,
他不埋怨自己是睡在如此潮湿的泥地上,
他轻捷地绑好了裹腿,
他用冰冷的水洗过了脸,

他看着那些发出困乏的鼾声的同伴，
于是他伸手携去了他的号角；

门外依然是一片黝黑，
黎明没有到来，
那惊醒他的
是他自己对于黎明的
过于殷切的想望。

他走上了山坡，
在那山坡上伫立了很久，
终于他看见这每天都显现的奇迹：
黑夜收敛起她那神秘的帷幔，
群星倦了，一颗颗地散去……
黎明——这时间的新嫁娘啊
乘上有金色轮子的车辆
从天的那边到来……
我们的世界为了迎接她，
已在东方张挂了万丈的曙光……
看，
天地间在举行着最隆重的典礼……

二

现在他开始了，
站在蓝得透明的天穹的下面，
他开始以原野给他的清新的呼吸
吹送到号角里去，

——也夹带着纤细的血丝么?
使号角由于感激
以清新的声响还给原野,
——他以对于丰美的黎明的倾慕
吹起了起身号,
那声响流荡得多么辽远啊……

世界上的一切,
充溢着欢愉
承受了这号角的召唤……

林子醒了
传出一阵阵鸟雀的喧吵,
河流醒了
召引着马群去饮水,
村野醒了
农妇匆忙地从堤岸上走过,
旷场醒了
穿着灰布衣服的人群
从披着晨曦的破屋中出来,
拥挤着又排列着……

于是,他离开了山坡,
又把自己消失到那
无数的灰色的行列中去。
他吹过了吃饭号,
又吹过了集合号,
而当太阳以轰响的光采

辉煌了整个天穹的时候,
他以催促的热情
吹出了出发号。

三

那道路
是一直伸向永远没有止点的天边去的,
那道路
是以成万人的脚踩踏着
成千的车轮滚辗着的泥泞铺成的,
那道路
连结着一个村庄又连结一个村庄,
那道路
爬过了一个土坡又爬过一个土坡,
而现在
太阳给那道路镀上了黄金了,
而我们的吹号者
在阳光照着的长长的队伍的最前面,
以行进号
给前进着的步伐
做了优美的拍节……

四

灰色的人群
散布在广阔的原野上,
今日的原野呵,

已用展向无限去的暗绿的苗草
给我们布置成庄严的祭坛了：
听，震耳的巨响
响在天边，
我们呼吸着泥土与草混合着的香味，
却也呼吸着来自远方的烟火的气息，
我们蛰伏在战壕里，
沉默而严肃地期待着一个命令，
像临盆的产妇
痛楚地期待着一个婴儿的诞生，
我们的心胸
从来未曾有像今天这样的充溢着爱情，
在时代安排给我们的
——也是自己预定给自己的
生命之终极的日子里，
我们没有一个不是以圣洁的意志
准备着获取在战斗中死去的光荣啊！

五

于是，惨酷的战斗开始了——
无数千万的战士
在闪光的惊觉中跃出了战壕，
广大的，激剧的奔跑
威胁着敌人地向前移动……
在震撼天地的冲杀声里，
在决不回头的一致的步伐里，
在狂流般奔涌着的人群里，

在紧密的连续的爆炸声里，
我们的吹号者
以生命所给与他的鼓舞，
一面奔跑，一面吹出了那
短促的，急迫的，激昂的，
在死亡之前决不中止的冲锋号，
那声音高过了一切，
又比一切都美丽，
正当他由于一种不能闪避的启示
任情地吐出胜利的祝祷的时候，
他被一颗旋转过他的心胸的子弹打中了！
他寂然地倒下去
没有一个人曾看见他倒下去，
他倒在那直到最后一刻
　都深深地爱着的土地上，
然而，他的手
却依然紧紧地握着那号角；

在那号角滑溜的铜皮上，
映出了死者的血
和他的惨白的面容；
也映出了永远奔跑不完的
　带着射击前进的人群，
　和嘶鸣的马匹，
　和隆隆的车辆……
而太阳，太阳
使那号角射出闪闪的光芒……

听啊,

那号角好像依然在响……

一九三九年三月末

艾青的《吹号者》以诗的语言为人物雕塑,同时以至深的感情赞颂战士的牺牲。

艾青的诗是中国新诗中最具有散文美的,他自己曾以为"散文是先天的,比韵文美",它最接近口语,"新鲜而单纯","富有人间味,它使我们感到无比的亲切"(艾青《诗的散文美》)。从这首《吹号者》来看,正是借助于自由体诗的形式,用散文化的笔法,才细致深刻并富有感情地把一个普通的战士——吹号者对于职责的忠诚、对于工作的自豪、对于冲锋的呐喊,以及最后壮烈的牺牲,刻画得如此鲜明真实,而且自自然然地把整首诗的情感升华到了圣洁的境界。

诗作用五章描写了号手工作的全过程,是一天也是一生,简洁凝练地成为一个民族的象征:惊醒—战斗—牺牲—再前进。

吹号者是最先把"黎明的通知"传送的使者。"他最先醒来——/他醒来显得如此突兀/每天都好像被惊醒似的,/是的,他是被惊醒的,/惊醒他的/是黎明所乘的车辆的轮子/滚在天边的声音。""惊醒"这个词语重复几次,旨在着重强调他的责任感;他对号角的欢喜与爱,他对于黎明的"过于殷切的想望"。在第二章里,诗人为吹号者塑形:"站在蓝得透明的天穹的下面,/他开始以原野给他的清新的呼吸/吹送到号角里去,/——也夹带着纤细的血丝么?/使号角由于感激/以清新的声响还给原野,/——他以对于丰美的黎明的倾慕/吹起了起身号,/那声响流荡得多么辽远啊……//世界上的一切,/充溢着欢愉/承受了这号角的召唤……"在诗前的小序里,诗人说,"吹号者的命运是悲苦的",吹号时,"常常有细到看不见的血丝,随着号声飞出来","吹号者的脸常常是苍黄的"。这些诗句正是以诗人的生命体验来写吹号者的伟大境界。吹号者与号角,还有写诗的人,他们都融为一个艺术生命的整体,使我们读着这些诗句，感受到生命的形态，从而更加领悟到，只有在劳作与苦难中显示的生命，才是力量、意志与不朽的体现。

这首诗几乎每一章都出现"太阳"的意象，和"土地"意象一样，这是表现诗人灵魂的一面——对于光明、理想、美好生活的热烈不息的追求。诗人说过："凡是能够促使人类向上发展的，都是美的，都是善的，也都是诗的。"在诗中，太阳伴随吹号者的起身、冲锋、牺牲，诗人总是将吹号者放置在"当太阳以轰响的光采""辉煌了整个天穹"的场景中，这是对真、善、美的礼赞，也是体现艾青"诗心"的地方。

我们要特别提到诗人写吹号者的牺牲，"他倒在那直到最后一刻/都深深地爱着的土地上，/然而，他的手/却依然紧紧地握着那号角"。

最精彩的华章出现了，"在那号角滑溜的铜皮上，/映出了死者的血/和他的惨白的面容；/也映出了永远奔跑不完的/带着射击前进的人群，/和嘶鸣的马匹，/和隆隆的车辆……/而太阳，太阳/使那号角射出闪闪的光芒"。这真是令人惊叹的诗的语言！这里是叙述，是描写，也是赞颂；它凝缩了多少鲜明的意象，它呈现了多少绚丽的色彩，它表现了多少动态和声响；这是庄严圣洁的油画，这是精彩神奇的电影镜头……

中国新诗史上出现了艾青，出现了像《吹号者》这样的精品，真是新诗的大幸。从此，新诗的天宇上将永远横贯一道奇异的彩虹！

黎明的通知

　　为了我的祈愿
　　诗人啊，你起来吧

　　而且请你告诉他们
　　说他们所等待的已经要来

说我已踏着露水而来
已借着最后一颗星的照引而来

我从东方来
从汹涌着波涛的海上来

我将带光明给世界
又将带温暖给人类

借你正直人的嘴
请带去我的消息

通知眼睛被渴望所灼痛的人类
和远方的沉浸在苦难里的城市和村庄

请他们来欢迎我——
白日的先驱，光明的使者

打开所有的窗子来欢迎
打开所有的门来欢迎

请鸣响汽笛来欢迎
请吹起号角来欢迎

请清道夫来打扫街衢
请搬运车来搬去垃圾

让劳动者以宽阔的步伐走在街上吧
让车辆以辉煌的行列从广场流过吧

请村庄也从潮湿的雾里醒来
为了欢迎我打开它们的篱笆

请村妇打开她们的鸡埘
请农夫从畜棚牵出耕牛

借你的热情的嘴通知他们
说我从山的那边来，从森林的那边来

请他们打扫干净那些晒场
和那些永远污秽的天井

请打开那糊有花纸的窗子
请打开那贴着春联的门

请叫醒殷勤的女人
和那打着鼾声的男子

请年轻的情人也起来
和那些贪睡的少女

请叫醒困倦的母亲
和她身边的婴孩

请叫醒每个人

连那些病者与产妇

连那些衰老的人们
呻吟在床上的人们

连那些因正义而战争的负伤者
和那些因家乡沦亡而流离的难民

请叫醒一切的不幸者
我会一并给他们以慰安

请叫醒一切爱生活的人
工人,技师以及画家

请歌唱者唱着歌来欢迎
用草与露水所掺合的声音

请舞蹈者跳着舞来欢迎
披上她们白雾的晨衣

请叫那些健康而美丽的醒来
说我马上要来叩打她们的窗门

请你忠实于时间的诗人
带给人类以慰安的消息

请他们准备欢迎,请所有的人准备欢迎
当雄鸡最后一次鸣叫的时候我就到来

请他们用虔诚的眼睛凝视天边
我将给所有期待我的以最慈惠的光辉

趁这夜已快完了,请告诉他们
说他们所等待的就要来了

  《黎明的通知》如同清新的晨风和灿烂的朝阳向大地和人们发出的信号,这是多么令人欢欣鼓舞的消息啊!这正是艾青经过千难万阻,终于到达革命圣地延安的心情。今天读这首诗,处于实现中华民族伟大复兴梦的新时代,同样给我们以信心和力量!

  这首诗在艺术表现上有以下特点。首先,诗人以奇特的想象力作了陌生化的处理,独具特色。通常写这类诗,是写人们怎样期盼黎明,或者从黎明到来之后着笔,描写渲染客观的情景。而这里不一样,诗人把黎明拟人化,以黎明的口气把人们的企盼道出;以黎明为主体,发抒一切感情,投射各种印象。托尔斯泰说:"愈是诗的,愈是创造的。"艾青在诗里,借助新视角给了黎明这一意象以新的姿态,开拓了审美的领域,唤出灿烂的春天。

  诗人曾说:"如果我们要从古老的中国看见新生,看见希望,那首先就要注意延安。如果在'旧中国'有地方已经披上黎明的微光,那地方就该是延安——和各个抗日根据地。"诗人想要把这无比激动的心情告诉人们,但是怎样才能把这内心的激情充分表现出来?诗人不仅把黎明拟人化,而且把自己化作黎明,和黎明合二为一,借着黎明倾吐了自己的情愫与心声。诗里写"请你告诉他们""借你的热情的嘴通知他们",并写了一连串的句子,都是用"我"呼喊,以祈愿的抒情方式表现的。黎明的情意就是诗人的情意,黎明的愿望也是诗人的愿望,这种以自我为核心的主观抒情表现,显得更真挚、更亲切。

  其次,"黎明的通知"只是一个象征性的题目,它并不具有客观的实在感。通知什么？这更是一个虚拟的设定。所以诗人发挥想象，求得意象，用许多具体的细节与形象的事象布满全诗，"黎明"说自己是"踏着露水而来"，"借着最后一颗星的照引而来"，"从汹涌着波涛的海上来"。诗人要人们欢迎他——"白日的先驱，光明的使者"。怎样欢迎呢？"打开所有的窗子来欢迎/打开所有的门来欢迎"，"请鸣响汽笛来欢迎/请吹起号角来欢迎"，"请清道夫来打扫街衢/请搬运车来搬去垃圾"……整首诗都是具体的、鲜活的，有着生命的意象和形象；整首诗都是散文化的自由体式，有着整饬的诗行，呈现内在的情感律动；整首诗的语言是朴素的、自然的，也是美丽的。

艾青的《黎明的通知》提升了人类的信心和希望，显现出广阔的审美情境。

田间

  田间（1916—1985），原名童天鉴。安徽无为人。1933年在上海光华大学读书。1934年参加左联，并参加《文学丛报》《新诗歌》的编辑工作。1937年曾在日本，全民族抗日战争爆发后回国，在上海、武汉等地参加抗日救亡运动。1938年在八路军西北战地服务团任战地记者，同年到延安，曾和邵子南等发起街头诗运动。历任晋察冀边区文协副主任、冀晋区《新群众》杂志社社长等职。著有诗集《未明集》《中国牧歌》《中国农村的故事》《给战斗者》，长篇叙事诗《赶车传》等。

给战斗者

在没有灯光
没有热气的晚上，
日本强盗
来了，
从我们的
手里，
从我们的
怀抱里，
把无罪的伙伴，
关进强暴的栅栏。

他们身上
裸露着
伤疤,
他们心头
呼吸着
仇恨,
他们颤抖,
在大连,在满洲的
野营里
让喝了酒的
吃了肉的
残忍的野兽,
用它的刀,
嬉戏着——
荒芜的
生命,
饥饿的
血……

一

光荣的名字
——人民!
人民呵,
站在卢沟桥
迎着狂风,
吹起冲锋号;
人民呵,

在辽阔的大地之上,
巨人似的
雄伟地站起!

二

是开始了伟大战斗的
七月,七月呵!

七月,
我们
起来了。

我们
起来了,
睁起悲愤的
眼睛呀。

我们
起来了,
揉擦红色的脚跟,
与黑色的
手指呀。

我们
起来了,
在血的广场上,
在血的沙漠上,

在血的水流上，
守望着
中部，
和边疆。

经过冰雪，经过烟雾，
遥远地
遥远地
我们抬起头来，
呼唤着
爱与幸福，
自由和解放……

七月，
我们
起来了。

嘹亮的号角，
昼夜地吹着
吹着
吹着；
我们一齐奔上战场，
决心消灭强盗！

我们立誓：
誓死
保卫中国。

在中国,
人民的
幼儿
需要哺养呀,
人民的
牲群
需要畜牧呀,
人民的
树木
需要砍伐呀,
人民的
禾麦
需要收获呀!

在中国,
我们怀爱着——
自己造的
麦酒,
自己种的
瓜豆。

每天,
每天,
我们
要收藏——
在自己的大地上纺织的
祖国的
白麻,

祖国的
蓝布。

在中国,
博大的泥土呵,
这是一幅
壮丽的画图;
在它的
上面
我们的灵魂
是如此的纯朴。

我们要活着
——在中国!
我们要活着,
——永远不朽!

三

我们是劳动者
是伟大祖国的伟大的养子呵!

我们
曾经
在扬子江和黄河的
热燥的
水流上,
摇起

捕鱼的木船。
我们
曾经
在乌兰浩特砂土与南部
草地的周围,
负起
狩猎的器具。

强壮的
少女,
曾经在亚细亚夜间篝火的
野性的
烈焰的
左右,
靠近纺车,
辛勤地
纺织着。

我们
曾经
用筋骨,用脊背,
开扩着——
粗鲁的
生活。

四

祖国,祖国呵,

枪声响了……
敌人，
突破着
海岸和关卡，
从天津，
从上海。

敌人，
散布着
炸弹和毒瓦斯，
到田园，
到池沼。

敌人来了，
恶笑着，
走向
我们。

恶笑着，
扫射，
绞杀。

今天，
你将告诉我们
是战斗呢，还是屈服？
祖国，祖国呵！

五

我们
必须
战斗了，
昨天是愤怒的，
是狂呼的，
是挣扎的
四万万五千万呵！

斗争
或者死……

我们
必须
拔出敌人的刀刃，
从自己的
血管。

我们
人性的
呼吸，
不能停止；
血肉的
行列，
不能拆散。

我们
复仇的
枪，
不能扭断。
因为我们知道
这古老的民族，
不能
屈辱地活着，
也不能
屈辱地死去。

我们一定要
高举双手，
迎接——自由
…………
…………

太阳被掩覆了，
看呵，
疆土的烽火，
已成了太阳。

堡垒被破坏了，
看呵，
兄弟的旗帜
插在大路上。

光荣的名字，

——人民！
人民呵，
更顽强，
更坚韧。

六

…………
…………

我们
往哪里去？

在世界上
没有大地，
没有海河，
没有意志，
匍匐地
活着
也是死呀！

今天呀，
让我们
死吧，
我们会死吗？
——不，决不会！

我们是一个巨人，

生活就要战斗，
高贵的灵魂，
宁死也不屈服，
伸出
双手来，
迎接——自由！

光荣的名字，
——人民！
人民呵！
前面就是胜利。

人民！人民！
抓出
木厂里
墙角里
泥沟里
我们的
武器，
痛击杀人犯！

人民！人民！
高高地举起
我们
被火烤的
被暴风雨淋的
被鞭子抽打的
劳动者的双手，

斗争吧!

在斗争里,
胜利
或者死……

七

在诗篇上,
战士的坟场
会比奴隶的国家
要温暖,
要明亮。

一九三七年十二月二十四日,武昌

《给战斗者》是田间的代表作。关于这首诗,作者说,是一个"召唤","召唤祖国和我自己,伴着民族的号角,一同行进"(田间《写在〈给战斗者〉的末页》)。诗的主题正是这样:唤起战斗的爱国热情,和日本侵略者抗战到底。

这是一首鼓动诗,但实际起了伟大史诗的作用。诗的序曲首先揭开严峻的形势:"日本强盗/来了,/从我们的/手里,/从我们的/怀抱里,/把无罪的伙伴,/关进强暴的栅栏。"这里从九一八东北沦陷写起,直到七七事变,全民族抗战的枪声正式打响了:"人民呵,/站在卢沟桥/迎着狂风,/吹起冲锋号;/人民呵,/在辽阔的大地之上,/巨人似的/雄伟地站起!"

全诗基本上写了三部分内容,即敌人的暴行、中国人民的和平生活、中国人民投入战斗的雄伟形象。

这首诗在表现手法上,特别在形式方面上,有显著的特点。全诗句子很短,行式也短。有时一句话被拆成数行;有时一节包括好几行;有时两行、三行、五行不等,却只是一个句子;有时一个短语或句子被分成两行、三行,但又未必是一节。田间的诗的形式使人想起马雅可夫斯基所谓"楼梯式"的诗形,但马雅可夫斯基的诗有严格的格律限制,田间则不拘格律,完全是根据诗情的需要和句子的力度来安排。像"人民!人民!/抓出/木厂里/墙角里/泥沟里/我们的/武器,/痛击杀人犯!//人民!人民!/高高地举起/我们/被火烤的/被暴风雨淋的/被鞭子抽打的/劳动者的双手,/斗争吧!",这里有的一句话被拆成数行,有的行只是两个字。诗人这样写,正是为了使它简短、干脆、着重,给人们一种铿锵的力量,如同"一声声的'鼓点'"(闻一多语)打在人们的心上,使人们热血沸腾,精神振奋,抓起武器,奋起斗争。

此外,这首诗的句子那么短,感情十分急促,所用的字粗犷质朴,但并没有忘记雕塑形象,描绘画面,渲染感情,唤起想象。例如这几句,"在中国,/我们怀爱着——/自己造的/麦酒,/自己种的/瓜豆",散落着鲜明的形象,勾起了亲切的感情。再如结尾,"在诗篇上,/战士的坟场/会比奴隶的国家/要温暖,/要明亮",短短的几行句子,比直白的语言要明亮鲜活得多,这是饱含着情感、意象和指意的语言,这是诗的语言。

假使我们不去打仗

假使我们不去打仗,
敌人用刺刀
杀死了我们,
还要用手指着我们骨头说:
"看,

这是奴隶!"

一九三八年作

　　田间的诗以短促、急迫的语言饱含着雷电一样火热的情感，构成极有鼓动性的诗的风格。在战斗的年代，他的诗是旗帜，是战鼓，是炸弹，所以闻一多誉他为"时代的鼓手"，说他的诗："简短而坚实的句子，就是一声声的'鼓点'，单调，但是响亮而沉重，打入你耳中，打在你心上。""爆炸着生命的热与力。"

　　这首《假使我们不去打仗》是抗战期间最有名的街头鼓动诗，它采取寓正于反的艺术手法，平平说来，陡起风雷，使人们悚然而惊，愤然而起，迅速地站到战斗行列中，赶快上马杀敌。

　　老诗人吴奔星在谈到这首诗时，曾说诗人用假设语气，包含两层意思：一层是假使我们不去打仗的后果，一层是假使我们都去打仗的后果。前者是反面，后者是正面。如果模拟田间把含而未露的正面的意思说出来——假使我们都去打仗，/我们用刺刀/杀死了敌人，/还要用手指着敌人骨头说：/"看，/这是侵略者!"从正面这样表现，可能缺少诗味。而一经从反面表现出来，就能触及灵魂，令人震颤。这原因只有从文艺心理去考察，才不难理解。诗是诗人写自己的感受而又通向读者的感受的。田间的诗所激起的审美感受，不只是涉及国计民生的"忧患感"，而且是直接激发起每一个中国人的生死存亡的紧迫感。古人说，欢乐之言难好，愁苦之辞易工。看来这是符合诗美心理学的。诗心契合，才能道出艺术的三昧。

钟鼎文

  钟鼎文（1914—2012），笔名番草。安徽舒城人。中国公学大学部政经系、日本京都帝国大学社会学科毕业。1930年开始发表作品。1949年到台湾。1969年发起组建"世界诗人大会"，任荣誉会长，诗作曾在英国、美国、菲律宾、德国、巴西等国获得多项奖励。台湾蓝星诗社发起人，台湾诗歌运动的推动者和活动组织者，被誉为"台湾诗坛三老"之一。著有诗集《三年》《桥》《行吟者》《山河诗抄》《白色的花束》《雨季》，诗论《现代诗往何处去》等。

水 手

吹着口哨，歪戴着鸭舌帽，
口角上挂着微笑，又像不是笑，
披着湿润的海风，攀着铁索：
他，石像般地伫立在船艄。

海的风，海的雨，海的雾，
铸成了他青铁的眼，紫铜的皮肤，
狂涛的声音，暴风雨的声音，
浸透了他由颤栗而深沉的灵魂。

西北方是天津，那儿多女人，
杨柳青的女人是多么地温存，
紧搂着她，说着甜心的情话——
谁管那些是真还是假？

东南方是上海，那儿多朋友，
邀请着朋友们同去上酒楼，
你一杯，我一杯，吃得烂醉——
谁知道下一趟能回不能回？

望着天，天是渺茫的展开，
望着海，海是百万的澎湃，
天与海结成了单纯的世界，
在这儿有他的过去、现在与未来。

哀叫着的海鸥哟寂寞的生命，
闪烁着的星斗哟微弱的光明。
夜已深，他还是伫立着不动，
想起那悠久的疑问：这便是人生？

  以《水手》作诗情世界的意象，无论是早期的白话诗，还是后来的象征派、现代派诗人，都写过不少，而番草这首写于20世纪30年代的《水手》却以形象的塑造和意念的深刻，赢得更多的好评。
  诗分六节，第一、二节写水手的形象，重在以形写神。第一节简洁而形象地描摹水手的肖像，既切近他的生活与工作，又凸现他独有的表情与神态。那"吹着口哨""口角上挂着微笑，又像不是笑"是说水手以自由自在的精神从事工作，透露了对职业生涯的热爱。"他，石像般地伫立在船艄"这一句是实写，也包含了诗人的赞美之情。这还不够，

第二节叙说水手的外形与灵魂是海铸成的。这是诗意的刻画，从更高的形态与更高的意境层面把人物作审美方式的处理，既表现职业的切近感，又和使命的崇高美妙默契。

第三、四节宕开一笔，写水手在西北方对女人的温柔和在东南方对朋友的豪情。这两节是诗情的生发，更是对生命、青春、活力的礼赞。诗的空间也因此得到扩展，水手丰润的生活实相和生命情调也得以作了幽情壮采的观照。

番草这首诗的高明之处在于写水手，是从"诗人形象"进入"诗人哲学"。第五、六节，从形而下突进到形而上，描写水手生活又传送人生的宇宙意识，在"境层"的创构上翻出深意，表现了诗心的活跃和宇宙的创造的交融。特别是最后一节诗的情景相生的感叹，借助水手发出悠久的人生疑问，从而使诗实现三个境层的跃升：从"一境"对于水手的肖像描写，到"二境"对于生命情调的活跃表现，再到"三境"对于本体的高远追问，合成了意象与宇宙同时净化的庄严境界。读者从中也能获得不尽的审美和精神的愉悦。

辛笛

辛笛(1912—2004),原名王馨迪。江苏淮安人。1935年毕业于清华大学外文系,在北平艺文中学、贝满女子中学任教员。1936年赴英留学,在爱丁堡大学研究英国文学。1939年回国,任暨南大学、光华大学教授,后在上海银行界工作。著有诗集《珠贝集》《手掌集》《辛笛诗稿》等。

航

帆起了
帆向落日的去处
明净与古老
风帆吻着暗色的水
有如黑蝶与白蝶

明月照在当头
青色的蛇
弄着银色的明珠
桅上的人语
风吹过来
水手问起雨和星辰

从日到夜

从夜到日

我们航不出这圆圈

后一个圆

前一个圆

一个永恒

而无涯涘的圆圈

将生命的茫茫

脱卸与茫茫的烟水

一九三四年八月海上

辛笛写诗纯然用印象主义的笔法，把海上航行的瞬间景色捕捉到纸上，使人触目深思，得到审美的启悟。

《航》一开始就以光的明暗、色的对比把海上航行的全景勾勒。"帆起了/帆向落日的去处"，首句就树起中心意象，使我们看到日暮天远、海上帆悬的镜头。"明净与古老"是补充说明，使人产生寥廓和苍茫的感觉。白帆在暗色的海上漂移，诗人提炼为精彩的句子，"风帆吻着暗色的水/有如黑蝶与白蝶"。颜色对比是那样醒目，又富有动感。好新鲜的比喻，把画面写活了。

随着时间的推移，明月在海上升起了。"青色的蛇/弄着银色的明珠"，这意象美丽而清冷，写景固属佳妙，传情亦深至入微。黑、白、青、银等冷色调词汇的选用，切近海上静谧流动的水光月色，平添忧郁与寂寞的气氛。诗人将视觉印象、"人语"的听觉印象、"风吹"的触觉印象一一写到，这既是海上航行的一时景象，又是通常如此的恒定画面，它必然触发人的联想与感慨。

是呵！大海周而复始的运动，人在海上日复一日的生活，是一个永远航不出的圆圈，以有涯对无涯，人的生命就在这"后一个圆/前一个圆"中耗尽,"将生命的茫茫/脱卸与茫茫的烟水"。

诗人总怀有智慧的痛苦,面对茫茫的大海,从可见可触的意象上生发出深刻的人生哲理,形之于诗,也将这精神与内涵灌注给了读者。

再见,蓝马店

走了
蓝马店的主人和我说

——送你送你
待我来举起灯火
看门上你的影子我的影子
看板桥一夜之多霜

飘落吧
这夜风　这星光的来路
马仰首而啮垂条
是白露的秋天
他不知不是透明的葡萄
鸡啼了
但阳光并没有来
马德里的蓝天久已在战斗翅下
七色变作三色
黑　红　紫
归结是一个风与火的世界
听隔壁的铁工手又拉起他的风箱了
他臂膀上筋肉的起伏

说出他制造的力量
痴痴的孩子你在玩你在等候
是夜的广大还是眼前的神奇
也令你守着这尽夜的黎明不睡?
来去辄欲与吉诃德先生同行
然而除了风车　除了巨人
森林里横生的藤蔓　魔鬼的笛声
我是已有多久了
行杖与我独自的影子?

——年轻的　不是节日
你也该有一份欢喜
你不短新衣新帽
你为什么尽羡慕人家的孩子
多有一些骄傲地走吧
再见　平安地
再见　年轻的客人
"再见"就是祝福的意思

一九三七年四月春旅自伦敦北归

《再见，蓝马店》写出诗人羁旅的情怀。

诗的开头两节好理解，因为诗人作了描述性意象的呈现，用蓝马店主人的口吻写的。"看门上你的影子我的影子/看板桥一夜之多霜"，这里化用唐代温庭筠的名句"鸡声茅店月，人迹板桥霜"的意境，加上了现代印象主义画风的笔法，灯火下，门上的黑影与板桥上的白霜成鲜明对照，更突出羁旅漂泊的辛苦。

若是不知道诗的内涵与背景，恐怕任何读者都不能全面理解诗的下面几节。诗人之女王圣思曾对此作了详尽的诠释，这里根据她的文章撮要如下。

诗的第三节变换为诗人的视角。在旅途中，诗人从夜风、星光、白露中憧憬美的再现。多少年前看嘉宝主演的电影《瑞典女王》，其中有一个镜头是嘉宝卧着，一串透明的葡萄垂挂在眼前，她试着仰头探取而在依违两可之间。这电影画面给诗人留下难忘的印象。于是从这首诗中可以看到印象的变形，"马仰首而啮垂条／是白露的秋天／他不知不是透明的葡萄"。本该有闻鸡起舞的欢欣，然而太阳之未能及时涌现，造成情境的逆转，原来因为"马德里的蓝天久已在战斗翅下／七色变作三色／黑　红　紫"。这是讲当时西班牙内战正酣，民主受到践踏，血流成河。黑、红、紫正是干涸的血、鲜血、凝结的血三种不同的颜色。诗人又以蓝马店隔壁打铁铺铁工手的臂膀显示出力量，隐喻善良的百姓如孩子般天真，幻想和平能维持下去。诗人联想到自己正像西班牙的唐·吉河德那样满怀理想，可在现实的森林中，却尽碰到绊手绊脚的藤蔓和闻之寒栗的魔鬼笛声。世界风云的变幻，故国关山月的呼唤加深了他在异国踽踽独行之感。

诗的最后一节又转回为蓝马店主人的劝慰语调。"再见"一词的重复出现含有深意。由于在本诗特定的情况下，主客双方肯定是不会再见面的，因此"再见"只是祝福的本意，具有低回不已的惆怅之感。

据说这首诗很受青年学生的喜爱，香港青年甚至将他们办的刊物题名为《蓝马季》。

穆旦

穆旦(1918—1977),原名查良铮,曾用笔名梁真。浙江海宁人。1935年考入清华大学,1940年毕业于西南联大外文系,后留校执教。1949年赴美国留学,入芝加哥大学英国文学系学习,获文学硕士学位。1953年回国,任南开大学副教授。著有诗集《探险队》《穆旦诗集》《旗》等,另有译诗集《拜伦抒情诗选》《普希金抒情诗集》《雪莱抒情诗选》《济慈诗选》《唐璜》等。

诗八首

一

你底眼睛看见这一场火灾,
你看不见我,虽然我为你点燃,
唉,那烧着的不过是成熟的年代,
你底,我底。我们相隔如重山!

从这自然底蜕变程序里,
我却爱了一个暂时的你。
即使我哭泣,变灰,变灰又新生,
姑娘,那只是上帝玩弄他自己。

二

水流山石间沉淀下你我，
而我们成长，在死底子宫里。
在无数的可能里一个变形的生命
永远不能完成他自己。

我和你谈话，相信你，爱你，
这时候就听见我底主暗笑，
不断地他添来另外的你我
使我们丰富而且危险。

三

你底年龄里的小小野兽，
它和青草一样地呼吸，
它带来你底颜色，芳香丰满，
它要你疯狂在温暖的黑暗里。

我越过你大理石的理智底殿堂，
而为它埋藏的生命珍惜；
你我底手底接触是一片草场。
那里有它底固执，我底惊喜。

四

静静地，我们拥抱在

用言语所能照明的世界里，
而那未形成的黑暗是可怕的，
那可能的和不可能的使我们沉迷。

那窒息着我们的
是甜蜜的未生即死的言语，
它底幽灵笼罩，使我们游离，
游进混乱的爱底自由和美丽。

五

夕阳西下，一阵微风吹拂着田野，
是多么久的原因在这里积累。
那移动了景物的移动我底心，
从最古老的开端流向你，安睡。

那形成了树木和屹立的岩石的，
将使我此时的渴望永存，
一切在它底过程中流露的美，
教我爱你的方法，教我变更。

六

相同和相同溶为怠倦，
在差别间又凝固着陌生；
是一条多么危险的窄路里，
我驱使自己在那上面旅行。

他存在,听我底指使,
他保护,而把我留在孤独里,
他底痛苦是不断的寻求。
你底秩序,求得了又必须背离。

七

风暴,远路,寂寞的夜晚,
丢失,记忆,永续的时间,
所有科学不能祛除的恐惧
让我在你底怀里得到安憩——

呵,在你底不能自主的心上,
你底随有随无的美丽形象,
那里,我看见你孤独的爱情!
笔立着,和我底平行着生长!

八

再没有更近的接近,
所有的偶然在我们间定型;
只有阳光透过缤纷的枝叶
分在两片情愿的心上,相同。

等季候一到就要各自飘落,
而赐生我们的巨树永青,
它对我们不仁的嘲弄

（和哭泣）在合一的老根里化为平静。

一九四二年二月

穆旦的《诗八首》是诗歌园地中的一束奇葩，他把爱情作了不同寻常的表现。对于爱情的观照，他既有清醒的理性洞察，又有沉迷的情欲惊喜。他把爱情生活中不可克服的矛盾和把爱情作为一个短暂生命来看待的爱情观表现得十分深刻：一方面强调人的存在的暂时性和对爱情的专一，另一方面强调爱情又永远处于剧烈的灵与肉的冲突之中。

全组诗贯穿着"你""我""上帝"三股力量的矛盾和斗争。在"你"和"我"之间有不可逾越的距离，而又有着强烈的吸引力。而"上帝"却是冷酷无情的，他捉弄着这一对情人。这"上帝"象征着命运与客观世界。对方是"年龄里的小小野兽"，"芳香丰满"，要"你疯狂在温暖的黑暗里"；她引得"我"灵魂深处旺盛生命力不断跃动。"我"竭力想运用自己的理智控制自己，保持沉静与稳健，却听见"我"的"主"在暗笑，"不断地他添来另外的你我/使我们丰富而且危险"。于是这个爱情只能是这样，"相同和相同溶为怠倦，/在差别间又凝固着陌生；/是一条多么危险的窄路里，/我驱使自己在那上面旅行"。爱情的双方就是这样在不断的矛盾与痛苦中寻求发展与稳定。

《诗八首》对爱情的多变、复杂、痛苦、矛盾、幻灭、希望作了多面的、深层次的表现。正因为把真实至几乎残酷的情感体验写得如此深切、不一般化，穆旦赢得了"自觉的现代主义者"称誉，他成为"九叶诗派"中最具特色、成就也最高的代表。

这组诗无论是意象的营造还是用词用语，都力求出新。八首诗都是两节八行，基本上是隔句押韵，也有第一、二、四行押韵；意象、暗喻、换喻转换中见出欧化的影响，特别是哲学诗化的审美趋向，更与西方现代派诗风有关联；只是少了西方现代派诗歌的玄学色彩和学究味，加强了知性和感性的结合，风格既深厚凝重又新颖鲜明。

春

绿色的火焰在草上摇曳,
他渴求着拥抱你,花朵。
反抗着土地,花朵伸出来,
当暖风吹来烦恼,或者欢乐。
如果你是醒了,推开窗子,
看这满园的欲望多么美丽。

蓝天下,为永远的谜蛊惑着的
是我们二十岁的紧闭的肉体,
一如那泥土做成的鸟的歌,
你们被点燃,卷曲又卷曲,却无处归依。
呵,光,影,声,色,都已经赤裸,
痛苦着,等待伸入新的组合。

一九四二年

《春》这首诗将官能的知感与理性的思维交织成生命的交响乐章。

一切都是有生命气息和动态的意象。第一句"绿色的火焰在草上摇曳,/他渴求着拥抱你,花朵",诗人把洋溢着春意的小草写成是一片绿色的火焰,这一富有通感的比喻,不知经过多少次推敲锤炼,才有这样声、色、触、觉的词句,造成一片鲜丽的生命境界。为了押韵,第二句是倒装的欧化句式,"反抗着土地,花朵伸出来,/当暖风吹来烦恼,或者欢乐"。诗的语言总是精粹的,省略了很多叙述。它说春来了,带来万物苏醒,但不要忘记冬的严酷压迫与土地封盖的烦恼,一个"伸"字说尽无穷的动感。抒情的主体诗人是站在客观的地位,但他特别交代:"如果你是醒了,推开窗子,/看这满园的欲望多么美丽。""欲望"一词是人性人情对满园春色的观照,穆旦写诗自有特色——在冷静清明而又热情内蓄的诗行里并行着燃烧的爱欲之火和烛照的哲人之心。

下一节诗完全是由客观的春意激起的主观的感受，写"二十岁的紧闭的肉体"从压抑到释放过程的情境：

> 你们被点燃，卷曲又卷曲，却无处归依。
> 呵，光，影，声，色，都已经赤裸，
> 痛苦着，等待伸入新的组合。

这三行诗展示的是青春在灵魂深处的跃动与诱惑，只有这样的敞开、这样的不安的痛苦与等待，才能使我们更领受到春对青年生命与心灵的撼动力量，而且是肉体化的。

穆旦写诗，"追求一个现实、象征、玄学的综合传统"。他的诗是感性和知性融合得最好的现代诗。同时，他化用西方诗的表现方法，不论写哪首诗，都造成一种艺术的"陌生化"，使人们感受到一种强烈而尖锐的美。

陈敬容

陈敬容（1917—1989），曾用笔名蓝冰、成辉、文谷。四川乐山人。1934年开始自学中外文学。1938年在成都参加中华全国文艺界抗敌协会。曾任中学教师、杂志社和书局的编辑。1946年到上海，从事创作和翻译。1948年任《中国新诗》编委。著有诗集《盈盈集》《交响集》等。

雨　后

雨后黄昏的天空，
静穆如祈祷女肩上的披巾；
树叶的碧意是一个流动的海，
烦热的躯体在那儿沐浴。

我们避雨到槐树底下，
坐着看雨后的云霞，
看黄昏退落，看黑夜行进，
看林梢闪出第一颗星星。

有什么在时间里沉睡，
带着假想的悲哀？
从岁月里常常有什么飞去，

又有什么悄悄地飞来?

我们手握着手、心靠着心,
溪水默默地向我们倾听;
当一只青蛙在草丛间跳跃,
我仿佛看见大地眨着眼睛。

一九四六年夏作于上海

《雨后》是写一片风景,一片心境。

第一节,用形象且带有通感的比喻,新鲜而又贴切地勾勒出雨后黄昏的景象。美国诗人庞德曾把意象分为"主观的"与"客观的"两类。这里的两个比喻,前一个是主观的,是在大脑中升起的意象;后一个是客观的,"像外部的原物似的出现的"。"树叶的碧意是一个流动的海",既形容雨后,又点明是夏天,所以与下面一句"烦热的躯体在那儿沐浴"正好呼应。这是很美的造境。

第二节,在静谧中写出动态,在特定的空间里体现时间的推移。四个"看"字,节奏感很强,一句一景,将平凡的语言锤炼成诗。

第三节,是两句问语,从实到虚,是知性的沉思。

第四节,写人与人、人与自然溟合默契。"当一只青蛙在草丛间跳跃,/我仿佛看见大地眨着眼睛",这是神光汇聚的名句,传诵一时,得到诗家的称誉。

飞　鸟

负驮着太阳,
负驮着云彩,
负驮着风……

你们的翅膀
因此而更为轻盈；
当你们轻盈地翔舞，
大地也记不起它的负重。

你们带来心灵的春天，
在我寂寥的窗上
横一幅初霁的蓝天。

我从疲乏的肩上，
卸下艰难的负荷：
屈辱、苦役……
和几个囚狱的寒冬。

将这一切完全覆盖吧，
用你们欢乐的鸣唱；
随着你们的歌声
攀上你们轻盈的翅膀，
我的生命也仿佛化成云彩，
在高空里无忧地飞翔。

一九四五年四月二十六日于重庆磐溪

  袁可嘉在《九叶集·序》中论到陈敬容的诗，说她与另一女诗人郑敏的诗风不同，并指出，深受古典诗词和西方诗歌影响的诗人和翻译家陈敬容的风格往往是火爆式的快速反应，高速度以外景触发内感，势头快而猛，粗犷而有力。例如在《飞鸟》里，她从飞鸟负驮着太阳、云彩和风的外景受到触动，立刻想到自己也要随着鸟儿的歌声，攀上它们的轻盈翅膀，化成云彩，飞翔高空。

《飞鸟》这首诗一开始创造了一种诗意的情景，不是直接写飞鸟自身的姿态与动作，而是用"负驮着太阳，/负驮着云彩，/负驮着风……"三句，造成清晰又满含着情韵的视觉效果，画面清新明朗，让我们不是直接看而是以间接联想，再造新的色彩空间，唤醒一种审美愉悦。

第二节，由感觉带进知性的成分，并且造成一种张力。第一节着意写"负驮"，而这一节却疏解为"轻盈"，鸟的轻盈飞翔使得大地也轻盈起来，这里不忘咏唱的是飞鸟。

第三节，由飞鸟转向深切的个人投掷，造成一种对比和联系。飞鸟的飞，对诗人来说，是它们带来心灵的春天破除了她的寂寥。第四节更专写自己的感受。陈敬容曾说："我想我们不能只给生活画脸谱，我们还得要画它的背面和侧面，而尤其是内面。所以，现实二字，照我看来是有引申意义的。"（成辉《和唐祈谈诗》）由外到内，以景触情，正是这样表现的。

最后，飞鸟的飞翔与鸣唱，使人提升从而进入一个更高的境界，这是自然之物与情感的交合升华，完成了诗的意象的美的营造。诗人追踪自然景物，以获得鲜活的精神和永远鲜活的意象，而且以最内在、本质的东西予以表现，从而超越现实，以主体自由自在的精神透视一切，进而创造诗美。

郑敏

郑敏（1920—2022），福建闽侯人。1943年毕业于西南联大哲学系。1952年在美国布朗大学研究院获英国文学硕士学位。曾在北京师范大学任教。著有诗集《诗集 一九四二——一九四七》等。

金黄的稻束

金黄的稻束站在
割过的秋天的田里，
我想起无数个疲倦的母亲，
黄昏路上我看见那皱了的美丽的脸，
收获日的满月在
高耸的树巅上，
暮色里，远山
围着我们的心边，
没有一个雕像能比这更静默。
肩荷着那伟大的疲倦，你们
在这伸向远远的一片
秋天的田里低首沉思，
静默。静默。历史也不过是
脚下一条流去的小河，

而你们，站在那儿，
将成为人类的一个思想。

    郑敏的诗深受奥地利新浪漫主义诗人里尔克的影响，加上受西方音乐、绘画、雕塑的熏陶，她善于从客观事物入手，开拓理性世界，并通过生动丰富的形象，展开浮想联翩的画面，产生雕塑似的"静中见动"感和油画的色彩效果，把读者引入深沉的境界。

    这首《金黄的稻束》就是她的代表作。"金黄的稻束站在/割过的秋天的田里"，诗句给读者的第一印象是实景。但作者马上楔入，用"疲倦的母亲""皱了的美丽的脸"这组意象在诗句的叠加中昭示了土地母体和艰辛劳动的意识，金黄的稻束拟人化原是和人的劳作相联系的，不仅生动、确切，而且有思想深度。这种凝重感从一开始还把景物带入庄严的气氛。"收获日的满月在/高耸的树巅上，/暮色里，远山/围着我们的心边"，这景色是多么寥廓、静穆，通过人心，引起一种崇高的感情。

    金黄的稻束立在大地上，比雕像还要静默；雕像的静默，是把感情凝定，聚集着动感与力度。而稻束，"肩荷着那伟大的疲倦"不算，它还"在这伸向远远的一片/秋天的田里低首沉思"，这就透过"理知静观"的外表，让人看到心灵的火焰、思绪的深邃。是呵，在伟大的历史创造者面前，"历史也不过是/脚下一条流去的小河"。这样，金黄的稻束不是一般的自在之物，而是人类伟大劳动的体现，是"人类的一个思想"，整首诗完成了对伟大的人类、人的劳动的礼赞。

    前面曾说到里尔克的诗风影响于郑敏的就是沉潜、深厚、静止，具有雕塑美。郑敏自己也曾说："因为我希望能走入物的世界，静观其所含的深意，里尔克的咏物诗对我很有吸引力，物的雕塑中静的姿态出现在我们的眼前，但它的静中是包含着生命的动的，透过它的静的外衣，找到它动的核心，就能理解客观世界的真义和隐藏在静中的动。"（袁可嘉《现代派论·英美诗论》）

    《金黄的稻束》完全体现了诗人的美学追求。

荷花（一幅国画）

这一朵，用它仿佛永不会凋零
的杯，盛满了开花的快乐，才立
在那里像耸直的山峰，
载着人们忘言的永恒。

那一卷，不急于舒展的稚叶，
在纯净的心里保藏了期望，
才穿过水上的朦胧，望着世界，
拒绝也穿上陈旧而褪色的衣裳。

但，什么才是那真正的主题，
在这一场痛苦的演奏里？这弯着的
一枝荷梗，把花朵深深垂向

你们的根里，不是说风的摧打，
雨的痕迹，却因为它从创造者的
手里承受了更多的"生"，这严肃的负担。

《荷花》一诗是题张大千的一幅画。

"画是无声诗，诗是有声画"，诗与画的沟通靠语言中介。画能给我们直接的视觉美感享受，而诗则能引导想象腾飞，还可作理念的补充说明，与画面交融，又能穿透画面，外射着智慧的光，表现出深层的意识。

经过视觉的扫描，作者用文字切割了画上呈现的荷花的不同姿态，分别就盛开的花、舒展的稚叶、弯着的荷梗进行描绘形容。诗人从画中读到了生命的主题——她从花上发现"永不会凋零"，从稚叶上发掘期望——"拒绝也穿上陈旧而褪色的衣裳",从弯着的荷梗上看到"承受了更多的'生'"。什么才能使生命体纯净永驻,青春永恒?这不是快乐,不是朦胧,也不是痛苦,而是经过"风的摧打,/雨的痕迹"从创造者那里仍然生着的生之神圣。

《荷花》一诗的生命思考就是这样通过对创造的真谛的把握,抓住了人类精神的韵律。

《荷花》不独再现了国画的形,而且发掘了它的神,诗呈现的是形色的美,是心灵的美。

青勃

青勃(1921—1991),原名赵青勃。河北隆尧人。曾在洛阳、西安、郑州等地编辑报纸副刊。1946年在郑州《春秋时报》担任副总编辑。著有诗集《号角在哭泣》《最后的地狱》等。

苦难的中国有明天

冻结的日子
　有火

月黑夜
　有灯

沙原上
　有骆驼

土地下面
　有种子

堤岸里头
　有激流

鞭子底下
　有咆哮

被污辱的
　有仇恨

穷苦的人
　有骨头

哭泣的天空
　有响雷

打抖的冬天
　有春梦

血汗灌溉的地方
　有不凋的花

苦难的中国
　有明天

一九四六年冬

关于这首诗的思想意义，臧克家在《号角在哭泣·序》中有所阐明。他说青勃的诗"对于陈旧的，腐黑的，不合理的存在，他干干脆脆给它们一个有力的否定。他召唤新生的，将至而未来的，召唤得那么热切和感动！他的每一行诗就是一股冲击力，他永不回头的勇敢的向前冲着……他把真正的诚挚与爱情灌注到诗里去……他坚信：'苦难的中国有明天'"。

特别要提出的是这首诗的形式：双行一节，共十二节，而每一节上句字多，下句字少，读起来有急促的节奏感，像声声鼓点，一下下打在心上。语言再简洁单纯不过了，但每句都有很深的内涵，富有力度，而且矗立着各个意象，有具象的，有主观的，有显在的，有潜沉的，明晰性与深邃性、自足性与有序性结合得很好。如果说诗是意象符号的组合与排列，那么这首诗作了富有创意的组合和排列，我们应该承认它是经过诗人心灵糅合的再创造。它像马雅可夫斯基的诗又不像，它像田间的诗也不同于田间的诗。他的诗的功能发挥得和他们的一样——"诗歌是旗帜，是炸弹"（马雅可夫斯基语）；但他的诗的形式在构思上有新颖的创造——"在对语言的使用中使诗获得新生"（伊奥乃斯科语）。

后　记

这本书正如前言所说,是把毛泽东"诗当然应以新诗为主体"的指示,用新诗发展的历史和新诗的文本细读来显现和证实。

为了继承传统文化,当前从电台到报刊,正兴起学习古典诗词的热潮,可谓无远弗届,讲诵不断。"不薄今人爱古人",这是应有之义;但新诗是五四以来文学革命的先声,以口语化表现的新诗,占当代文学和以后文学的主体地位,是毫无疑义的。这本书也是这样意指的:补偏纠激,正本清源,我们不应忽略诗发展的这一重要维度。

衷心希望,借此书问世,也兴起一个"以新诗为主体"的学习高潮,与学习古典诗词构成一个共演过程。

我年已九十,这本书可能是我的收官之作,也是我高举新诗大旗,作一次最后的呐喊!

谢谢关心和支持。

方铭谨志
2024 年 3 月于安徽大学